COLLECTION FOLIO

Lenka Horňáková-Civade

Giboulées de soleil

Gallimard

© *Alma, éditeur. Paris, 2016.*

Lenka Horňáková-Civade, née en 1971 dans la province de Moravie, dans l'actuelle République tchèque, vit dans le sud de la France. Son premier roman, *Giboulées de soleil*, a été récompensé par le prix Renaudot des lycéens.

*à Éllée et Alexandre
à Jean-Louis*

LIVRE I

MAGDALENA

1

C'est ma mère qui l'a su la première.

Quelque part en moi je le soupçonnais, je crois, mais je ne voulais pas savoir. Un dimanche, elle m'a observée pendant que je préparais ma valise. J'ai dû faire un nouveau geste, me tenir autrement, me cambrer, je ne sais pas.

Elle a poussé un cri d'effroi. Elle m'a arraché la valise des mains. Comme un taureau avant de charger, elle s'est postée devant moi et m'a ordonné :

— Déshabille-toi.

J'ai obéi. Trop lentement à son goût.

Elle a déchiré ma jupe en la tirant, descendu mes collants. Ma culotte aussi.

Une main dans le bas de mon dos et l'autre posée sur mon ventre, elle a appuyé. Pas fort. Elle tâtait, la déplaçait doucement, comme une vague. Elle s'est concentrée un court instant.

— Couche-toi. Couche-toi, je te dis.

Comme je ne bougeais pas, elle a hurlé et m'a poussée en arrière, d'un coup sec dans la poitrine.

— Écarte les jambes.

Ce que j'ai fait.

Elle a essuyé ses mains sur le torchon qu'elle portait autour de la taille. L'une est entrée en moi, l'autre est restée sur mon ventre.

Elle avait envie de me faire mal. Et le faisait.

J'ai serré les dents. J'ai serré les cuisses, j'ai expulsé sa main, puis avec les miennes j'ai couvert mon ventre. Mon ventre à moi.

— Ce sera autour de mars. Saloperie.

Impossible de savoir si elle parlait de moi, de l'enfant à venir ou tout simplement de la vie. Ce qu'elle craignait plus que tout était arrivé. Sa fille était enceinte en dehors des liens du mariage.

Blanche, les traits comme taillés à la hache, les lèvres pincées, ma mère respirait rapidement. Inutile de chercher à la calmer, à la rassurer. Elle a fait deux pas en arrière, droite, figée.

— Alors ?

Instinctivement, j'ai embrassé mes genoux repliés sur mon ventre. Recroquevillée, je soutenais mieux son regard.

— Je le garde.

À ma surprise, elle a paru soulagée. Je crois qu'elle l'était vraiment.

Est-ce que ma décision venait confirmer celle qu'elle avait prise vingt ans plus tôt ? Pour la première fois j'ai eu l'impression que nos vies étaient superposées l'une sur l'autre. Et pas l'une après l'autre. Au fond de moi, je venais d'avoir les réponses à toutes les questions que je n'avais jamais osé lui poser. Elles m'auraient blessée, rien qu'à les entendre résonner dans ma tête ; elles auraient pu faire terriblement mal dites à haute voix.

— C'est l'enfant de l'amour !

J'ai dit ça en pensant à une brindille de paille.

— Tu peux le croire si tu veux, tu seras bien la seule que ça intéresse. Ça, tu peux en être sûre. Pour le reste du monde, ce gosse sera juste un bâtard de plus.

Un bâtard.

Comme moi.

Ses traits se sont durcis de nouveau. C'était à se demander si je n'avais pas rêvé ce moment de grâce, de presque compréhension entre nous. Mais non, je n'avais pas rêvé. Les moments de grâce sont de cette nature, furtifs, insaisissables. Il faut avoir foi en eux, et en leur existence, si brève qu'elle laisse une trace amère dans tout le corps. Cette sensation, cette nostalgie est bien la preuve de leur existence.

Une ombre de culpabilité est passée sur le visage de ma mère. Coupable de quoi ? D'être prise au dépourvu, de laisser voir une faiblesse, une tendresse, de la compassion, une idée de l'amour ? Ou bien de ne pas avoir su me protéger de mon propre corps, de ce désir qu'elle connaissait ? C'est plutôt cela. J'en avais la certitude vu son envie de me faire mal au-dedans de mon ventre.

Alors quoi ?

Je prenais le relais, je porterais ma faute comme elle portait la sienne.

2

Tout a commencé il y a longtemps. Par un cri.
— Arrêtez ! Mais arrêtez de courir après cette vache ! Elle va faire du beurre sur place !

Je crie rarement si fort.

L'homme vacille, trébuche à plusieurs reprises. Il hésite avant de poser un pied devant l'autre, comme s'il avait le choix. Il réfléchit d'abord. Comme si l'homme devait réfléchir pour marcher et courir. Sur le qui-vive, on dirait qu'il découvre en quoi consiste être debout.

La vache s'est arrêtée devant lui, à une distance respectueuse, elle lui fait face, sa grande tête inclinée vers lui, curieuse. Dans cette position, elle peut paraître menaçante, enfin, pour un homme qui ne connaît rien aux bêtes. C'est de toute évidence son cas. Elle n'est pas menaçante, il ne le sait pas. Comment savoir ce qu'il fera ensuite s'il se croit en danger ? Il peut très bien tomber en arrière, sauter en avant, faire une pirouette ou rester cloué sur place pendant des heures.

Je crie de nouveau, encore plus fort :

— Arrêtez de l'embêter !

Il sursaute et pivote sur lui-même, puis s'arrête net. Je le reconnais. Mais d'abord il faut s'occuper de la vache. Avec les doigts, je pince les extrémités de ma jupe froncée, je la déplie dans toute sa largeur, en éventail, et je me place entre l'homme et la vache. Celle-ci relève la tête, ma voix la rassure. C'est la jeune, sa robe est d'un marron brillant et doux, c'est l'une de mes préférées.

— Viens, ma petite, hou, hou ! tranquille, voilà, voilà, va rejoindre tes copines, hou, hou !

La belle à la robe marron change de posture et descend posément vers les autres près du ruisseau. À la bonne heure.

Et là, je remarque que l'homme a des yeux de vache. Jamais vu des yeux pareils, surtout chez un homme. D'un rond, d'un bleu... quelle couleur, ce bleu clair.

— Je ne cours après personne, c'est elle qui me poursuit, dit-il en ajustant sa chemise, sourire aux lèvres. Ça fait longtemps que je n'étais pas venu à la maison, continue-t-il en regardant le troupeau s'éloigner. Vous travaillez chez nous ?

C'est la première fois de ma vie qu'on me vouvoie. D'abord, j'ai pensé que quelqu'un se tenait derrière moi et j'ai failli me retourner. Mais il n'y avait que les vaches, je le savais bien.

Évidemment que je travaille dans cette maison, la plus grande du village, la plus riche du village. C'est de loin la plus belle ferme de la région, avec son moulin et sa biscuiterie. Elle est en dehors du bourg. D'habitude, les fermes sont au centre, mais celle-là domine le vallon. Les bâtiments forment un carré, le beau portail en bois sculpté ferme la cour, en face du portail il y a la maison principale et, sur les côtés, des étables et des hangars. C'est rare par ici les fermes aux cours carrées, le plus souvent elles sont en L. Le moulin est plus bas, sur le cours d'eau.

On m'a envoyée ici, loin de ma maison à moi, loin de ma toute petite sœur, pour gagner ma vie.

« Tu dors au sec, tu manges bien, tu es propre, on ne te bat pas. » C'est ainsi qu'Aloïs résumait ma vie à venir, en partie pour me consoler, et surtout pour mieux me faire avaler que je devais quitter Marie, ma mère, sa femme. C'est lui qui l'avait décidé. Pourtant, même après la mort d'Aloïs, je suis restée à la ferme.

J'y suis maintenant quelqu'un. Je m'occupe des vaches, de la basse-cour, j'aide à la cuisine. Ça va faire quatre ans. Oui, je travaille ici.

Les vaches se regroupent plus bas dans le pré, là où coule le ruisseau, au bord du bosquet d'ormes et de peupliers. Elles y trouvent l'ombre et la fraîcheur. L'herbe y est encore à peu près verte.

Je les regarde et je me dis que je les aime, ces vaches : ce ne sont pas les miennes mais j'aime les appeler « mes vaches ». Je les garde, je les trais, parfois je les aide à mettre bas. Je les caresse, les tapote amicalement sur le flanc, le dos, le cul. Elles aiment le contact de l'homme. Je leur parle aussi. C'est important. D'ailleurs, elles reconnaissent les voix, d'abord la mienne, puis celle du patron. Pas étonnant que la plus jeune ait eu peur de cette voix inconnue. C'est le fils du patron et depuis que je travaille ici, c'est bien la première fois que je le vois pour de vrai. Il habite en ville. À Vienne. Il aurait pu habiter par exemple à Brno, c'est nettement plus près, ou à Prague, notre capitale. Mais non, il habite de l'autre côté de la frontière, à Vienne, à l'étranger. Même si Vienne n'est pas loin du tout.

Je l'observe, à la dérobée, tout en m'assurant que les bêtes vont bien.

Le jeune homme aux yeux de vache est habillé en costume de ville – chemise blanche, pantalon noir aux plis bien marqués, une ceinture à la taille avec une jolie boucle argentée. Et ses chaussures en cuir sont formidables : fines et parfaitement cirées. En pleine campagne, elles font un peu cheveu sur la soupe, comme aurait dit Aloïs, mais elles lui vont quand même à merveille.

Je voudrais me tenir plus près de lui, pour voir si la ville a laissé quelque chose, une marque sur lui. Je me dis qu'elle a pu déposer des bribes d'elle, accrocher son odeur à ses habits taillés sur mesure. Comme s'il m'était possible, en m'approchant de lui, de me retrouver moi aussi là-bas, de nouveau.

Je n'ose pas.

Ici, certains disent : « Vivre à Vienne, quelle idée ! » Avec une belle maison comme ça, une si belle ferme, eux, ils n'enverraient pas leur fils faire des études. Le fils du patron, il ferait mieux d'apprendre à gérer le domaine, c'est ce qu'ils pensent. Mais, à le voir courir après les vaches, le patron et sa femme ont bien fait de l'envoyer étudier. Il court comme il recule. Il en a peur de mes vaches. Comment peut-on les craindre ? Et puis ses mains, si fines, et si blanches ! Il ne saurait jamais faire fonctionner les machines de la biscuiterie de son père, encore moins les engins agricoles.

— Comment vous appelez-vous ? me demande-t-il.

Il parle avec cet accent délicieux de la grande ville. On peut tomber amoureuse pour moins que ça.

Lui, je sais qu'il s'appelle Josef. Je ne connais pas le prénom de sa sœur, tout le monde dit simplement Mademoiselle.

— Magdalena, je finis par répondre.

— Magdalena, Mada, Madina. Vous souriez, Magdalena, alors vous ne me croyez pas. Mais je vous assure que les vaches me courent après, dit-il enjoué.

Bien sûr que non, je ne le crois pas. Ce sont des bêtes paisibles qui ne poursuivent personne. Et je souris, j'en sais plus que lui sur les vaches, et sur lui aussi. À la ferme, on n'entend parler que de lui et de sa sœur. Tout le temps. Monsieur ceci et Mademoiselle cela. On sait tous combien ils sont merveilleux et combien ils manquent à leur mère. Lui, il n'entend jamais parler de moi quand sa mère va le voir à Vienne. On ne parle pas de ses domestiques à ses enfants, sinon pour s'en plaindre. Je peux donc considérer que, s'il ne me connaît pas, c'est que tout va bien pour moi.

Sur le grand buffet de la cuisine il y a plusieurs photos. La majorité représentent les enfants de la famille depuis qu'ils sont tout petits jusqu'à aujourd'hui. Les plus récentes sont très belles, en couleur. Je les dépoussière régulièrement.

Deux êtres ressemblants et pourtant si différents. Josef a les cheveux blonds, couleur du blé près d'être moissonné ; il est, oui, il est plus grand que son père. Sa sœur est le portrait craché de sa mère, cheveux noirs et brillants comme le plumage des corbeaux ou des corneilles, et la peau très blanche. Elle est mince, de grande taille et souple, ça se voit. C'est à la couleur de leurs yeux qu'on devine qu'ils sont jumeaux. Mademoiselle a aussi cet étonnant regard bleu. Et vache.

Lui, un regard de vache, elle, le regard vache. Son bleu à elle fait froid dans le dos, alors que lui, il a le ciel d'été dans les yeux.

Les voilà, les enfants de mes patrons, les plus beaux du village, de la famille la plus riche du coin. Ils seront aussi les plus instruits, parce qu'ils étudient à Vienne. À l'université, pas moins.

Jan, qui travaille à la ferme depuis bien plus longtemps que moi, m'a dit que pendant la guerre les enfants avaient été envoyés très jeunes dans une pension en Suisse, et qu'ils étaient allés directement faire leurs études à Vienne. Maintenant, les parents vont les voir là-bas ; le plus souvent la patronne part en voyage toute seule. Elle en profite pour soigner son mal étrange, une sorte de folie. D'après Jan, rien de dangereux, juste gênant. La patronne est très mince, comme transparente, sa peau est claire, le soleil pourrait la dessécher, la brûler. Quand elle vient me donner les ordres pour la journée ou la semaine, elle me tient parfois par l'épaule ou par le bras, pour être sûre que je l'écoute. Je suis toujours très attentive, et toujours aussi surprise de la force qui se cache dans cette femme si fragile. Plus d'une fois il est arrivé que les marques violacées que ses doigts avaient laissées sur mon avant-bras aient mis plusieurs jours à s'effacer. Elle n'ordonne pas, elle susurre, il faut approcher la tête. On a chaque fois l'impression de comploter quand on parle avec elle. Il est exceptionnel de la voir dehors, ne serait-ce que dans la cour. On dirait qu'elle a peur de la lumière du jour, du soleil, des gens. On raconte ici qu'elle est viennoise d'origine. En tout cas, elle n'est pas faite pour la campagne. Quand elle est fatiguée, assise dans un fauteuil dans l'obscurité de la grande pièce aux petites fenêtres, elle se parle à elle-même dans un allemand très doux et elle sourit. De temps en temps, juste avant de s'endormir, elle chantonne des comptines dans une langue incompréhensible qui ressemble à de l'allemand mais qui n'en est pas.

Les ombres s'allongent, c'est la meilleure heure de la journée, l'air fraîchit, enfin. À cause des semaines sans pluie, le ruisseau est presque tari, il faut mener les bêtes plus en amont. Le matin on se lève avant l'aube, le retour se fait à la tombée de la nuit.

On rentre après l'heure habituelle. Les sabots résonnent dans la cour : « Hou, hou, hou ! » Je tape les vaches sur le cul avant qu'elles franchissent le portail. Je les reverrai demain matin, et je les entendrai toute la nuit de ma petite chambre qui donne sur l'étable. Cette année, toujours à cause du temps sec, on est à court de foin. S'il ne pleut pas avant la fin juin l'herbe ne poussera pas, et on aura un très mauvais hiver. Le peu de fourrage qui reste de l'année dernière est entassé dans la grange de l'autre côté des champs de blé. Le patron est inquiet.

Mais ce soir, c'est la fête à la maison. La ferme est éclairée en grand, tout le monde s'active, la cuisinière est à pied d'œuvre depuis deux jours. Les valises des étudiants ont été déposées par le voiturier de la gare de la ville voisine au milieu de la cour. Ce gars n'est pas très soigneux, il les a mises n'importe comment. Si c'est celui qui traîne devant la gare, la cigarette au bec, alors tout s'explique. Le lait maternel lui coule encore sur le menton, mais, comme il conduit sa propre voiture, il se prend pour un monsieur. D'ailleurs, il exige qu'on l'appelle M. Stanislas, et pas Stan. Il dit que ça fait plus sérieux pour les clients.

Moi, je prends le bus. Mon village et celui où je travaille sont distants d'une quarantaine de kilomètres. La route, étroite et sinueuse, longe la frontière avec l'Autriche, elle s'en approche, elle s'en éloigne. La semaine il y a une ligne directe entre les deux villages. Le dimanche il faut changer à la gare de la ville qui se trouve à peu près à mi-chemin. Il me faut attendre la correspondance une heure, alors Stan se propose chaque fois de me conduire à la ferme. Je refuse, car le bus est bien moins cher. Il dit qu'il le fera gracieusement, mais je ne veux pas lui être redevable. Même si ça me plairait bien de me faire conduire en voiture.

Tous mes dimanches, je les passe derrière le comptoir à servir des bières et du goulasch préparé par ma mère la veille. Une ou deux filles du village l'aident la semaine, mais le dimanche midi c'est moi.

Là, il va falloir monter les valises des étudiants dans les chambres à l'étage. Si Jan n'a pas fini de curer le puits, je vais le faire. N'importe comment, ce n'est pas un travail pour Jan et sa patte folle. L'escalier qui monte vers les chambres est trop étroit et raide. Si Jan a été blessé au début de la guerre, ça ne fait pas de lui un héros. Marek, le garde champêtre, lui a tiré dessus pendant qu'il braconnait sur le domaine du château. Un accident bête. Toujours gardé par ce même gars, le château est maintenant vide. Il est devenu propriété de l'État. La coopérative va probablement l'utiliser pour y engranger la paille et les récoltes. Il a été nationalisé aussitôt après la guerre, suite aux décrets présidentiels de 1945. Comme les mines, les banques, les grosses industries de plus de cinq cents employés. Ces décrets ont aussi chassé le comte, riche et allemand, et toute sa famille – et tous les Allemands pour finir – du territoire tchécoslovaque. Leurs passeports ont été annulés. De toute façon, il paraît que le comte ne venait que rarement. Notre patron à nous a une trop petite entreprise pour être nationalisée ; donc lui, même s'il a un nom allemand, il reste tchèque.

C'est Jan qui m'a raconté tout ça. Il est né ici et connaît beaucoup de choses sur les gens et les alentours. Il n'est pas en colère pour le coup de fusil. Il s'est arrangé pour toucher une pension de héros de guerre et le garde champêtre est même devenu un copain. Et puis, notre patron le nourrit très bien pour le peu qu'il fait. Il n'est pas paresseux, ça non, il sait utiliser son énergie pour aller boire au village toute la nuit ou danser le samedi soir. Mais pour le travail, pour l'éviter, il n'y a pas plus fort que lui.

Il faut tout de même être juste, Jan ne sort que deux soirs par semaine rejoindre les autres et participer aux réunions politiques à la maison communale, ce qui est un nom très ronflant pour la grande arrière-salle de l'auberge. Depuis qu'on a créé une autre porte à l'arrière du bâtiment, tout le monde y trouve son compte. Les femmes, qui auparavant ne rentraient pas dans l'auberge en dehors des jours de fête et autres occasions exceptionnelles, comme les baptêmes, les mariages et les enterrements, viennent maintenant aux réunions, et parfois elles boivent de la limonade, pour le plus grand bonheur du patron de l'auberge. Les hommes, d'abord réticents à l'idée que les femmes aillent au bistro, en sont maintenant contents. Cela leur évite les disputes au retour, d'autant, à ce qu'il semble, que les femmes ont pris goût à la bière et à l'eau-de-vie. Quelle drôle de paix règne au village depuis que ces réunions ont commencé...

On dit qu'elles sont cordiales et conviviales. Mais, à mon avis, ce sont les enterrements qui sont les plus chaleureux de tous les rassemblements. Et, depuis la fin de la guerre, ils sont encore plus conviviaux et plus beaux qu'avant. En temps de guerre, trop de gens sont morts loin de chez eux, seuls.

Au début, les larmes de tristesse coulent sur les visages, les mouchoirs se remplissent bruyamment, sans gêne. Lors des funérailles, on se mouche bien à son aise, pour montrer son respect au défunt. À la fin de la soirée, les larmes, si elles coulent, et c'est bon signe si elles coulent, c'est de rire – ou de soulagement. Chacun se réjouit que son tour ne soit pas venu. Tout le monde s'abandonne et veut passer une bonne, une très bonne soirée, à honorer le mort, fêter la vie et espérer avoir un jour un aussi bel enterrement.

Ça se passe comme ça dans mon village. Et il n'y a pas de raison pour que cela soit différent dans les autres villages du coin, de la région, du pays, du monde.

Par exemple, un des plus beaux enterrements de ces dernières années fut celui d'Aloïs, le mari de ma mère. Une vraie fête. D'autant plus qu'il tenait avec elle le seul bistro de notre petit bourg.

Alors tous sont venus ce jour-là. Il faut dire qu'Aloïs est mort aux premiers jours de la chasse, le premier automne après la guerre. Les hommes étaient extrêmement excités à l'idée de ressortir les armes de leurs caches pour aller tirer le cerf dans les bois.

On avait craint qu'au tout début les chasses ne deviennent prétexte à régler les comptes des années écoulées; on s'attendait à des coups de fusil malheureux et meurtriers. Le seul mort cet automne-là fut Aloïs devant chez lui, après un repas comme on avait presque oublié qu'il pouvait en exister. Les murs du bistro craquaient aux coutures, le village entier s'y pressait pour déguster le premier goulasch de gibier de la saison. Ma mère l'avait préparé la veille et l'avait réchauffé trois fois. C'est bien connu, le goulasch est encore meilleur réchauffé. La bière coulait à flots, on avait dû prendre deux filles en plus pour le service.

Ce jour-là, aucun chien n'avait eu le droit d'entrer dans la salle, ordre de ma mère, pour être plus tranquilles pendant le service. Les gamins qui couraient dans tous les sens ne la dérangeaient pas, au contraire. Mais avoir des chiens dans les jambes, quand vous portez plusieurs assiettes garnies de goulasch, ça peut être dangereux. Comme d'habitude, certains hommes râlaient. Mais dans le bistro, c'est ma mère qui dictait les règles à Aloïs, qui les imposait lui-même aux autres hommes d'une main de fer.

À la fin du repas, les chiens s'impatientaient dehors. Ça sentait la rixe.

Aloïs est sorti. Il avait bien mangé et bu de nombreuses bières, sa peau était rouge violacé, les petites veines sur ses tempes grisonnantes battaient la chamade. Sur le pas de la porte, il a chancelé, s'est appuyé contre le mur quelques instants puis s'est avancé vers les chiens. Soudain, il a poussé un cri sauvage, tout le monde s'est tu, les chiens y compris, et il s'est effondré, mort, pile sur son teckel Filou, un très bon flair à lapin dont il était fier. Le chien n'a pas vu le coup venir. Le corps d'Aloïs l'a écrasé net. Ce couple improbable, l'énorme Aloïs et son teckel aux courtes pattes, était une célébrité au village. On ne les voyait jamais l'un sans l'autre. Morts ensemble par un si beau jour : leur postérité était garantie. Les funérailles furent grandioses. Aloïs était le premier depuis la fin de la guerre à mourir comme il se doit, chez lui, entouré des siens. Tout le monde n'aimait pas forcément Aloïs, mais tous l'enviaient le jour de sa mort, et encore plus le jour de son enterrement. Même la mairie avait dépêché un comité spécial avec un drapeau rouge pour honorer Aloïs lors de son dernier voyage. Ma mère n'en a pas voulu. Les membres du comité, avec le deuxième secrétaire en tête, s'en sont offusqués, ils voulaient passer dans le journal régional. Ma mère a répondu que la mort n'était pas une manifestation politique mais une manifestation de la vie.

C'était également un grand jour pour ma mère.

À quarante et un ans, l'étrangère devenait veuve, indépendante et respectée.

Ma mère... son visage est beau : chaque trait est à sa place, équilibré, juste. Une ride assez profonde forme un triangle entre ses sourcils quand elle est mécontente ou soucieuse ; cela lui donne une gravité qui ne souffre aucune résistance. Assez grande, ma mère est une femme vers qui toutes les têtes se tournent, mais elle, elle ne se retourne jamais. Droite, fière, si elle n'avait pas la vie au bout des doigts, on l'aurait traitée d'orgueilleuse. Dans tous les villages voisins, un jour ou l'autre on avait besoin d'elle. Que le travail se présente mal ou bien, quand une femme enfantait on faisait venir Marie, ma mère.

Il y a quelques semaines, Jan m'a invitée à sortir. Très officiellement. Il voulait depuis des mois que je vienne assister aux réunions dans l'arrière-salle de l'auberge. Je refusais, on allait jaser sur nous.

Cette fois-ci il avait insisté, ça devenait difficile de décliner son invitation. La soirée lui tenait particulièrement à cœur, il en parlait sans cesse depuis plusieurs jours. Il se préparait, tour à tour anxieux et impatient.

D'un côté, il était plaisant qu'un homme m'invite à sortir. De l'autre, passer une soirée à l'auberge ne m'enchantait guère. Je ne savais pas s'il fallait parler au patron de cette soirée ; finalement, j'ai accepté sans rien lui dire.

Jan est tout feu tout flamme en politique. Plongé à chaque moment libre dans la lecture des journaux, il aime me commenter les articles – il sait que moi je n'ai pas le temps de lire. On se voit le soir. Il vient souvent dans ma chambre en catimini. En tout bien tout honneur, il me lit les livres qu'il emprunte à la bibliothèque de la ville où il se rend une fois par semaine avec le patron. Ma chambre est dans le grenier, juste au-dessus de celle des patrons. Avant de me coucher, je fais de la couture. Il y a toujours des chemises ou autre chose à ravauder. Parfois, la patronne me confie quelques pièces à broder. Du coup, j'ai le droit de garder la lumière allumée plus longtemps. Jan écrit aussi des discours pour les réunions, il s'entraîne à les dire devant moi. Pour ne pas réveiller les patrons, il doit le faire à voix basse. Il a trouvé un truc.

Il se met à genoux. Pour être bien stable, il est obligé de les écarter légèrement à cause de sa jambe blessée. Moi, assise près de lui sur la chaise de nourrice, je brode, j'écoute. Il déclame de toutes ses forces le plus silencieusement possible. Les passages qu'il considère comme vraiment importants, il les mime : aucun son, rien, juste ses lèvres qui bougent, ses yeux qui lancent des regards vigoureux et pleins d'élan. Il appuie son discours par des grands gestes dramatiques. Je le trouve très convaincant.

Jan nourrit de grands espoirs pour l'avenir. Il pense que la guerre a été une chance pour nous. Puisqu'il nous faut maintenant tout reconstruire, l'opportunité c'est de bâtir quelque chose de nouveau. Il dit « d'absolument extraordinaire ».

L'année dernière, il était déçu parce que je ne pouvais pas encore voter, pour ça il faut avoir vingt et un ans. De toute façon, je n'aurais pas su pour qui voter, mais je ne lui ai pas dit. En 1946, son parti, le Parti communiste, a obtenu 38 % des voix aux premières élections après la guerre. Il était aux anges : les communistes sont entrés au gouvernement, légitimés grâce à la voix du peuple. Il disait que ce n'était que le début.

Bien sûr, il faut reconstruire, mais je ne suis pas d'accord avec lui. Pour moi, la guerre n'a pas été une chance. Les guerres provoquent trop de malheurs, et celle-ci, la dernière, a été la pire de toutes, parce que je l'ai vécue. Mais l'optimisme de Jan est contagieux. Il est gai, entouré de gens : ça parle, ça rit, ça bouillonne. Le patron ne voit pas cette agitation d'un bon œil, mais il préfère ne rien dire.

Le soir de cette réunion, la salle communale s'affichait toutes lumières allumées, dedans comme dehors. Jan a accéléré le pas, m'a encouragée à faire de même. Peu habituée aux bains de foule, je l'ai suivi hésitante, mes jambes ont ralenti toutes seules. Jan ne m'a pas laissé le temps de réfléchir ni de douter. Un grand brouhaha montait de la salle ; on aurait cru, à s'y méprendre, à un essaim d'abeilles énervées et perdues. En approchant, on distinguait les voix, on les entendait éclater en cris joyeux, en grandes salutations ; on s'embrassait, on se tapait dans le dos, on se serrait les mains. Jamais la salle n'avait été aussi remplie, la foule aussi excitée. Devant stationnaient plusieurs voitures, des hommes de la ville étaient venus. Les villageois se pressaient sur les chaises disposées devant une estrade improvisée de quelques planches en bois posées sur des briques. Une table et quatre chaises y attendaient les invités de la ville. Jan m'a dit de m'asseoir, puis de le regarder et de l'écouter. Lui-même est monté sur l'estrade, après quelques saluts supplémentaires.

Jan faisait donc partie des gens importants. Du coup, j'étais contente pour lui et flattée de son invitation.

Ovations interminables.

Discours.

Applaudissements.

Discours.

Applaudissements.

Un autre discours. Puis des voix se sont élevées, le débat était entrecoupé par des applaudissements.

Silence, et un autre discours, applaudissements de nouveau.

Les gens n'en finissaient pas d'applaudir et de discourir. Cette réunion était un grand succès, ces ovations le disaient bien. Les voix des orateurs portaient loin, certainement jusqu'au fin fond de la salle. C'étaient des messages optimistes sur le partage ; oui, le partage des terres, des biens, les perspectives économiques, sur notre avenir, comment on allait y arriver, tous soudés autour de ce seul et unique objectif : vivre ensemble, en harmonie, et heureux. Les hommes sur l'estrade nous promettaient la paix.

Voilà, les temps changent, plus de guerre, plus de combats, sauf un – accepté et mené par nous tous chaque jour de notre vie –, celui dont on doit sortir victorieux : il faut battre le capitalisme et le capitaliste, pour construire cette nouvelle société qui semble si formidable.

Ce soir-là, pour la première fois, j'ai entendu Jan déclamer de toute sa voix. Elle était belle, forte, sonore. Une voix d'homme sûr de lui, qui sait ce qu'il dit – en tout cas qui y croit. Il faisait ces gestes maintes fois répétés, à genoux, dans ma chambre. Ici, dans la clameur de la salle, cela prenait une autre ampleur. Jan était beau, bon. Il avait du succès.

On l'applaudissait encore et encore.

Mais la fatigue me gagnait, je n'arrivais plus à écouter, ni à comprendre ce qui se disait. La tête me tournait. J'ai voulu sortir pour l'attendre. En me frayant un passage vers la porte, j'ai bien vu que des hommes m'observaient et que des femmes conversaient à mon sujet.

Sortir.
L'air frais.
La salle était trop pleine, le monde formait une masse dont la vie évinçait la mienne. Tout à l'heure, à l'intérieur, je n'avais plus toute ma tête, les gens applaudissaient, j'applaudissais, les

gens hurlaient « oui » ou « non », je hurlais « oui » ou « non » avec eux sans savoir pourquoi. C'était comme si je sortais de moi-même ; par moments c'était agréable, à d'autres moments affolant. À la fin, je n'arrivais plus à être contente pour Jan, à l'écouter, à l'entendre. J'ai dû quitter la salle, être seule, aspirer une bouffée d'air rien qu'à moi. Dedans, il faisait si chaud que j'avais l'impression que l'air ne circulait plus. Il passait directement d'une personne à l'autre, toujours plus chaud, toujours plus pauvre à chaque cri de la foule surexcitée.

Dehors, une idée bizarre m'a traversé l'esprit. Comment allait-on construire cette société si chacun de nous disparaissait dans la foule ? Comment allais-je savoir qu'elle était enfin arrivée, cette société heureuse ? On allait me prévenir, quand je devrais être heureuse, moi ? Qui ? Comment quelqu'un à ma place saurait que j'étais heureuse ? Je me promettais de le demander à Jan. Lui, il saurait me dire.

J'ai inspiré profondément. Je voulais garder un peu d'air au fond de moi, en réserve.

Il était sans doute tard, la salle se vidait enfin. Jan me cherchait des yeux tout en saluant des gens qui avaient encore tant de choses à lui raconter.

Une fois sur la route du retour, il m'a demandé :

— Alors ? Qu'est-ce que t'en dis ?
— Tu étais formidable.

Je ne savais pas quoi dire d'autre.

— Merci, Magdalena, merci. Mais ce n'est pas moi qui compte, tu sais. C'est un travail collectif.

Jan paraissait quand même très content de lui.

— Donc, dis-moi, elle t'a plu ta première réunion ?

Que répondre ?

— Il y avait tellement de monde, toute cette excitation, tu sais...

Je voulais lui dire aussi que je connaissais ses discours, lui rappeler qu'il les lisait dans ma chambre, qu'il y avait tant de mots sophistiqués que je m'y perdais ; la politique était trop compliquée pour moi. Mais Jan était si pressé de continuer, il ne m'écoutait pas, il avait gardé sa grande voix de l'estrade.

— Tu vois, du premier coup tu comprends mieux que n'importe qui. Il y avait du monde. C'est ça. Les gens nous suivent. Ça, c'est important, que les gens nous suivent. Il faut qu'on soit nombreux. Le plus nombreux possible. Tous, tous comme un seul homme, c'est comme ça qu'on va gagner.

« Je suis sûr et certain qu'on va gagner. Ça va être merveilleux. On va la construire, cette nouvelle société, tu sais, ce sera un événement absolument inédit. Pour l'instant, on en rêvait. Nous, on va la faire, comme en Union soviétique. Eux, ils sont tout près du but, ils nous serviront d'exemple, on fera même mieux qu'eux.

— Je… Jan, je voulais te demander quelque chose.

— Vas-y. Je suis là pour ça. Dis-moi.

J'hésitais, puis je me lançai :

— Comment je saurai que je suis heureuse ?

— Magdalena, je viens de t'expliquer. On fera une nouvelle société, on sera tous égaux. Tu ne seras pas une domestique mais une citoyenne travailleuse, ouvrière. Tu pourras faire tes choix, changer de travail plus facilement, travailler pour nous tous, comme les autres travailleront pour toi, on pourra faire des études, gratuitement, et…

Jan partait de nouveau dans une tirade sans fin, mais une chose m'avait intéressée.

— Je pourrai faire des études, tu dis ?

— Bien sûr, puisque je te le dis. Les études, l'école, ce sera pour tout le monde. Et ce sera gratuit, tout le monde aura une maison, un bon travail…

Il me secoua par le bras.

— Tu ne m'écoutes pas !

— Quoi ?

— Tu ne m'écoutes pas, répéta-t-il.

— Mais si, continue, parle-moi encore des études gratuites pour tout le monde.

Le ciel brillait de milliers d'étoiles ; Jan n'en voyait aucune, il les avait toutes dans les yeux. J'aurais presque été jalouse de ses convictions, tellement elles lui donnaient de la force et de l'assurance. De temps en temps, il sautillait maladroitement sur la route, joyeux, comme un gamin à la veille de Noël.

Pas étonnant que son travail à la ferme traîne certains jours s'il passait ses nuits à sautiller et à s'exciter comme ça.

Il me dit aussi qu'il inventerait la machine qui ferait tout à ma place, que je pouvais lui faire confiance. Pour la confiance, ça reste à voir, parce qu'il a déjà inventé en fait celle qui fait tout à sa place. Elle s'appelle Magdalena.

Il me fait rire pourtant. Il est un des rares à me laisser tranquille. Il ne me regarde pas comme les autres hommes qui se croient futés et s'imaginent que je n'entends pas leurs rires et que je ne sens pas leurs regards et que je ne devine pas leurs gestes. Je sais ce que je dois à Jan. Qu'il me laisse tranquille vaut bien quelques heures de travail en plus.

C'est moi qui monte les valises de Josef et de sa sœur dans les chambres à l'étage.

Ce soir, la table est dressée pour toute la famille : la mère, le père, les enfants. Ce soir, la famille est réunie.

Je me sens de trop, mais il faut bien que quelqu'un serve. La patronne n'y arriverait pas, et la vieille cuisinière est partie, exténuée par les préparatifs. Le patron est si fier des siens qu'il réussit à faire oublier ses soucis aux autres. Mais moi, je les vois tout de même. Qui d'autre ? Ses enfants ? Pas sûr. Et ce ne sera pas sa femme qui les verra ce soir non plus, trop occupée à dévorer des yeux les jumeaux jusqu'à l'extase. En général, elle ne voit rien et ne s'intéresse pas à ce qui se passe à la ferme.

Être en famille est une chose inconnue pour moi. Moi, je n'ai que ma mère. C'est vrai que j'ai aussi ma petite sœur. Mais c'est la fille d'Aloïs.

Avant Aloïs, ma mère avait mon père. Puisque je suis ici.

De ce père, je ne sais rien. Je suppose, j'imagine, mais c'est tout.

Cette soirée familiale chez les patrons me fait venir ces pensées. Quand il n'y a à table que le patron et sa femme, et les photos des enfants sur le buffet, c'est plus facile pour moi.

— Mada m'a sauvé la vie aujourd'hui, une vache m'a attaqué, dit Josef en riant et en me faisant un petit signe de la tête.

Sa mère s'étonne :
— Mada ?
— Oui, Magdalena. Elle a été épatante. C'est admirable, les vaches lui obéissent, elles l'aiment, c'est sûr.

Josef est assis à côté de son père qui préside la table, la mère est assise en face, puis Mademoiselle à sa gauche. La mère s'adresse à sa fille.
— Mada ?

La patronne a l'air surprise, comme si elle entendait prononcer mon prénom pour la première fois, ou comme si elle découvrait qu'on avait des vaches. Toutes deux me scrutent. Je me sens aussitôt coupable de quelque chose. Vaudrait mieux poser le plat sur la table et se retirer. Seulement je ne peux pas. La nappe blanche en coton fin, que j'ai brodée, a été sortie de son coffre. Il y a aussi de beaux bougeoirs en argent, ça veut dire que je vais être de service toute la soirée.

Ah, cette nappe… c'est du bon travail. Elle est assortie aux serviettes, j'en ai fait douze, ça fait trop. Je me suis inspirée de la porcelaine blanche finement peinte de petites fleurs bleues et surlignée de deux liserés, un très fin et l'autre plus épais, les deux dorés. Ce soir, on sert avec les couverts en argent qui viennent de la famille de la patronne. Les occasions de dresser la table ainsi sont rares. Les bougies sont neuves, on espère la soirée longue.

Je ne pense plus à Mademoiselle.

La table est belle, mais inattendue, pas à sa place, comme les chaussures de ville de Josef dans le pré. La campagne s'efface, les flammes des bougies scintillent, elles se reflètent sur les vitres des fenêtres, nous enveloppent, nous coupent du monde. On peut s'imaginer ailleurs…

Je me revois dans le vaste appartement de l'avenue bruyante, au troisième étage, avec ses grandes fenêtres. J'aimais me cacher dans leur embrasure entre les rideaux en dentelle blancs et délicats, et les doubles rideaux lourds, retenus par de larges rubans à pompons avec lesquels je jouais. Le tissu était épais, vert foncé avec un fil doré pour rehausser le tout. Ces pompons en fils tressés et soyeux les rendaient plus gais. Avec le temps, je me demande si je n'ai pas rêvé, si ces souvenirs qui ne provoquent presque plus de douleurs ne sont pas le fruit de mon imagination.

Jan m'a dit que le patron et sa femme possèdent aussi une belle maison dans la ville voisine, avec un grand jardin côté rue et un autre derrière la maison. Mais, depuis le début de la guerre, ils préfèrent habiter ici, à la campagne. Moi, j'aimerais bien visiter un jour leur maison en ville. Juste pour voir la taille des fenêtres.

Le patron se mêle à la conversation.

— Oui, les vaches, notre Magdalena est aux petits soins avec elles, qu'elles en profitent. Avec la sécheresse de cette année, et toute cette incertitude autour de la politique agricole.

— Père, vous avez des garanties, non? demande Josef.

— Oui, les garanties, on veut y croire, mais je ne sais pas trop, mon fils. La surface du domaine reste dans la limite autorisée, pour le moment ça va. Et la biscuiterie redevient prospère. Mais bon, toi et ta sœur, vous devez vous consacrer à vos études, votre avenir ne sera pas dans la terre, ni dans les bêtes. Ni dans les biscuits, n'est-ce pas? Qu'en penses-tu, Magdalena?

Le patron a pris l'habitude de me poser des questions sur tout. Sans attendre forcément une réponse. Simplement parce que je suis là. Quelquefois je réponds, on peut dire que l'on discute.

Jan m'a résumé la réforme agricole. Il m'a bien expliqué comment elle avait commencé en 1918, à la fin de la Grande Guerre, quand l'Empire a éclaté et que l'on a redessiné l'Europe à coups de crayon, dans un château grandiose quelque part en France ; on m'a dit à Versailles. Jan faisait de grands gestes pour mieux me résumer tout ça. Que ça semblait loin et pourtant ç'a chamboulé nos vies. À cette époque-là déjà, le domaine du patron avait connu un premier redécoupage. Une partie des terres s'était retrouvée de l'autre côté de la frontière, dans un pays devenu étranger, l'Autriche. Du côté tchèque, le patron avait pu garder cent cinquante hectares : la limite autorisée par domaine, et les terres des Autrichiens qui étaient côté tchèque – tant pis pour eux – avaient été distribuées aux paysans d'ici qui avaient moins de quinze hectares.

Ça, c'était après la Grande Guerre.

Aujourd'hui, après celle contre les nazis, Jan dit que la réforme agraire va reprendre. Depuis deux ans, elle tient en haleine tout le monde. Les grands propriétaires tremblent pour leurs terres et les petits paysans attendent un nouveau partage. Beaucoup de petits propriétaires réclament la création généralisée de coopératives, ce qui équivaut à la confiscation pure et simple des terres des gros propriétaires. Jan me le laisse entendre. En tout cas, les petits comme les gros cherchent à être rassurés sur ces fameuses nouvelles limites mais le gouvernement se garde bien d'être clair et d'affirmer ses intentions.

Le village du patron, trop petit pour avoir une

coopérative, s'était associé avec deux bourgades voisines. Tout le monde le sait, ça.

Le patron a intégré la coopérative, au départ par prudence, mais en définitive il y a trouvé son compte. En échange des achats et de l'entretien des grosses machines, on l'aiderait pendant les récoltes, ainsi il pourrait consacrer plus de temps à la biscuiterie. Il ne garderait que quelques vaches, quelques cochons et une très belle basse-cour.

Mademoiselle demande d'une voix nasillarde :
— Dites-nous, Magdalena, qu'en pensez-vous, vous, de la politique agricole ?

Je voudrais bien lui dire ce que j'en pense, mais de toute façon elle ne veut pas m'entendre. Elle ne me regarde même pas.

En principe, je crois que le partage est une bonne chose. Ç'a l'air bien comme ça, mais celui qui connaît la terre sait que c'est impossible. Comment prendre la terre ou les bêtes à un paysan sans lui arracher les viscères ? Jan est persuadé que c'est faisable. Il voudrait mettre tout en commun. Il rêve qu'on travaille tous en communauté et qu'après on partage le résultat du travail. Mais alors le paysan éviscéré ne sera plus le paysan.

Je souhaite rester prudente.
— Je ne sais rien de la politique agricole.
— Ben voilà, elle ne sait rien. T'es content ?

Mademoiselle regarde son père d'un air victorieux.

J'aimerais ajouter tout de même que je ne suis pas sûre qu'on puisse inventer une politique agricole dans un bureau. Depuis un bureau, on n'imagine ni la douleur ni la beauté. Oui, la terre, pour la connaître, il faut y plonger ses mains, mettre son nez dedans pour la sentir. Comment lui faire comprendre ça ?

Et tout à coup je dis :

— Pour survivre, il suffit d'une vache et d'un lopin de terre, Mademoiselle. Pour vivre et pour étudier, c'est autre chose.

Je me mords la langue.

Il y a des moments où je ferais mieux de me taire. Sauf que je n'y arrive pas, comme si les mots sortaient tout seuls. Ils se pressent dans ma gorge, puis jaillissent.

Mademoiselle se tourne de nouveau vers moi.

— Eh bien !

Josef passe le bras autour de la taille de sa sœur, l'embrasse sur la tempe et la serre contre lui.

— Voilà, sœurette, tu as eu ta réponse, non ?

Soudain la mère se lève, enroule son beau châle en laine autour de ses épaules ; elle a toujours froid, même par une nuit si chaude.

— Oui, des promesses, des réformes, tout vendre ou donner, pourquoi pas, au point où nous en sommes, et enfin on partira à Vienne ; des promesses...

Et elle quitte la pièce.

— Voilà, Magdalena, vous êtes contente j'espère ?

— Allons, ma fille, Magdalena n'y est pour rien, tu connais ta mère.

Le patron soupire lourdement.

— Oui, je connais ma mère, merci. Mais pas cette fille.

Ce n'est jamais bon quand les deux hommes de la famille prennent le parti de la servante, pas bon du tout. Je pose le plat sur la table et je me retire à toute vitesse. Ma mère me le dit tous les dimanches : « Garde tes distances. »

Il faut encore ranger la cuisine. Je ne veux pas écouter, mais j'entends quand même. Ils parlent en allemand entre eux. Sans savoir que je le comprends, je n'ai jamais eu besoin ni envie de le dire à qui que ce soit.

— Il ne fallait pas chasser Mada, dit Josef d'une voix très douce.

Moi, dans la cuisine à ranger les plats, je lui suis très reconnaissante. J'écoute, distraite parce que, par la petite fenêtre, j'entrevois le ciel. Les étoiles dansent dans l'air immobile. Il ne pleuvra pas cette nuit, ni demain non plus.

Par contre Mademoiselle est furieuse.

— Que tu es naïf ! Je me suis renseignée, moi. Elle fréquente les réunions communistes et tu lui demandes son avis sur la propriété ? Père, maman a raison, il faut partir. Rejoins notre oncle. Dans deux ans, nos études seront terminées, on s'établira. Vends la biscuiterie et les terres.

— Magdalena n'est pas plus communiste que toi ou moi, elle va s'amuser au village le soir, c'est de son âge. Tant qu'elle est là le matin auprès des bêtes et que la maison est bien tenue, ça me va. Vous, vous vous occupez de vos études. Moi, je gère le domaine.

Josef change de sujet.

— Et la grange, père ? Elle a brûlé entièrement ?

— Ne t'inquiète pas pour la grange. Elle est vieille, j'envisage de la faire tomber tout à fait pour la reconstruire. La semaine prochaine, j'ai rendez-vous avec la compagnie d'assurances qui me cause plus de misères et de soucis que la mauvaise récolte. J'irai avec vous à Vienne, au siège. La succursale de Brno fait des histoires, ils se demandent si c'est vraiment un accident.

Le patron soupire de nouveau.

— Tu sais, ta mère parle de vendre alors que je viens d'acheter le terrain de l'autre côté du ruisseau. Celui que mon père ne pouvait pas acquérir à cause de la limite.

Mademoiselle est partie rejoindre sa mère en claquant la porte.

— Pourquoi acheter une friche ? demande Josef.

— Pour ouvrir un chemin direct entre la ferme et la biscuiterie, et aménager le ruisseau. Une mare de plus, les années de sécheresse comme celle-ci, nous sera bien utile. Les travaux vont commencer bientôt.

— Tu l'as payé cher ce terrain ?

— Le prix qu'il a pour nous. En contrepartie, j'ai donné un pré à l'est du domaine. Il sera géré par la coopérative, c'est un arrangement convenable. Nous avons signé la semaine dernière.

Je vois très bien que le patron hausse l'épaule, juste une.

— Jan m'a aidé à négocier, il connaît bien le voisin. Il m'a d'ailleurs épaté ; j'ai été surpris de le voir se démener à ce point pour la ferme. Je veux qu'on nous laisse nous remettre au travail. La guerre, les guerres, elles ont tout bouleversé. Vous êtes partis, vous n'êtes plus attachés à cette terre. Mais moi si, c'est la mienne.

— Et maman, elle sait ? demande Josef.

— Non. Préviens ta sœur, qu'elle se taise pour l'instant. J'attends la fin des chaleurs avant de l'annoncer à ta mère. Elle est fragile, elle ne se remettra probablement jamais. Peut-être avait-elle raison ? On aurait dû vous rejoindre pendant la guerre, vous deux, votre oncle et sa famille en Suisse. Tout du moins que votre mère vous rejoigne. Mais les premières lettres de son frère n'étaient guère encourageantes. Puis après, plus de lettres du tout. Je pensais qu'on était en sécurité ici, ta mère en tout cas. Enfin, c'est fini maintenant. Et au fait, ta sœur ? Ses études de médecine ? Pas trop seule ? Parle-moi de ta sœur.

— Ah, *Mademoiselle* ! Elle réussit mieux que moi. Elle est brillante, forte. C'est pour ça que les professeurs lui pardonnent son sale caractère.

— Alors c'est bien.

— Père, il faut faire venir maman plus souvent à Vienne. Vous devriez aussi faire installer une ligne téléphonique, ce serait pratique. En attendant, j'écrirai plus fréquemment. À propos, dans sa dernière lettre maman voulait du fil à broder. Je ne savais pas qu'elle brodait.

— Ta mère, broder, penses-tu! C'est pour Magdalena. Tiens, la nappe, je crois que c'est son œuvre. Ta mère l'apprécie et son travail aussi, c'est important. Une fille bien, oui.

Le lendemain matin, sur la table de la grande pièce m'attendait un magnifique étui en cuir, comme pour les cigares des messieurs, cousu main, doux au toucher, à l'extérieur comme à l'intérieur. Il contenait une douzaine de bobines de fils de soie de toutes les couleurs, si légers et pourtant si solides. Plusieurs rubans en soie également, fins, larges d'à peine la moitié de l'ongle de mon petit doigt. Une série de différentes aiguilles était piquée de l'autre côté de la languette de fermeture. Cet objet précieux ne m'était pas destiné, pourtant il s'est retrouvé entre mes mains. La ville se rappelait de nouveau à moi. Ces fils se seraient mieux accordés avec les tissus délicats des robes de salon et des intérieurs raffinés, loin des intempéries et des travaux de la campagne.

Josef et Mademoiselle sont entrés dans la pièce pendant que j'admirais l'étui.

— Je vais vous broder une chemise, Josef, ai-je dit en guise de remerciements.

Il a fait oui de la tête et m'a souri.

Je sais bien qu'il ne la mettra pas. En ville, on ne porte pas de chemises brodées, surtout pas à l'université. Tant pis, je la broderai quand même.

Mademoiselle marmonne dans sa barbe que c'est un cadeau empoisonné, aussi beau soit-il, il implique des heures et des heures de travail, et tout ça pour quoi ?

Elle ne connaît rien à la broderie, ça se voit.

Tard dans l'après-midi, il a fallu ramener les vaches. Josef m'a rattrapée sur le chemin en courant.

— Vous marchez vite, Madina, me dit-il, haletant.

J'ai haussé les épaules en gardant mon rythme.

— Et en plus, pieds nus ? Vous n'avez pas de chaussures ? Vous n'en portez jamais ?

— Si, j'en ai. Mais sentir l'herbe sous mes pieds, les petits cailloux aussi, la terre, ça me plaît.

Je n'allais pas lui raconter qu'en plus il faut économiser les chaussures et les garder pour le mauvais temps. Je me suis arrêtée en attendant que Josef reprenne son souffle. La poussière soulevée par mes orteils qui grattaient mécaniquement la terre était légère. Elle voletait autour de mes pieds, se déposait sur eux en fines couches, avec douceur.

— Je n'ai jamais marché pieds nus, vous savez, dit-il en respirant plus calmement.

Et il a commencé à enlever ses belles chaussures de ville. Il n'arrivait pas à défaire les lacets, il sautait sur une jambe en tournant en rond et en tirant des coups saccadés pour se débarrasser du soulier. On aurait dit un chien qui cherchait à se mordre la queue.

Je pouffais de rire.

— Je ne sais pas si c'est le bon moment pour essayer. La terre est trop dure, poussiéreuse. Vous allez vous blesser et votre sœur va dire que c'est ma faute.

Quand il a finalement réussi à les enlever, il les a liées d'un nœud, puis les a mises autour de son cou. Vraiment, de belles chaussures.

— Et elle aura raison. Bien sûr que ce sera votre faute, vous me donnez des idées qu'aucune autre femme ne m'inspire.

Il a ri comme un gamin, en retournant l'ourlet de son pantalon au-dessus de ses chevilles.

J'ai rougi, je crois, enfin j'espère pas trop, sinon je deviens écarlate comme une aubépine en automne. De l'entendre dire «femme» en parlant de moi, mon cœur s'était mis à battre plus vite. Ou plus fort.

— Les premiers pas de Josef sur la terre! criait-il, ses chaussures à son cou. Il courait et sautait sur la pointe des pieds, puis retombait sur les talons en riant et en bougeant les bras dans tous les sens, un vrai moulin à vent.

— C'est extraordinaire, Mada! J'aime marcher pieds nus. Vous avez raison, on se sent tout autre. Merci, ma petite Mada, merci.

Je riais de nouveau, sans savoir pourquoi. Probablement, comme lui, de son plaisir de faire quelques pas pieds nus sur le chemin.

Soudain, il s'est arrêté net, s'est retourné vers

moi, a mis ses mains blanches et fines sur mes épaules, devenant très sérieux, et a dit :

— Vous savez, ce n'est pas une mince affaire de faire de but en blanc ce qu'on a envie. Vous m'avez offert un grand moment de bonheur.

Et sans prévenir, il a posé ses lèvres sur mon front.

— Ne me prenez pas pour un fou, s'il vous plaît, Mada. C'est la vérité.

Ah ! Ça devrait être interdit de prendre les jeunes filles au dépourvu comme ça. Mon cœur était tout affolé. Je ne savais plus quoi faire de moi, de mes mains, moites et encombrantes, de mon cœur qui cognait à réveiller un mort, on devait l'entendre jusqu'au village, de la rougeur qui envahissait mes joues, mon front, mon cou, ni quoi faire de mes larmes, ces larmes qui montaient, qui coulaient, coulaient, coulaient sans que je puisse y faire quoi que ce soit. Je ne savais pas si je devais m'enfuir à toutes jambes, ou rester collée à cet homme qui sentait bon et me tenait contre lui. Sa chemise allait être trempée par ces larmes qui affluaient par vagues.

— Mada ? Je vous ai offensée ? Je vous ai fait mal ? Qu'est-ce que j'ai fait, dites-moi ?

Il était encore plus confus que moi, ce qui ne m'aidait pas. Entre deux sanglots, j'essayais d'inspirer pour me confondre en excuses. Je n'y arrivais pas. Il a continué à s'excuser aussi. Le pire, c'était ses mains qui continuaient à me caresser les bras, ses longs doigts blancs qui essuyaient mes joues inondées par ces fichues larmes. Dans notre famille nous ne pleurons pas, surtout pas devant quelqu'un. Je fermai les yeux, pour voir si ça pouvait aider. Mais, en les fermant, ma peau était devenue deux fois plus sensible. Alors j'ai serré les poings. Mes ongles ont entaillé mes paumes. Voilà, une petite douleur. Rien de tel pour arrêter de pleurnicher qu'une petite douleur. J'ai cherché du pied un caillou pointu, puis j'ai tapé dedans. Fort. Voilà.

Un cri m'a échappé.

Josef a demandé :

— Qu'est-ce qui se passe ?

— Ce n'est rien, un caillou sous mon pied. Vous voyez, c'est dangereux de se promener pieds nus, ai-je sangloté.

Il a fait semblant de me croire.

— Vilaine pierre. Qu'est-ce que je peux faire pour vous, Mada ?

— Conduisez-moi en ville.

C'est sorti tout seul. Oui, c'est ça que je veux, partir en ville. Quitter la campagne et même les vaches, je veux aller en ville. C'est bien la première fois que je le dis à haute voix et à quelqu'un.

— Pour soigner votre pied ?

Un sourire.

— Non, pour y être.

Les larmes se sont calmées.

— D'accord. Je vais voir avec mon père.

Il a dit ça comme si aller en ville était la chose la plus simple du monde.

Et ma mère ? Il va en parler avec elle ? Parce

que moi, je n'ai pas seulement l'intention d'y aller, mais d'y rester. Ça, ma mère le sait, bien que je ne lui en aie jamais soufflé mot. Et elle n'est absolument pas d'accord. Sinon, pourquoi elle m'aurait laissée partir travailler dans le coin le plus inaccessible du pays ?

Et si je ne disais rien à ma mère ?

Une chose jusqu'à présent inconcevable.

— D'accord.

Je suis d'accord. Et je me sens bien.

Les cloches du village annonçaient les vêpres, le temps pressait, il fallait aller chercher les bêtes.

J'ai ramassé le petit caillou qui m'avait sauvé la mise et l'ai laissé tomber dans la poche de ma jupe.

Nous nous sommes remis en route, silencieux. C'était un de ces silences éloquents qui se suffisent à eux-mêmes. Quand ma main a touché la sienne, il l'a prise naturellement en m'adressant un sourire. Le pré et ces vaches ne seraient jamais assez loin pour que je sois rassasiée de cet instant.

Sur le chemin du retour, j'ai conseillé à Josef de se rechausser. Si jamais une vache se décidait, sans raison, à le charger, il pourrait ainsi courir plus vite. Il n'était vraiment pas à l'aise sans ses chaussures. Il ne riait plus, se tenait droit, il paraissait plus grand. Il était plus distant, ou songeur. C'était le bon moment pour lui parler de choses graves.

— Josef ?
— Madina ?

— Ce n'est pas facile.
— Allez, dites.
— C'est au sujet de la grange.
— Oui ?
— Vous ne direz rien au patron ? Il n'aimerait pas que je vous en aie parlé.

Josef m'observait, la tête légèrement penchée sur le côté, puis il a haussé juste une épaule.

— Promis, je ne lui dirai rien.
— Je vous fais confiance. La vérité, c'est que la grange a brûlé deux fois. Ça, le patron ne le dit pas. Ça ne peut pas être un simple accident, pas deux fois.
— Je vois, a dit Josef.
— La grange est très près du champ de blé, et ce champ de blé, on en a besoin, pour la farine, pour la biscuiterie.

Il vaut mieux bien lui expliquer, il ne connaît pas grand-chose à la ferme.

— Le champ touche aussi la barrière en bois qui jouxte la maison. En plus, on n'a jamais vu de mois d'avril et mai aussi secs, qu'est-ce que ça va être à la fin juin, le feu ne demande qu'à s'étendre, une fois qu'il a pris, vous comprenez ? Et la compagnie d'assurances refuse de payer deux fois en si peu de temps les frais de rénovation. Vous comprenez ?

Là, Josef écoutait, très attentif. Il se grattait le menton de la même manière que son père.

— Voilà ce qu'on va faire : je ne l'ai pas vue depuis des années cette grange, vous m'expliquerez sur place tout à l'heure. Je me rendrai mieux compte de ce que vous dites. Comme le jour tombe tard, on peut se retrouver derrière la maison après le repas. D'accord ?

L'idée est bonne. Il verra de ses propres yeux ; après, son père et lui régleront ça entre hommes.

Ce soir, pas de broderie. Je n'éteins pas la lampe dans ma chambre. Si Jan veut lire, il n'aura qu'à monter. Je ne l'ai pas vu de la journée, mais c'est normal. Le jour de la paye à la biscuiterie, le village est joyeux le soir. Jan ira rejoindre les autres au bistro. Je laisse tout de même la lumière allumée.

Josef est devant la maison, il m'attend. Je rougis, bien sûr. Heureusement, la lumière du jour faiblit et m'aide à le dissimuler.

Josef me demande :

— Puis-je reprendre votre main ?

Encore ce vouvoiement. Je tends la main, mais je ne lève pas les yeux, trop effrayée à l'idée que je me mette de nouveau à pleurer. Et s'il se moquait de moi ? Les manières de la ville sont une arme terrible contre la fille de la campagne que je suis devenue. Quand même, moi, je suis née dans cette ville, pas lui. Mais tout chez lui, de ses chaussures jusqu'à sa façon de prendre ma main, délicatement, me rappelle combien c'est loin, combien le monde a changé et moi avec. Et si sa main ne dégageait pas une chaleur aussi douce, je me laisserais aller à la jalousie, à la colère qui monte en moi. Nous marchons dans un grand silence, plus lourd que celui de cet après-midi. L'obscurité arrive, nous enveloppe.

La voix de Josef perce le silence.

— Madina, pourquoi ai-je l'impression de vous connaître depuis toujours ? J'aime votre simplicité.

— Ma simplicité ?

On a déjà dit beaucoup de choses de moi, mais jamais que j'étais simple. Désarmée, je ne trouve rien à répondre, en tout cas rien qui serait simple. Heureusement, il continue.

— Tout est limpide chez vous, votre regard, votre visage, tout est clair. C'est apaisant, vous ne pouvez pas savoir. Par exemple, hier, j'ai étudié en détail les motifs de vos broderies sur la nappe. J'ai été enchanté. J'y étais comme dans un beau paysage, ordonné, oui, lisible. Rassurant.

Je réfléchis un long moment.

— Je n'y suis pour rien, ces motifs ne sont pas les miens, ils existent depuis longtemps. Je ne sais même pas si on peut en inventer de nouveaux. C'est la facture qui compte. Et aussi leur agencement.

Ça semble clair. On connaît ces motifs dès notre enfance, on grandit avec eux. Pas étonnant qu'il se sente en territoire connu. Il devient pensif.

— Je devrais rentrer à la maison plus régulièrement. J'en ai parlé à ma sœur. On est bien ici, dans ces paysages, dans ces vallons. Regardez ces prés et ces champs, ils forment un damier harmonieux, avec ce coucher de soleil qui accentue les lignes des forêts, de l'horizon lointain. C'est vraiment beau.

Je ne vois pas la beauté des paysages dont il parle. Il voit ce qu'il y a à voir. En vivant ici tous les jours, je vois ce qu'il y a à vivre. Un paysage bien travaillé, son utilité et son usage, voilà ce qui le rend beau pour moi.

Josef est trop délicat, et les vaches sont bien plus intelligentes que moi. Elles ont tout de suite vu qu'il fallait se méfier de cet homme. C'est comme si elles avaient peur de l'abîmer. Je ne sais pas. Dois-je aussi avoir peur de lui ?

— Josef, vous retournerez en ville, vous garderez ces paysages dans vos pensées. Moi, si je retournais à Vienne, je garderais des durillons sur mes mains.

— Vous connaissez Vienne ? Vous y êtes déjà allée ?

Je ne saurais pas lui raconter ma vie à Vienne, lui expliquer pourquoi je désire y retourner. Pourquoi lui avouer que, si je supporte si bien cette campagne, c'est parce que la frontière n'est pas loin, seulement à quelques kilomètres ? Il y a même une petite route oubliée qui y mène. De l'autre côté du village, il suffit de monter sur la colline et on peut apercevoir la ligne infranchissable. C'est ça : seul mon regard peut voler par-dessus et au-delà.

Il vaut mieux changer de sujet.

— Vous savez qu'il y a des chemins sur lesquels on marche mieux que sur d'autres ? Si, si, je vous assure.

Josef rit.

— Mada, si je pouvais moi, je resterais à la campagne. La vie ici me semble saine, belle, comme vous. Il faudra me montrer ces chemins qui vous rendent heureuse.

Je lui promets.

On arrive à la grange, une belle et imposante bâtisse, malgré ce pan de mur noirci par l'incendie d'il y a quelques semaines. Un bout du pignon, côté pluie, qui risquait de s'écrouler a été soutenu et étayé provisoirement avec des morceaux de bois, le temps de trouver l'argent pour remettre tout en état.

Nous faisons d'abord le tour par l'extérieur, Josef inspecte tout soigneusement. Pas besoin de clé ni de forcer une porte pour rentrer dans la grange. Un grand trou noir dans le mur nous invite à l'intérieur. Avant les incendies, la grange avait l'allure d'une forteresse. Aujourd'hui, elle est éventrée, blessée, même en plein été c'est un spectacle qui fait froid dans le dos. Elle me fait penser au mois de janvier, elle rappelle la carcasse du cochon tué, pendu, et vidé dans la cour en attendant le dépeçage. L'odeur de brûlé flotte dans l'air.

La lumière s'estompe très vite à présent, le silence d'avant la nuit s'installe. Josef cherche ma main, je la lui donne. Il me mène vers les profondeurs de la grange, je le suivrais n'importe où.

Je l'ai suivi, j'ai suivi ses doigts qui parcouraient mon visage, mon cou, mes épaules, ma taille, les parties de mon corps que mes propres doigts n'osaient pas effleurer ; et je me suis perdue, je tombais, je suis tombée, et c'était douloureux, beau, je voulais que ça ne s'arrête jamais, ou que ma vie s'arrête là, maintenant, et mon vœu a failli s'exaucer.

Nous avons juste eu le temps de sortir de la grange qui brûlait à nouveau.

Le pignon abîmé et fragile s'est écroulé dans un grand bruit ; il s'est échoué là où nous nous tenions quelques instants plus tôt. Les flammes dévoraient tout cette fois. La charpente s'est écrasée au sol dans un craquement assourdissant. Des milliers d'étincelles se sont élevées vers le ciel noir, dansant autour de nous en créant des formes inquiétantes. Une voix à l'intérieur de moi me disait : Voilà le bon moment pour pleurer. Regarde-le, ton voyage à Vienne, partir en fumée. Regarde ton histoire qui s'effondre. Il y aura d'autres choses à régler que de te promener en ville. Tu les as devant toi, ces bonnes raisons de verser des larmes. Mais je n'arrivais pas à pleurer. Tout mon être était happé par les flammes, par ce qui venait de se passer. Et tout à coup, surprise moi-même, je me demandai comment un désastre pouvait être aussi beau.

Nous avons suivi sur quelques mètres le chemin qui montait vers le bosquet, contre le vent, pour nous mettre à l'abri. Pour mieux voir et pour nous laisser, encore une fois, avaler par l'obscurité.

En tournant la tête sur le côté, j'ai cru apercevoir une silhouette. Mais il devait s'agir d'une branche, d'un tronc d'arbre qui, dans la lumière changeante du feu, me jouait un tour. Une seconde plus tard, j'ai perdu de vue cette forme, que de toute façon je ne cherchais pas. Je voulais voir le visage de Josef.

Il était effrayé et fasciné. Ses bras m'entouraient à m'étouffer, ses lèvres restaient posées sur mes cheveux, brûlantes.

Les premières voix affolées nous parvenaient d'en bas. Les gens accouraient.

— Il faut aller aider. On va contourner par le côté, pour rejoindre séparément les autres, sinon, ça va faire des histoires.

— Tu as raison, Madina, tu avais raison. Cette grange n'a pas pris feu toute seule, elle gêne quelqu'un.

Est-ce que Josef pensait toujours que la campagne était ravissante ? Pas sûr, et cela me désolait. J'aurais tellement aimé continuer à faire partie de son tableau idyllique. Oui, ça m'aurait plu.

Je sentais ses tremblements. Je tremblais aussi. Il m'a tournée vers lui, m'a plaquée contre sa poitrine, m'a embrassée, puis de mes cheveux défaits il a retiré une brindille de paille.

— Voilà tout ce qui reste, tout ce que je peux sauver.

Quel fragile souvenir pour une si belle nuit. Pendant une seconde, j'ai eu envie de lui prendre le brin de paille, de le garder, comme une relique de cette nuit enflammée à plus d'un titre, comme une preuve que je n'avais pas rêvé.

Mais il a brisé la paille de ses doigts nerveux, longs et blancs, en petits morceaux. Il n'en restait rien.

Nous sommes allés rejoindre les autres, chacun de son côté.

3

Le mois d'août 1947 a été très dur.

Et, en septembre, jamais la fête de la moisson n'a été plus maigre ni plus triste. On se rappelait les années passées, les années de guerre, les hivers très froids, les printemps exceptionnellement pluvieux, les automnes gris, aux cieux bas, les étés orageux, mais personne ne se souvenait d'une année aussi sèche ; non, personne. On cherchait partout du blé pour nourrir le pays.

Les hommes étaient nerveux, soucieux. Au crépuscule, Jan partait au village ou en ville de plus en plus fréquemment et revenait tard dans la nuit.

Le voisin qui avait vendu au patron le terrain le long du ruisseau au printemps est passé un soir. Ils ont discuté, le voisin est reparti. Plusieurs jours après, il est revenu, cette fois-ci accompagné d'un groupe d'hommes, des papiers à la main. Je devais leur servir du vin de table, en nouant bien serré mon tablier. Depuis que ma mère connaît mon état, je me fais des idées, peut-être, mais je crois que le monde entier ne fait qu'observer mon ventre grossir. Même les rêves lors des nuits sombres et chaudes me pèsent et me réveillent.

Un rêve surtout revient. Celui où mon énorme ventre ne me permet de pénétrer dans aucune maison, hormis les granges et les étables. Mais, dès que j'y mets le pied, les bâtiments prennent feu et mon ventre, dans la chaleur, éclate comme une pomme de pin. Un enfant en est expulsé très très loin et je n'ai aucun moyen de savoir si c'est un garçon ou une fille et si l'enfant va bien. Je cours partout pour le retrouver. La chaleur est forte, les flammes sont là, mais ne m'atteignent pas. Le ventre béant et vide, j'arrive près d'un tapis roulant sur lequel passent plein de bébés de toutes les tailles et qui ont la peau de toutes les couleurs, rose, jaune, bleu, et même noir, et ils sont tous très petits. Ils pleurent à vous arracher le cœur. Ils glissent vers une fenêtre à la lumière aveuglante ; il est impossible de distinguer ce qu'il y a derrière. Les enfants passent sous mes yeux, lentement. J'ai tout mon temps pour les regarder. Ils finissent par disparaître dans cette blancheur en poussant des cris horribles. Vite, je dois en choisir un, le mien. À ce moment-là, soit je me réveille, sans savoir si j'ai fait le bon choix, soit la lumière blanche se transforme en un trou noir qui m'aspire, parce que j'ai choisi le mauvais enfant.

On m'appelait.

Le voisin et les autres attendaient dans la grande pièce que je leur serve le petit vin, et que j'aie regagné la cuisine pour attaquer le vrai sujet de leur venue. J'y retournai ; ils ne savaient pas que, de là-bas, on entendait tout – le patron non plus. Les hommes n'y viennent jamais.

— Alors, Feldmann, cette récolte ? a commencé une voix basse.

— Mauvaise, comme pour tout le monde, a répondu le patron.

— Oui, oui, on dit ça. Bien sûr, à part que pour nous, c'est encore pire. Nous, on n'a pas de réserves. Nous, on est des petits. Oui, petits ! Mais plusieurs petits, tu vois Feldmann, ça vaut un grand. Il faudrait que tu te décides.

— Me décider à quoi ? La coopérative, c'est votre affaire. Je vous prête mes machines en échange de coups de main, c'est tout. Vous n'avez pas à les acheter, on les entretient ensemble, je garde la priorité sur l'utilisation. Elles sont à moi, tout de même. Chèrement payées, vous savez.

Le patron parla longuement, il n'aimait pas ça. Il devait répéter ce qui avait déjà été dit et qui était connu de tous.

La voix basse demandait de nouveau :

— Et tes terres ?

— Oui, dit un autre, tes terres. Tes pâturages, il va falloir les partager.

— Qui décide pour mes terres ?

Le patron haussait la voix.

— Les directives, mon vieux Feldmann, les

directives. À année exceptionnelle, directives exceptionnelles.

J'entendais le chef des petits paysans, président de la coopérative, étaler des papiers sur la table. Il était content, sa voix montait, il parlait vite, et fort :

— Tu vois, c'est écrit noir sur blanc. On va prendre pour la collectivité les pâturages, et les foins de l'année prochaine seront à tout le monde. C'est exceptionnel.

Les gloussements de satisfaction du voisin arrivaient jusqu'à la cuisine.

Les froissements des papiers dépliés sur la table ont rempli la pièce de nouveau. J'imaginais les grandes mains du patron les tourner et les retourner, sans les lire puisque je ne l'avais pas entendu ouvrir son étui pour chausser ses lunettes. Il gagnait du temps, il respirait profondément.

C'était arrivé.

Je l'avais compris grâce à Jan. Le patron était entre deux meules qui le broieraient. Jan m'avait expliqué que d'un côté le gouvernement voulait à tout prix continuer la réforme agraire, même si, vis-à-vis des propriétaires, les paroles et les promesses officielles chantaient une autre rengaine. Et que de l'autre côté, certains hommes du village le pressaient de rejoindre la coopérative.

Jan se moquait du gouvernement qui, d'après lui, exécutait une danse de séduction à destination des grands propriétaires en leur promettant des garanties, et en même temps les menaçait de distribuer leurs terres à ceux qui n'en possédaient pas. Bien sûr, les petits paysans devenus propriétaires de quinze hectares de terre soutenaient massivement le gouvernement. Sauf que très vite les visionnaires, et Jan était fier de se prendre pour l'un d'eux, présageaient que ça n'allait pas s'arrêter là. Tout propriétaire, grand ou petit, allait devoir tôt ou tard mettre tout au pot de la communauté. Restait à savoir ce que voulait dire « tout » ?

Dans le journal on disait que quelques coopératives « très avant-gardistes » avaient commencé à collectiviser les terres de leurs membres. Jan m'assurait que la propriété individuelle se dissolvait comme le morceau de sucre au fond d'une tasse de café dans la gestion commune des moyens et des résultats. Jan, en me rapportant ces nouvelles, s'exclamait que tout ça serait bientôt fini, qu'on serait enfin libres.

Il me demandait de m'intéresser davantage à tous ces discours, d'y adhérer même. J'aurais voulu, pour mieux comprendre. Et puis non, en fait, cela aurait été juste pour lui faire plaisir. Mes pensées étaient ailleurs et ma liberté se réduisait à mesure que mon ventre grossissait. En plus, je trouvais assez stupide de vouloir prendre ses terres au patron. Il s'en occupait très bien, nous payait bien, nous traitait correctement. Ce n'était pas à la ferme que je manquais de liberté. Mais je me trompais, me disais-je. Jan en était convaincu.

Le plus important pour moi était de savoir combien de temps je pourrais encore cacher mon état à la ferme, au patron, et à ce fichu Jan qui me collait de plus en plus. Et qu'allais-je faire une fois la chose publique ? Dire au patron : « Mariez-moi avec votre fils » ?

Je l'aurais bien voulu, mais Josef n'était pas revenu depuis son départ précipité après l'incendie de la grange. Il devait sans doute prendre soin de sa sœur et de sa mère, tombée folle, qui s'était mise à rire comme une aliénée dans la voiture de Stan en partant à la gare.

Qu'allais-je faire ? Ma mère m'a posé la question. Répondre devenait urgent chaque jour qui passait. Mais je ne savais pas quoi répondre.

En attendant, à la ferme, la situation ne s'arrangeait pas. Les hommes parlaient toujours, et je les entendais.

On a annoncé au patron qu'il allait perdre ses terres tout le long du ruisseau, y compris celles qu'il avait achetées au printemps.

— Tu le savais, toi, tu m'as fait payer ce que tu allais me voler quelques mois plus tard ! s'est-il écrié.

Un petit rire a fusé autour de la table.

— Dehors, bande de voleurs, dehors !

— Ne te fâche pas, Feldmann, ne te fâche pas.

Les hommes partaient un à un.

La porte a claqué violemment. Le patron a passé la nuit dehors.

Le lendemain matin, quand j'ai sorti les vaches, il se tenait au milieu de la cour. Il avait dû arpenter ses terres toute la nuit, ses chaussures étaient pleines de poussière. Il s'est dirigé vers moi. Devant le portail de l'étable se tenait Jan, en train de se rouler une cigarette.

— Voilà, Magdalena. Je te garde jusqu'à la fin du mois, puis je n'aurai plus besoin de tes services, m'a-t-il dit, le visage défait, fatigué.

La fin du mois, c'était dans deux jours.

4

Secouée par une contraction interminable, je cherche des yeux le visage de ma mère. Je veux qu'elle voie dans les miens la peur, la douleur, l'angoisse. Je ne peux pas lui dire. J'ai peur qu'elle ne m'écoute pas. En la regardant, j'espère qu'elle m'entendra.

Dans ses yeux à elle, quelle horreur! Je vois la peur, la douleur, l'angoisse. Je ferme les yeux. Il n'y a pas d'espoir. Je ne verrai pas la réconciliation, l'amour, la douceur. Pas de place pour cela. La même pensée obsédante nous lie toutes les deux. Chez ma mère, cette pensée est devenue prière.

Prier ne m'avait pas effleuré l'esprit. Du coup, j'essaie aussi:

«Mon Dieu, faites que ce soit un garçon!»

La contraction suivante, forte, profonde, m'annonce la fin du monde tel que je l'ai connu jusqu'à présent.

Je pousse malgré moi.

Marie, ma mère, m'a accouchée toute seule. J'étais revenue chez elle fin septembre. Depuis, nous attendions tous.

Je voulais l'aider, mais je me suis perdue dans la douleur. C'est le cri perçant de mon enfant qui m'a fait revenir à moi.

On crie donc si fort en venant au monde? On ne sait rien de ce qui nous attend et pourtant, avec une profonde intuition, on crie. J'étais jalouse de cette franchise première.

J'ai demandé à ma mère :

— Est-ce que j'ai crié pareil?

Elle a approuvé d'un hochement de tête. Toujours aussi avare de paroles.

Je suis sûre qu'elle entend encore mon premier cri. Quand elle pense à moi, elle l'a dans ses oreilles, il ne peut pas en être autrement. Et moi, je ne sais toujours pas si elle m'aime ou si elle me hait.

La voisine qui assistait à l'accouchement a emporté le bébé qui pleurait, suivie par ma petite sœur Rose qui aurait bien voulu jouer à la poupée avec. Il faut le laver, le sécher, l'envelopper dans un linge propre et doux, et le câliner. Tout à l'heure, il faudra lui donner le sein, le mien.

En attendant qu'on me rapporte le bébé, ma mère s'est assise entre mes cuisses, sa main posée, oubliée sur mon ventre. Une vague chaude, un bruit flasque. Ma mère a recueilli le placenta sur un tissu blanc étendu dans une cuvette. Le tissu boit le sang. Je me sens vide et nue. Elle observe mes entrailles, comme si elle pouvait lire mon avenir dedans.

La voisine revient avec le bébé, elle a jeté un coup d'œil par-dessus l'épaule de ma mère.

— Le placenta est entier?

— Oui. Donne-lui l'enfant. Maintenant, c'est son travail.

Quelques jours ont passé, je ne tiens plus en place. Il faut inscrire le bébé à la mairie. Donner son prénom. Normalement, c'est le rôle du père.

On m'a dit que la famille du patron était au grand complet à la ferme. Alors le matin suivant, à l'aube, je me suis précipitée à la gare. Cette fois-ci, heureusement, la ligne de bus était directe, pas comme le dimanche.

Dehors il fait froid. Très froid. Le bébé a gigoté dans mes bras. Serrée comme elle l'est, ma fille n'a que peu d'espace pour bouger. Je l'ai bien emmaillotée dans la couverture, puis dans le grand sac en peau de mouton. Le ruban en satin forme une jolie boucle sur le dessus. Surtout, pas de rubans brodés. La fille d'un homme qui fait des études à l'université ne porte pas de broderies campagnardes. Et puis, je ne voulais pas que ma fille bouge. Elle doit être sage.

Je vais la présenter à sa famille, ma fille sans prénom. J'ai mon idée, il y a des prénoms qui me plaisent. Mais je veux l'accord de son père, à qui je dois aussi donner la chemise brodée que je lui avais promise. Ma mère n'est pas d'accord. D'après elle, c'est une perte de temps d'y aller.

De toute façon, elle n'est d'accord sur rien avec moi.

C'est encore cet espoir qui me colle à la peau. L'espoir que tout ira bien.

Ma fille est née l'avant-dernier jour de février, un jour froid, un mois sombre. J'aurais préféré qu'elle soit née en mars, comme prévu, un mois plus gai, plus coloré, plus éveillé, plus bruyant. Mais on ne commande pas l'arrivée d'un bébé. Elle est donc née en février, février 1948.

J'espère que la famille s'attendrira à la vue de cette gamine, toute en porcelaine, gracieuse, aux yeux bleus. Des yeux de vache, les yeux de Josef. J'ai besoin que quelqu'un d'autre l'aime, que quelqu'un d'autre dise qu'elle est belle.

Ma mère ne peut pas, même si j'ai bien vu dans son regard des larmes de tendresse. Elle a prétendu que c'était la fatigue et que j'étais pénible à toujours quémander. Je demandais juste un peu d'amour pour cette enfant.

Je me sens si seule.

Dans le bus, j'ai choisi le siège au-dessus du chauffage. Je ferme les yeux, bébé dans les bras.

Je remonte neuf mois en arrière. Je revois l'été, les explosions des milliers d'étoiles dans le ciel, les étincelles, et les voix des villageois affolés, l'odeur du feu, la fumée blanche quand les premiers seaux d'eau sont jetés dans les flammes. Dans la foule, j'avais perdu Josef de vue. Il fallait aider à passer l'eau, taper avec des foulards les petits départs de feu qui se propageaient vers le champ de blé, en piétiner les premières rangées, puis les arroser copieusement. Au petit matin, on était tous épuisés. Le patron a fait signe aux quelques femmes, dont moi, d'aller préparer à manger pour tout le monde.

Je me rappelle qu'en chemin vers la ferme le lever du soleil nous a rattrapées. La lumière blanchâtre arrachait à la nuit les contours du village, des maisons, des arbres et des champs. L'air, empli de la petite rosée, allait vite se charger de chaleur. Pas de pluie pour aujourd'hui. Il y avait dans ce matin quelque chose de beau que je n'avais jamais remarqué avant.

En passant devant l'étable, j'ai laissé les autres femmes me devancer, je voulais voir les vaches, déjà réveillées.

Jan, caché derrière la porte, m'a fait sursauter.

— Quelle nuit, hein ?

— Jan ? Tu n'es pas avec les hommes ? Oui, oui, quelle nuit.

— Ça va porter un sacré coup au patron, il ne s'en relèvera pas.

— Oui, un sacré coup.

Gênée par sa présence, je tapotais la tête d'une vache.

— Tu devrais chercher du travail ailleurs. Si tu veux, Magdalena, je peux t'aider.

— Jan, qu'est-ce que tu dis ?

J'étais choquée. Je ne pouvais pas aller chercher du travail ailleurs, pas comme ça. Pour quoi faire ? Au contraire, ici, on aurait du pain sur la planche. Je n'arrivais pas à imaginer la fin de la ferme, ni à concevoir que quelques mois plus tard le patron me renverrait chez ma mère.

Jan a pris son air grave.

— Je te dis ce que je pense, et je le dis à toi, parce que je t'aime bien. Tu le sais.

Adossé contre la barrière qui retenait les vaches, il me fixait gravement. Il fumait. Un petit point orange s'éclairait quand il tirait sur sa cigarette. Quelque chose dans sa tenue me chiffonnait, un truc qui n'allait pas. Ce n'était pas ses cheveux hirsutes, ni la chemise à carreaux et à manches relevées, toute défaite, sous laquelle on voyait le tricot de corps à rayures fines, ni le pantalon déchiré aux genoux qui me gênaient. Il portait les chaussures qu'il mettait d'habitude pour aller en ville, ou parfois au village. C'est vrai que Jan avait dû se rendre hier soir au village, pour discuter de politique. Mais ces chaussures étaient si déplacées dans l'étable. Et si déplacées sur Jan, même si c'était les siennes. Il me semblait tout à coup que le seul homme qui pouvait porter correctement des chaussures de ville c'était Josef.

— Tu m'écoutes, Magdalena ?

Je ne l'écoutais pas, du moins je n'avais pas entendu ce qu'il me disait.

— Je le répète. Ils vont couler, et toi avec si tu ne t'en vas pas. J'aurai du travail pour toi, en ville. Ça te dit ? Dans les bureaux ; tu sais lire, écrire, compter, t'apprendras le reste.

— Mais de quoi tu parles, Jan ? Je ne comprends rien à ce que tu dis.

Jan se faisait subitement mystérieux ; il plissa les yeux dans la fumée de sa cigarette.

— Tu ne brodais pas hier soir.

Je n'allais pas lui expliquer où j'avais passé la nuit. Toute cette conversation me déplaisait.

— Arrête de fumer. Ça suffit. Je n'ai pas envie de changer de travail, ni d'aller en ville. Je dois rester ici, c'est ma place.

Jamais je n'avais dit de pire mensonge. Mais ce n'était pas Jan qui allait m'amener en ville. Non, non, non, ce serait Josef. La ville de Jan, très peu pour moi.

Je lui en voulais terriblement de me forcer à raconter des bobards, et de m'entendre mentir m'avait effrayée, ça sonnait si vrai.

Je me suis tue. En gardant le silence, on ne peut pas mentir. Ce qui n'est pas dit n'existe pas. J'aurais aimé le croire.

Jan était-il là depuis longtemps sans que je l'aie remarqué ? M'attendait-il ce matin-là dans l'étable ? On ne devrait pas tromper ses amis, non ? Il me ment, je lui mens. Je réalisai qu'il ne m'avait jamais demandé ce que je voulais, moi, quels étaient mes rêves, mes envies, mes plans. Il parlait beaucoup trop de lui, même si prudemment, et toujours à travers les autres et la politique.

Il y a des matins brumeux où l'on voit les choses plus clairement. J'ai quitté l'étable très contrariée.

Josef et sa sœur sont partis pour Vienne en fin de journée avec leur mère. Oui, ils sont partis vite, nous ne nous sommes pas dit au revoir. De la cuisine, j'ai entendu la voiture de Stan démarrer, mais je n'ai pas eu la force de sortir. Je suis restée les mains appuyées sur la grande table. Mes yeux ont fixé le plateau en hêtre, lacéré par les coups de couteau et de hache. La table laissait voir ses crevasses, des centaines d'entailles irrégulières, vieilles et pleines de graisse, impossibles à nettoyer ; ou alors plus récentes, trahies par la blancheur du bois. J'aurais pu compter toutes ces blessures, une à une, et les faire miennes. Ma main passait et repassait sur la surface rugueuse, dans l'espoir d'attraper une écharde. Mais pas d'écharde sur du hêtre. J'essuyai les larmes qui imprégnaient doucement le bois. Est-ce que la table garderait leur goût de sel ?

Silence dans la cour. Je soupire.

Pourquoi rester enfermée dans la cuisine ?

Silence jusqu'au plus profond de mon âme.

Josef n'est plus revenu à la ferme ; ni sa mère, ni sa sœur.

Pas de lettre.

Que les souvenirs et le ventre qui grossit, qui bouge. La preuve.

Et l'odeur du feu qu'on a sentie longtemps.

L'odeur s'est estompée, ma fille est née.

Aujourd'hui, je vais revoir Josef. Le bus avance vers le village. Encore quelques kilomètres, bientôt.

Des mots tournent en rond dans mon corps.

«Josef m'amènera à Vienne. Tu m'entends, je retournerai à Vienne.»

Comment ma mère fait-elle pour être si sourde ? Je crie de toutes mes forces, de tout mon cœur. Il est vrai que je ne crie que dans ma tête. Pourtant, je suis certaine que ma mère m'entend par-delà les collines. Elle feint d'être sourde, pour ne pas parler. C'est bien connu, les sourds pourraient très bien parler, mais ils ne le font pas.

Josef tiendra sa promesse.

Partir à Vienne, partir à Vienne avec Josef. Retourner à Vienne.

Comment fait ma mère pour ne pas penser à Vienne tous les jours ? Moi, j'y pense. Elle, elle n'a plus jamais prononcé le nom de cette ville où nous avons été heureuses, depuis le jour où nous avons pris le train de Vienne pour Brno. Moi, j'y pense.

Je me souviens très bien de l'appartement du Dr Stein. Grand, lumineux, aux plafonds très hauts. Dans son bureau, où sauf exception j'avais interdiction de rentrer, il y avait un escabeau de trois marches pour pouvoir attraper les livres sur la dernière étagère de la grande bibliothèque. Et ces doubles rideaux ! Lourds, épais. Chaque pièce avait sa couleur. Le salon était vert foncé, élégant ; le bureau était de deux couleurs, marron et rouge profond, rehaussé de quelques fils jaune brillant, sérieux et chauds. Et le cabinet de consultation était très clair, pas d'un blanc écrasant, mais vraiment clair, comme le café au lait que je buvais le matin dans la cuisine à l'autre bout de l'appartement avec Cécile. Une goutte de café dans un bol de lait.

J'aime bien penser que c'est ma mère qui avait choisi toutes ces couleurs.

Ah, ma grosse Cécile. Elle sentait bon la cannelle, le sucre, le café. Elle était si grosse que, toute petite, je pouvais disparaître tout entière entre ses seins, et même pas entourer la moitié de sa taille avec mes jambes pour m'accrocher à elle. Elle passait sa grosse main sous mes fesses ou en bas de mon dos, me plaquait sur son ventre encore plus fermement et nouait autour de moi un grand foulard plein de fleurs. Je m'y endormais avec un tel plaisir. Elle pouvait tout faire avec moi ainsi attachée, la cuisine, le ménage, inviter les gens à patienter dans la salle d'attente quand ma mère était encore occupée avec une patiente. Oui, elle pouvait vraiment tout faire. Je n'étais pas gênante. Elle me l'avait raconté. En grandissant, ce n'était hélas plus possible.

Sinon, je passais les journées au parc, ou en promenade sur les larges avenues, ou dans la cuisine à préparer de bons plats. On faisait les courses dans les beaux magasins et au marché le matin. Vienne était alors une ville agréable, et tout en effervescence, disaient les dames dans la salle d'attente. Nous étions tous naïfs, ou bien faisions-nous semblant de ne pas comprendre ? Comprendre que le monde avait changé, que l'Empire n'existait plus depuis 1918, que sa gloire s'écaillait, qu'en son sein poussait une force noire, si noire qu'elle noircirait toute l'Europe.

Le Dr Stein, lui, l'avait comprise, cette menace. Elle se précisait chaque jour un peu plus au cabinet, à mesure que le nombre des patientes diminuait, jusqu'à ce qu'un jour plus aucune femme ne vienne demander à être accompagnée. À croire que plus aucune femme n'accouchait dans cette ville tout à coup. Les femmes juives craignaient de venir chez un médecin juif de peur d'avouer leur judaïté, les autres de peur d'être vues chez un Juif.

Une nuit, le Dr Stein a quitté l'appartement, en oubliant de prévenir maman. Cécile se doutait-elle de quelque chose ? À notre arrivée au cabinet, le matin, elle était à la porte, nous attendant.

— Il est parti cette nuit avec sa famille. Il m'a donné pour vous une enveloppe, votre dernière paie, je crois, a dit Cécile sur le seuil du cabinet, les yeux rouges.

Ma mère s'est étonnée.

— Sa famille ?

Cécile nous a tendu l'enveloppe puis a fermé la porte de laquelle la plaque en laiton du médecin, qu'on astiquait ensemble chaque lundi matin, avait été dévissée et rangée.

La dernière paie était aussi la première. Ma mère n'avait jamais été officiellement payée pour le travail qu'elle effectuait chez le Dr Stein, mais Cécile ne devait pas le savoir. L'arrangement était simple. Le médecin louait un petit deux-pièces à quelques pas du cabinet pour ma mère et moi, et couvrait aussi nos frais alimentaires. Ma mère travaillait cinq jours par semaine comme infirmière dans son cabinet de gynécologie situé sur la grande avenue huppée du centre-ville. Elle l'assistait également pour les accouchements chez ses clientes quand celles-ci préféraient donner naissance à la maison, ce qui était le cas, d'ordinaire.

L'enveloppe contenait de quoi rester encore deux mois dans notre petit appartement, le temps que maman trouve un autre travail.

J'ai su tout ça dans le train que nous avons pris le matin même, laissant derrière nous cette ville subitement hostile où, comme ça, un beau matin d'hiver, ma mère a découvert que l'homme qu'elle avait aimé, et qui était probablement mon père, l'avait abandonnée pour partir vers une destination inconnue avec sa famille – une épouse et trois enfants –, dont nous n'avions jusqu'à ce jour jamais entendu parler. Cécile appréciait ma mère, certes, mais sa loyauté envers le Dr Stein l'emportait.

C'est ainsi qu'au début de l'année 1938, nous sommes arrivées à la gare de Brno, une ville industrielle, industrieuse et sombre. Ce fut ma première impression, la lourdeur. Je sanglotais. Ma mère, pour me calmer et me réconcilier avec ces nouveaux paysages, me racontait des légendes et la grande histoire. Les deux se confondaient dans ma tête.

Elle parlait aussi de l'incroyable force et vitalité du pays. Je sentais comme une fierté dans sa voix. Elle disait que Brno était l'une de ces villes qui faisaient la gloire de la Tchécoslovaquie. Le pays, certes pas grand, mais tout de même prospère, vivait au sein d'une démocratie exemplaire. Je n'en avais que faire.

C'était ça : ma mère disait «l'indépendance», moi j'entendais «l'errance».

De ce qu'elle m'a dit, j'ai retenu que, lorsque l'Empire austro-hongrois s'est effondré en 1918 et que le pays de ma mère – le mien ? la Tchécoslovaquie ? – est né, beaucoup de gens ont dû choisir de quel côté de la nouvelle frontière ils voulaient ou pouvaient vivre. Cela a été un grand changement pour eux parce qu'avant, dans l'Empire, les frontières étaient plus perméables qu'après la Grande Guerre.

Nous n'étions arrivées en Tchécoslovaquie que depuis quelques mois quand les accords de Munich ont été signés. Les nazis, qui nous avaient indirectement chassés de Vienne, nous poursuivaient, nous dépouillaient de territoires frontaliers. Tout cela, comment j'aurais pu le comprendre à l'époque ? Mais la peur des adultes, de ma mère, dure, endurcie, ça, je l'avais bien saisie.

La guerre nous rattrapait. Maintenant je me dis qu'on aurait aussi bien pu rester à Vienne. Mais, pour ma mère, c'était hors de question après le départ du Dr Stein. Comme elle était née à Brno en 1904, et qu'elle y avait passé les quatorze premières années de sa vie, elle a décidé de rentrer chez elle.

Elle espérait retrouver quelques relations de ses parents, morts de la grippe espagnole à la fin de la Grande Guerre. Cependant, aucune ne trouva opportun de fréquenter une fille mère. Notre voyage s'était donc terminé dans un petit village morave, le plus perdu de tous, j'en étais convaincue. Nous n'y connaissions personne et personne ne nous connaissait. Ce village était niché dans un vallon et entouré de champs, eux-mêmes ceinturés d'épaisses forêts. Une route étroite, un chemin de fer, une petite gare au bout de la ligne avec un guichet : voilà tout ce qui nous reliait au monde. J'ai très vite compris que ce village d'adoption avait beau être situé près de la frontière avec l'Autriche, c'est-à-dire avec mon monde à moi, il n'y avait qu'un sentier oublié pour gagner cette frontière. Un sentier retourné dans les bras de la nature, devenu impraticable. Cette frontière n'est visible d'aucune colline, les forêts empêchent les regards de s'envoler.

C'était comme si cette frontière avait été parfaitement imaginaire.

Quel extraordinaire voyage en chemin de fer !
Pendant que le train nous emmenait vers ce village perdu, ma mère avait défait sa coiffure très travaillée, élégante. Elle avait passé ses mains dans sa crinière blonde, avait laissé retomber sa chevelure librement sur ses épaules et son dos. Elle avait secoué la tête en arrière et elle était restée ainsi quelques instants. Les yeux fermés. Je m'en souviens très bien. En inspirant profondément. Ensuite, elle avait attrapé tous ses cheveux d'un geste ferme et sûr, puis les avait lissés

et noués en un chignon serré. Elle s'était couverte d'un foulard. Que je ne lui connaissais pas. Il est vite devenu l'objet le plus détesté de ma vie. En tirant à petits coups, elle avait enlevé de son corsage les dentelles qui le bordaient. Après, elle avait enfilé un gilet sombre, qu'elle avait boutonné jusqu'au dernier bouton. Citadine, instruite, raffinée et parfumée, elle monta dans le train ; campagnarde, effacée mais coriace et pratiquement muette elle en descendit. Ma mère était ainsi maintenant : sanglée, fermée, cachée. Inconnue.

Je me revois enfant, à dix ans à peine. Déjà sortie des jupes de Cécile, j'aurais aimé me plaquer sur son gros ventre douillet pour m'y réfugier. J'étais parfaitement inadaptée à la vie qui m'attendait.

Dans mon village d'adoption, la vie se déroulait autour d'un étang de forme irrégulière. Sur l'une de ses extrémités se trouvait l'église, avec un enduit jaune, et dont le haut clocher en zinc était peint en rouge, bien dodu, comme un oignon à la croix très travaillée ; à côté d'elle, une rangée de belles maisons, avec les cours et les potagers derrière et les jardins fleuris devant. C'est là que se trouvait aussi l'auberge. Elle avait un toit orné de volutes sur les bords, une jolie corniche et les entourages de fenêtres peints. C'était une belle bâtisse. Le reste du village montait sur la colline, vers la gare. Si le train avait dû descendre au centre du village, il ne serait jamais remonté. Le bord de l'étang côté village était tout propre, il y avait même deux bancs sous l'immense saule pleureur.

D'abord, on a loué une toute petite maison, sur l'autre rive. Il fallait contourner la pièce d'eau, puis monter sur cette rive assez haute pour y accéder. On habitait après le panneau qui indiquait le nom du village.

Maman a fini par l'acheter pour pas grand-chose il y a quatre ans, juste à la fin de la guerre. Ma fille y a vu le jour, elle est devenue la maison familiale.

Lorsqu'on est arrivées ici, avant la Seconde Guerre mondiale, ma mère a investi l'argent du Dr Stein dans une vache et un lopin de terre attenant à la maisonnette – de quoi nourrir la vache et faire pousser quelques légumes. Mais elle ne comptait pas que là-dessus. Toute jeune, elle avait appris à broder, et fort bien même. Elle l'a mentionné en discutant avec la femme de l'aubergiste du village. Puis on a attendu.

On dit que la curiosité est un vilain défaut, pourtant elle nous a sauvées de la faim. Petit à petit, les femmes du village nous ont apporté de menues réparations, de vieilles chemises à repriser, des pantalons usés ou trop courts à rallonger. D'abord, elles laissaient les affaires à l'auberge et maman, une fois le travail fait, les remportait là-bas. Les femmes, contentes de notre ouvrage, donnaient les sous à l'aubergiste, qui les gardait pour ma mère. Je venais les chercher. On nous observait. Ma mère passait avec succès tous ces examens qui ne disaient pas leurs noms. Les clientes ont commencé à arriver. Puis, en discutant, maman a glissé dans les conversations qu'elle pouvait aider les femmes à accoucher. On ne sait jamais…

Le premier accouchement pour lequel ma mère a été appelée se déroulait mal, évidemment. La sage-femme du village, une vieille qui avait probablement aidé à naître chaque villageois, avait ordonné au bout de deux jours de travail de prier pour les âmes de la mère et de l'enfant qui ne verrait jamais le jour. L'aubergiste, tout à la fois mari et futur père, a demandé après à ma mère de venir. Les prières, susurrées jusque-là, étaient maintenant dites à voix haute et en chœur. Il a insisté. Finalement, on est venu nous chercher. Maman a sauvé l'enfant. La curiosité a redoublé.

Ma mère s'inventa un talent ancestral et s'en vanta. Il valait mieux dire qu'il s'agissait d'un don plutôt que de donner des explications, d'avouer qu'elle avait voulu, depuis la mort de ses parents, être médecin pour guérir les gens des maladies mortelles. Sans moyens financiers, il lui avait été impossible d'étudier. Elle vivait chez un parrain gourmand de son maigre héritage. Elle avait donc frappé aux portes de différents médecins de la ville en expliquant son souhait, celui d'embrasser la carrière médicale. Seul le Dr Stein, gynécologue obstétricien de son état, avait remarqué sur le visage de ma mère quelque chose que les autres n'avaient pas vu. Il ne pouvait pas espérer une aide plus motivée, ni plus douée, pour tâter les ventres des femmes, pour sentir comment ça se présenterait, et enfin pour aider à la naissance.

Je suis née en 1929, une enfant de la crise. Jamais personne n'a évoqué le nom de mon père, ni même son existence. L'homme de mon enfance était le Dr Stein, parce qu'il était là. Mais jamais je n'ai dit « papa ». Sauf peut-être à ma grosse Cécile.

Sur les formulaires scolaires, je ne remplissais pas les cases concernant l'identité de mon père. À la question : « Qu'est-ce que tu veux faire quand tu seras grande ? », je répondais : « Je veux être presque médecin, comme maman. »

Par ailleurs, je suis tombée amoureuse de notre vache, pour ainsi dire immédiatement après son achat et, avec le temps, j'ai perdu l'accent autrichien, l'accent viennois.

Notre vache, que j'appelle Vache, est toujours là. Elle est devenue mon amie, une oreille attentive et patiente. Elle apprécie mes caresses, réagit au son de ma voix. On peut tout dire à une vache, elle ne vous trahit jamais. La vache qui rumine, c'est la reine de la tranquillité. Imperturbable, elle me rassurait, je la trouvais belle. À ses côtés, je brodais, lisais, dormais.

Au village, quelques accouchements plus tard, la réputation de ma mère était faite.

Nous n'habitions plus la petite maison sur la rive de l'étang. Maman avait remisé son panier à broder. Elle avait appris à faire mousser comme il faut la bière à la pression et à cuisiner le meilleur goulasch de la région. Elle s'était mariée avec Aloïs, l'aubergiste, veuf et père d'Otylka, la fille fragile. C'est comme cela qu'elle a définitivement acquis son statut de femme importante au bourg.

Malheureusement, Otylka est morte d'une pneumonie peu avant la naissance de Rose.

La guerre a éclaté quelques semaines après le mariage de ma mère avec Aloïs. Le village était tellement perdu que même la guerre avait du mal à le trouver. Et, avant la fin officielle de cette fichue guerre mondiale, Aloïs a pensé qu'il fallait repartir du bon pied. Ça voulait dire qu'il était temps pour moi de quitter les bancs de l'école, son auberge et mon amie Vache. Pour Aloïs, sa famille c'était sa femme et sa fille Rose née en 1943. C'est tout.

Quelle affaire, la naissance de ma petite sœur...

Avec deux autres femmes du village j'ai assisté ma mère. On suivait simplement ses ordres. On chauffait les bassines d'eau, on préparait le linge propre, on fermait ou on ouvrait les fenêtres, selon le souhait de maman ; et on retenait Aloïs dehors. Pendant ce temps-là, elle poussait et a fini par accoucher du bébé. Tout s'était très bien déroulé.

— Elle est toute rose, on dirait une poupée en porcelaine, ai-je dit à maman, qui avait encore des mèches de cheveux trempées de sueur collées aux tempes.

— Voilà un joli prénom, Rose. Ou Rosa ? Rose, bienvenue parmi nous, Rose.

Quelle belle poupette était alors Rose ! Moi, je faisais tache dans le tableau familial. Il m'arrivait de penser que, si Otylka avait vécu, j'aurais été tolérée.

Aloïs m'a placée chez la famille Feldmann, propriétaire de la Biscuiterie du Moulin. L'idée de faire des études a été évoquée avec maman une seule fois, et vaguement. Il aurait fallu vendre Vache. Comment l'envisager ? Et de toute façon la somme que l'on pouvait espérer de cette vente n'aurait pas été suffisante pour couvrir les frais. Pour Aloïs, il était hors de question de payer des études auxquelles il ne voyait aucun sens. C'était un homme pragmatique, ancré dans la réalité de son village. L'ailleurs, qui commençait à une journée de marche à pied, ne l'intéressait pas. Les seules choses qu'il acceptait de cet ailleurs étaient les boissons et les produits qui faisaient le bonheur de son auberge. Et ma mère. Une lumineuse exception qui confirmait cette règle. Il l'aima, j'en suis certaine. Il l'aima comme une chose précieuse dont on jouit par un de ces hasards de la vie, comme un bien qu'on ne devrait pas avoir en sa possession. Il vivait à côté d'elle avec l'appréhension qu'elle pouvait se volatiliser à tout moment, disparaître comme elle était apparue. Il ne savait pas trop comment la prendre. Ça le rendait nerveux, et parfois il déchargeait son irritation sur moi dans le dos de maman. Partir travailler loin n'avait tout compte fait rien d'une punition.

De même, revenir tous les dimanches, pour

aider à l'auberge, je le faisais volontiers. J'étais impatiente de revoir Vache. Je lui racontais ma semaine. Et avec elle je me sentais propriétaire.

Mes voyages hebdomadaires consistaient à longer la frontière avec l'Autriche. Ils ne faisaient que réveiller et entretenir l'envie de couper à angle droit, de traverser cette ligne infranchissable. Je m'étonnais d'être nostalgique de l'Empire, mort bien avant ma naissance, et malgré tout encore présent, dans l'air. Au quotidien, l'Autriche était un pays étranger, distant. Vienne était pourtant la seule ville que je connaissais et où j'aurais pu dire que je me sentais chez moi.

Non, je ne peux pas concevoir que maman ne pense plus à Vienne. En bien ou en mal.

*

Il faut inscrire le bébé à la mairie. Dehors il fait froid, très froid. Après ce virage, le village de Josef apparaîtra.

L'espoir des rues désertes, de ne pas être obligée de saluer les gens, s'est vite éteint.

Sur la route, bien avant l'entrée du village, le bus a croisé et dépassé beaucoup de monde. Affolée, je me suis dit que, par un froid pareil, autant de monde dehors ne présageait rien de bon.

Un grand coup de frein, le chauffeur annonce la fin du voyage, il est impossible d'accéder à l'arrêt. Je descends davantage mon foulard épais sur mes yeux. Je n'ai aucune envie d'être reconnue, ou alors le plus tard possible. En me mêlant à la foule, j'espère m'y fondre.

Les gens marchent vers le carrefour. Si je veux aller à la ferme, il faut remonter le courant de la foule. Je m'arrête, pour essayer de comprendre ce qui se passe, de quelle fête il s'agit.

Un cortège accompagné par le flot s'approche du carrefour, je suis trop loin pour distinguer qui que ce soit.

Je demande à un inconnu :
— Un enterrement ?
— Ah que non, ma belle. Pas d'enterrement, quoique, un adieu quand même.

L'homme, le rire gras, est content de sa blague.

Curieuse, je me mêle aux gens. Je veux voir et échapper au froid qui me saisit à l'intérieur.

Sur la route gelée, plusieurs charrettes s'avancent, chargées, si chargées. Je reconnais les objets. D'abord, le buffet sur lequel étaient exposées les photos des enfants des patrons, puis voilà le gros coffre en bois peint qui était juste derrière la porte dans la pièce principale. On y gardait les nappes, les serviettes et les torchons bien pliés. Les jolis torchons, ceux qui servaient à astiquer les couverts en argent, à essuyer la vaisselle. La belle vaisselle doit être maintenant entassée dans les grosses caisses en bois sur l'autre carriole. De la paille en dépasse, on a rangé vite.

Je ne veux pas en croire mes yeux, je les connais tous, ces meubles, jusqu'au dernier. Pire, je connais les gens sur les charrettes. Ils sont tous là en effet, toute la famille au grand complet ; où est-ce qu'ils partent comme ça ? Toute la maison, rangée n'importe comment sur les charrettes ! Cette route, où va-t-elle ? Ce n'est pas comme ça que je rêvais mes retrouvailles.

J'avance. Il faut que je voie Josef. Pour lui dire qu'il a une fille. Il faut que Josef me voie, qu'il donne un prénom à cette petite, qu'il l'aime ! Il faut nous emmener à Vienne !

Mon Dieu, laissez-moi passer !

Je pousse les gens, je dépasse Stan, qui suit au pas le cortège avec sa voiture bien propre et rutilante. De temps en temps, il klaxonne, comme s'il était pressé. Il n'est pas pressé. C'est un salut sinistre qu'il envoie à la famille du patron.

Le patron, on dirait un petit vieux, tout ratatiné, à peine reconnaissable. Il est en tête, sur la première charrette. Josef conduit la seconde. Il tient les rênes du cheval fermement, ça oui, mais on voit bien que c'est la première fois qu'il en dirige un. Le cheval avance tout seul, en suivant la charrette précédente. Josef s'est abandonné au rythme de la bête, il se balance d'avant en arrière, en avant, en arrière. Il ne regarde ni à gauche ni à droite, pas même devant lui. Son regard est vide, infiniment vide, je n'arrive pas à y entrer. Il n'entend pas non plus. Il ne réagit à rien. Ni aux rires, méchants et moqueurs, ni aux menaces, ni aux poings levés, ni aux boules de neige sales lancées par les gamins – et aussi par les adultes. Rien ne le fait changer de position, tourner la tête, hausser les épaules, ajuster la couverture qui glisse doucement de ses genoux.

Ma voix se perd dans le bruit de la foule, dans le grincement des roues de la charrette. Elles écrasent la neige souillée mélangée au sable et aux cendres grasses du mauvais charbon dispersées pour empêcher les véhicules de déraper.

Le cortège me dépasse. Je trébuche. Je tombe, je me relève, la carriole est loin. Mon enfant dort. Elle dort, innocente.

À l'arrière de la charrette, deux femmes, la mère et la fille, assises côte à côte, serrées l'une contre l'autre pour se tenir chaud et ne pas être seules face à leur escorte. Elles, elles me voient.

La patronne sourit, elle semble heureuse. Je ne l'avais jamais vue ainsi auparavant. Pour une fois, elle n'a pas l'air d'être malade ou folle. Comme si elle avait su depuis longtemps ce qui allait leur arriver. Comme elle semble satisfaite...

Expulsés de chez eux, sans jugement, sans décision autre que celle de la foule en colère, coupables d'avoir plus que les autres, peu importe pourquoi et comment. Pas le temps de discuter, de se justifier. On saura plus tard que le temps n'avait aucune importance. Leur chute était inévitable, ils étaient du mauvais bord. Mais le savaient-ils? Et qui ça pouvait bien intéresser?

Moi. Moi oui.

Cette foule qui m'entoure. Il y a peu, je voulais y disparaître pour ne pas être reconnue, désormais, je ne veux plus en être pour ne pas être confondue avec elle. Les gens le long de la route paraissent ivres, ils crient et délirent. Même si tout à l'heure la patronne n'avait pas l'air dérangée du tout, son sourire fait peur : il reflète le délire de la foule et j'y suis incluse. Elle me fixe maintenant. Son sourire change doucement, il se transforme en un rictus triste ou narquois, difficile à dire. Elle a hoché la tête plusieurs fois dans ma direction, comme si elle approuvait. Quoi ? Comme si les choses étaient bien ainsi. Elle détourne la tête. Elle ne dit pas à Josef qu'elle m'a vue. Et moi, pétrifiée, je ne crie pas. Une sueur froide coule dans mon dos quand Mademoiselle me regarde.

Je n'ai jamais compris pourquoi Mademoiselle me haïssait tant.

Jan me retient par le bras. Je ne l'avais pas remarqué parmi la foule, il devait suivre le cortège depuis la ferme. Si ça se trouve, il a aidé au chargement des affaires.

— Oublie-les, me dit-il.
— Jan, pourquoi ils partent ?

Il se fâche.

— Rien à faire des gens comme eux. Et toi, tu vaux mieux que ça. Regarde-les, mais regarde ! Ils ne te voient pas. Ils ne nous ont jamais regardés, jamais vraiment vus, qu'ils s'en aillent.
— C'est pas vrai, Jan, tu le sais !

À peine prononcés, je me demande si je les crois, ces mots. Il m'observe.

— Jan, ils ne partent pas, on les chasse !
— C'est eux qui préfèrent s'en aller. Tu les défends, mais c'est eux qui ne veulent pas rester et travailler avec nous. La coopérative leur avait

proposé, ils ont fait les fiers. La terre, ils ne l'emporteront pas.

Je garde encore en souvenir les longs cortèges d'Allemands quittant les régions frontalières, les Sudètes. Après la guerre, en 1945, le vent a tourné ; ils devaient partir. Ils abandonnaient pratiquement tout sur place. Oui, ils ont perdu la guerre, et le reste aussi. Il suffisait d'annoncer que les accords internationaux et différents décrets ordonnaient ces déplacements et expulsions pour que la population se charge du reste. On prétendait que c'était aussi pour la paix civile. On a supposé qu'entre deux ou trois millions de personnes sont ainsi partis. Comment imaginer autant de monde ? Ces longs et lourds cortèges ne me faisaient pas de peine, comme si ce n'était pas mon histoire, alors qu'aujourd'hui je... j'ai vraiment mal. Jan me retient toujours par le bras. Plus il parle, plus il le serre.

Ce n'est pas le moment de commencer à discuter avec lui, il est sur un nuage. Les journaux nous ont abreuvés de ces nouvelles ; il y a quelques jours, les grands changements que Jan attendait tant se sont produits. Alors que j'étais en train de donner la vie à ma fille, à Prague la foule acclamait le nouveau gouvernement.

Maintenant, j'ai du mal à avancer. Jan me rabâche ses explications, je l'entends à peine. Mais je comprends que les tractations et les négociations entre les ministres communistes et le Président ont duré plusieurs jours, que le Président a accepté la démission des ministres des autres partis. Lui-même était resté pour le moment en poste. Les communistes étaient soutenus par la grève générale, par des milices populaires et les Soviétiques. Jan me parle de la foule du 25 février. J'ai pu voir, dans le journal, les photos de la place de la Vieille Ville à Prague et la masse de gens. Jan me dit y avoir été présent, aux premiers rangs, devant le podium, à célébrer l'avènement de cette nouvelle société pour laquelle il œuvrait tant.

Je me souviens aussi que, en juillet 1947, le gouvernement a refusé le plan Marshall proposé par les Américains. La sécheresse nous asphyxiait mais les communistes se sont tournés vers les Soviétiques, et ils ont obtenu leur aide. En échange, ils vendaient notre âme.

Pour moi, le plus important c'était la présence de Josef à la ferme. Jusqu'à cet instant, je ne voyais pas le lien entre les deux choses, dorénavant il est clair : la famille s'est retrouvée ici pour partir définitivement.

Je comprends soudainement que l'entente est impossible, qu'encore beaucoup de gens vont partir, beaucoup. Je voudrais en être, avec Josef.

J'essaye de me dégager de l'emprise de Jan.

— Lâche-moi, je dois les rejoindre, je dois y aller, je ne peux pas t'expliquer, laisse-moi !

Jan me tape sur l'épaule, un mauvais sourire au coin des lèvres.

— Y a rien à expliquer. Il t'a engrossée, puis il est parti, et il revient pour récupérer ses biens. Qu'est-ce que tu crois ? Il est beau, le fils à papa.

Tu penses que je ne le savais pas. Mais tout le monde le savait. Bien sûr que oui. Même le patron. Pourquoi crois-tu qu'il t'a expédiée si vite chez toi avant que ton ventre ne gonfle ? Tu t'es fait avoir, ma belle. Il t'a eue, puis t'a laissée tomber.

Jan me crache presque ces mots, il est si content de les dire. Je le sens dans son souffle qui me frôle l'oreille et la réchauffe avant que le froid ne reprenne le dessus. Ah ! pouvoir me retourner pour le gifler, j'aimerais bien. Mais je dois marcher de plus en plus vite, pour suivre ce convoi. Je dois vite me décider à crier, appeler Josef, lever ma fille à bout de bras, sa fille, notre fille. C'est si facile, un cri.

Le cortège accélère, la foule ralentit.

La route descend et moi, je valse sur les congères. Josef ne se retourne pas. Je dois tenir ma fille et Jan me tire par mon manteau. Si je m'arrête pour me dégager, je perds de précieuses secondes dans cette course. Boiteux mais fort, Jan passe son bras autour de ma taille qui n'a pas encore retrouvé sa souplesse après l'accouchement, et beugle dans mon oreille :

— Épouse-moi, Magda, épouse-moi.

En même temps, il me colle dans les mains un objet emballé dans du papier rugueux.

— Prends-le, c'est un cadeau pour toi.

Je me retourne.

— C'est Josef que j'aime.

Quelle situation ridicule ! Pour la première fois je l'affirme. À qui ? À Jan. Josef dans mon dos s'approche de la frontière et la traverse, s'effaçant pour toujours de mes possibles paysages.

Jan ne se démonte pas. Il me dit de garder le paquet, le glisse dans mon manteau, puis il demande :

— Il t'a proposé le mariage, lui ?
— J'aime Josef, c'est tout. Tu n'y peux rien.

Je me sens étonnamment libre. Et pourtant...

— Alors, pourquoi tu n'as rien fait ? De quoi t'as peur ?

Ah oui, j'ai peur. Voilà pourquoi je n'ai pas crié et pourquoi je n'ai pas saisi cet instant. Je me tais devant Jan.

Il continue :

— Il n'en a rien à foutre de la fille de la ferme et du bébé. Voilà la vérité, ma pauvre Magdalena. Et t'as raison d'en avoir peur.

Muette, je le laisse parler.

— Tu visais quoi en séduisant le riche héritier ? Devenir la patronne ? Tu crois qu'on aurait oublié que t'es juste une bâtarde venue d'on ne sait où ? T'espérais une dot pour aller chasser un autre gars ? Un homme honnête comme moi ? Il ne fallait pas, tu m'entends, il ne fallait pas. Je lui avais bien dit, au patron, combien il s'était trompé sur ton compte. Le bâtard de son fils chéri dans ton ventre, ça il n'a pas aimé, il t'a renvoyée. Et tu lui cours encore après, mais tu es juste folle. Pauvre Magdalena.

Sérieusement, combien de demandes en mariage est-ce que je peux espérer ? Celle de Jan est non seulement la première, mais selon toute logique aussi la dernière. Cela suffit-il pour l'accepter ?

— Qu'est-ce que tu veux ? Être encore une fois un héros et sauver une pauvrette en l'épousant ? Je ne veux pas de ta pitié. Pourquoi tu fais tout ça, Jan ? dis-je doucement.

— Parce que je t'aime, Magdalena. Tu ne le sais pas ?

Non, je ne le sais pas, car l'amour de Jan ne m'intéresse pas. Et dans ma tête je chante, presque joyeuse, que je ne suis pas pauvre, que je ne suis pas une pauvre fille, que je suis libre. Libre de dire « non » à Jan. Et j'aime cet instant.

Dire bien directement dans les oreilles de Jan le NON de ma vie.

Voilà ! Ah, si je savais vaincre ma peur et lâcher ma rage.

Mais, quand donc ai-je appris à me taire ainsi ? Ou plutôt à ne chuchoter qu'à l'oreille des bêtes ?

Est-ce que cela date des premières gifles d'Aloïs que je n'ai confiées qu'à Vache ? Je pouvais tout lui dire ; et je le peux encore. Je pouvais lui montrer aussi les bleus, les égratignures et les vêtements déchirés quand j'essayais d'échapper aux grosses mains d'Aloïs. Sauf qu'une vache, même quand elle est une amie, ne répond pas, n'essuie pas les larmes, ne dit pas des mots doux. En cela, une vache ressemble à ma mère. On dirait que ma mère sait donner la vie, et ensuite ne sait pas quoi faire avec. Mon bébé bouge dans l'écharpe plaquée sur mon ventre.

Jan ne pensait pas être repoussé, lui, un si bon parti. Au bout d'un instant il dit en me lâchant :

— Tu finiras par venir me supplier, et ce sera trop tard.

Je me remets à marcher lentement, sur les traces des charrettes inscrites dans la bouillie de neige, de cendre et de sable, un mélange noir, sale, froid, collant. Jan débite de nouveau un flot de paroles derrière moi mais je ne l'écoute plus. Il a tout dit, résumé mon passé et mon avenir. Ils sont froids, noirs, inconsistants, tout comme cette boue dans laquelle je marche. Je ne sais même pas si je lui en veux de m'avoir dénoncée au patron, de m'avoir fait renvoyer de la ferme, trop tôt pour revoir Josef.

Mais Jan, qu'est-ce qu'il en sait, si Josef m'aime ou pas ?

Je ne le saurai pas non plus, parce que je préfère vivre dans l'illusion d'une nuit d'amour plutôt que dans la certitude d'une nuit désastreuse. Je suis sûre de l'avoir aimé comme personne. J'aime à penser que c'était la même chose pour lui. J'aimais aussi cette infime possibilité de partir pour Vienne. Une nuit dans une grange, est-ce un prix raisonnable pour un nouveau départ ? Il n'a pas eu lieu. De repenser à tout cela n'a plus de sens. J'ai aimé ça.

Le bébé se rappelle à moi. Elle bouge sur mon ventre. L'illusion qu'elle est encore à l'intérieur est presque parfaite. On est si liées l'une à l'autre. Elle a tellement besoin de moi, quel sentiment de puissance ! Je me sens en dette vis-à-vis d'elle, alors qu'elle me reconnaît à peine.

Je voudrais pouvoir raconter à ma fille une belle histoire d'amour, aussi courte qu'elle ait été. Parce que c'est ça que je vais faire, parler à ma fille, tout lui dire, lui conter ma nuit d'amour, décrire son père, le nommer. Il faut qu'elle sache. Ce sont les blancs dans nos vies qui nous font souffrir, je le sais.

La foule s'est enfin dispersée, Jan est parti aussi, fatigué de parler pour rien. Il a dû regagner le village. Il doit y avoir une fête à l'auberge, joyeuse et paillarde, en musique, comme après un enterrement.

Qui ou quoi enterre-t-on aujourd'hui ?

Silence d'hiver. Je suis seule sur la route. Mon enfant dans les bras, je ne comprends pas. Tellement de choses m'échappent. Quel monde tourne autour de moi ? Et dans quel sens ?

Un coup de klaxon me fait sursauter, ma fille pleure.

Stan tient la portière de la voiture ouverte, la chaleur émane de l'habitacle.

— Monte, Magdalena. Je t'amène à la gare.

Je n'ai pas envie de monter, mais la petite ne se calme pas. J'ai peur que les larmes gèlent sur ses joues fragiles et lui fassent mal. Dans la voiture il fait chaud et je pourrai même donner le sein au bébé.

Je monte. Ma fille tète, se rendort. J'en profite pour ouvrir le paquet de Jan. Dedans, il y a une petite boîte en bois peint, la petite sœur de la grande boîte à ranger les tissus de la famille du patron. Jan a dû la dérober pendant qu'il aidait au chargement des meubles. Mon premier geste est de la jeter loin par la fenêtre de la voiture. Mais non, je vais garder cette boîte volée, dans l'espoir de pouvoir la rendre un jour à ses propriétaires.

— Belle, hein? Je parle de la gamine.

Stan regarde dans le rétroviseur. C'est plutôt ma poitrine qu'il épie.

— Merci, dis-je tout de même.
— Tu ne retournes pas à la ferme?
— Pour y faire quoi?

Je trouve que Stan exagère. La ferme doit être vide, comme la boîte en bois peint.

— Pour voir, il y a des nouveaux.
— Des nouveaux quoi?
— Des nouveaux locataires. La ferme appartient maintenant à la coopérative. Alors on la loue. Il y a deux familles. Tu sais bien, ils vivaient dans le confort, tes patrons.

— Deux familles? Que ça va vite, tout va si vite!

— Alors, je t'y amène? Il y a un pot au bistro pour les accueillir.

— Non. Va à la gare.

Stan, trop content de pouvoir parler à quelqu'un, m'apprend que les deux familles ne se connaissent pas. L'une est venue de son plein gré, dans le cadre du programme de repeuplement des territoires frontaliers. L'État, dans ces régions, donne les maisons des Allemands évacués à qui veut bien venir s'y installer. C'est la même chose pour la ferme et les gens qui l'occupent. L'autre moitié est une famille de bourgeois de la capitale assignée à résidence. Pour eux, c'est une affaire de rééducation aux nouvelles valeurs du pays. Ils ont dû penser que c'était mieux que la prison ou l'exil.

— Enfin, dit Stan, ça va leur faire tout drôle de vivre à la campagne, après une vie en ville, dans les beaux quartiers.

On a dépassé le bistro, on continue vers la gare… Et Stan est un véritable moulin à paroles.

— Comment s'appelle ta petite ? Je vois bien que c'est une fille, avec le ruban rose. Et le papa ?

J'attends d'arriver avec impatience. Il grimace, monsieur Stan. Il fait semblant d'être concentré sur la route tout en m'observant minutieusement.

— Ça coûte combien maintenant la course à la gare ? Sur ton capot il y a l'étoile rouge, monsieur Stanislav. Alors les prix sont populaires et accessibles ? Même pour moi ?

Je suis ennuyée d'être montée dans sa voiture, fâchée d'entendre sa question sur le père de ma fille. Il l'a posée pour me faire mal. Je regarde longuement le visage de mon enfant endormie, pour ne jamais oublier ces traits si fins, pour percevoir toujours le rythme de sa respiration, pour ne pas entendre les questions qui blessent.

Au moins Stan ne cause plus et appuie sur l'accélérateur.

— Voici la gare, Magdalena.

— Alors, je te dois combien, monsieur Stanislav ?

— Aujourd'hui, c'est cadeau pour toi, mais la prochaine fois tu m'appelles camarade Stan. Tu comprends ? camarade !

Je suis descendue du bus un arrêt avant mon village, je rentre chez ma mère à pied. Le moteur du bus vrombit derrière moi, il a lâché un nuage de fumée empestant le gasoil. Je me dépêche.

Le froid, le froid, et le froid.

Le froid autour de moi, le froid dans mon âme ; j'appréhende le froid de l'accueil de ma mère qui nous attend à la maison.

Le paysage est désolé, crispé, saisi par le gel. Depuis plusieurs jours, la température n'atteint pas zéro. Un tel froid au début de mars n'est pas habituel. Mais, depuis quelque temps, qu'est-ce qui est habituel ? Les collines aux formes douces et larges paraissent encore plus aplaties, elles se tassent contre la terre pour avoir un tout petit peu plus chaud. Les arbres, enveloppés dans de somptueuses robes de givre, semblent au contraire grandir et flotter dans la brume qui se love par terre. Leurs racines se sont retirées dans des profondeurs, elles y cherchent le réconfort et assez d'énergie pour le printemps. Les brins d'herbe séchée, immobilisés par le froid, sont les témoins morts d'un autre temps. Ils ressemblent aux tuyaux des orgues, en tout petit et fin. Si j'avais eu les bras vides, j'aurais pu jouer de la musique avec ces brins d'herbe. Peut-être se seraient-ils brisés avec un son fragile qui serait resté très longtemps suspendu dans l'atmosphère glaciale. Pas une âme qui vive autour de moi, seulement ces oiseaux à la robe brillante, noire. Plus il fait froid plus elle est noire. Les corbeaux se promènent dans les champs, ils ne laissent aucune empreinte sur la neige tant elle est gelée, tels des fantômes.

Rien, que la désolation. La neige scintille et réfléchit les rares et timides rayons de soleil, très pâles, voilés, transperçant les nuages gris et bas. Ces nuages donnent l'impression qu'ils touchent à la fois le soleil et la terre. Une connexion magique, un baiser inattendu entre la terre et le ciel, autrement condamnés à passer l'éternité sans se toucher. Les nuages enceints de flocons de neige, près d'exploser, se mélangent aux nappes de brume qui montent de la terre transie. Une respiration.

L'air vif pique le nez, même les odeurs sont anéanties par le froid. Les couleurs ont disparu. Il ne subsiste que les noirs, les gris et les blancs. Les blancs, tant de blancs existent ? Sales, luisants, éclatants, ternes, transparents, denses et même chauds.

Je traverse les nuages, sans rencontrer Dieu, ni les anges ou les moindres prémices de paradis. Je crois que, pour la première fois de ma vie, je suis pleinement consciente de tout ce qui se passe autour de moi, ici et maintenant, dans le paysage, dans ma vie. En même temps, rien n'est plus fantasmagorique et irréel que cette beauté blanche, froide. Je me sens appartenir à ce paysage, pour la première fois je me sais chez moi. Ma fille fait le lien, elle est l'ancre, le foyer. Je l'aime.

Si quelqu'un me connaît sous toutes les coutures, c'est bien ma mère.

Je suis devant elle, encore emmitouflée dans mon manteau. J'ai marché vite, de la vapeur sort de ma bouche. Je tiens ma fille contre moi, elle dort comme seuls les bébés savent le faire. Ma mère nous attendait, elle ne l'avouera jamais.

Quoi dire ?

Que je ne suis pas partie ? Elle le voit.

Que je ne sais pas quoi faire ? Elle s'en doute.

Que la vie m'a joué un sale tour ? Elle le sait.

Qu'il fait froid ?

— Pourquoi nous ne sommes pas restées à Vienne ?

Voilà la bonne idée : poser enfin la question qui me hante depuis des années, la moitié de ma vie. Dit comme ça, « la moitié de ma vie », ça fait beaucoup. Et soudain, je me sens vieille. La moitié de ma vie je l'ai vécue à Vienne, la seconde ici. Si la mort devait me frapper sur-le-champ, j'aurai au moins osé, enfin, poser cette question à voix haute.

— Il était juif, mais toi, tu es blonde. Ici, de ce côté de la frontière, je pouvais mieux te protéger. Je suis née ici, dans ce pays. Je le croyais, je l'espérais.

— Moi, je suis née là-bas.
— Oui. Et tu es restée avec ta fille, ici.
— Pourquoi rester ? On s'en va ! Tu sais comment on m'appelait à l'école ?

Je me dispute encore avec ma mère.

— Bâtarde, je sais. Tu es une bâtarde et tu viens d'en fabriquer une, dire que...
— Oui, bâtarde. Pourquoi as-tu toléré qu'on m'insulte ? Tu aurais pu dire que tu étais veuve ? Personne n'aurait cherché à savoir.
— Je n'ai pas honte de toi, ma fille. Ce n'est pas à nous d'avoir honte, sache-le.
— J'aimais tellement vivre là-bas, à Vienne.

J'ai capitulé doucement. En vérité, je ne reproche plus à ma mère d'avoir agi comme elle l'a fait. A-t-elle bien fait ? Peut-on savoir si une décision est bonne et le restera pour toujours ? Moi, je vais passer le reste de ma vie à me demander pourquoi je n'ai pas suivi ce cortège, ça c'est sûr. Avais-je raison ?

— Tu aurais été une bâtarde en ville aussi. La campagne est moins cruelle, plus crue, certes, mais on y appelle les choses par leur nom. Avec tes yeux d'enfant, en ville, tu ne voyais que les montagnes de crème Chantilly sur ton strudel. La réalité était bien différente.
— Mais ici ? Ce trou perdu ?
— En ville, les gens ont le choix, personne ne serait venu me chercher. Accoucher les femmes, c'est la seule chose que je sais faire. À la campagne, pas de médecin ou d'hôpital à chaque coin de rue. Ils ont besoin de moi et nous, on a

besoin de leur vie pour vivre la nôtre. Je peux très bien accoucher une vache ou une brebis, ça m'est égal. C'est toujours la vie qui passe entre mes mains. C'est l'instinct de survie. Pour la broderie, c'est pareil, qui voudrait d'une nappe brodée en ville ? Qui nous paierait pour les jolies fleurs, les oiseaux et les messages de bienvenue sur les napperons à l'entrée des maisons ? Les bourgeoises ? Et avec une vache, on a pu survivre.

5

Ne jamais remettre les pieds dans le village des patrons.

Une promesse facile à tenir. Je ne voyais aucune bonne raison pour y retourner.

Au mois de juin, un an après l'incendie, j'y suis pourtant, devant la porte du bistro avec la grande arrière-salle. J'hésite à la pousser. Mais il le faut.

La matrone derrière le comptoir se tient fièrement, les mains sur les hanches.

— Magdalena ! Regardez-la, la beauté disparue !

La porte ne s'est pas encore refermée que cette femme continue à gueuler de toutes ses forces :

— Alors, beauté, tu nous amènes ton ventre vide ? Un garçon ?

Je ne dis rien. Elle se répond à elle-même.

— Alors une fille, tss-tss. (Elle lève un sourcil.) Que des soucis, tu sais ça, hein, tu vois de quoi je parle à présent ?

J'attends qu'elle finisse de rire.

— Je cherche Jan.

Ma voix est à peine audible. Elle me fait répéter.

— Bon sang, elle cherche Jan, non mais, vous entendez ça ! Chercher Jan ici, dans notre bourgade ! On compte plus pour rien aux yeux de celui-là, et tu le cherches ? Qu'est-ce que tu crois ? Il est parti en ville, il n'est plus là pour te protéger, ma brave petite, pff, il est parti. Pratiquement tout de suite après les convois des fermiers. Il a fait son boulot ici. De comité en comité, il vise plus loin, plus haut, le bonhomme.

Elle nettoie les verres tout en parlant toujours aussi fort. Difficile de s'en aller.

— Et il n'est pas pour toi, et toi, tu n'es pas pour lui. Vraiment pas. Faut qu'on m'explique ce qu'ils peuvent te trouver les hommes. Même pour allaiter t'as rien dans le soutien-gorge.

Elle éclate encore de son rire gras, mais tout compte fait assez cordial.

— Ce qu'il a pu en faire des conneries pour toi, ce Jan, méfie-toi. C'est passé de justesse, il aurait pu se faire pincer.

Je ne comprends pas.

— Fais pas ta bête, tu savais bien pour la grange, non ?

— La grange ? La grange du patron ?

— Mais regardez-la, avec sa bouille toute naïve.

Elle s'arrête de rire, m'observe.

— Tu n'savais pas ?
— Savoir quoi ?

Elle commence à m'énerver, la grosse du comptoir ; les allusions, les sous-entendus, les rumeurs et les ragots, voilà son fonds de commerce. Sa vie se résume en quelques mots jetés en douce, en phrases pas terminées qu'elle cuisine selon son humeur du jour. Il est si facile de faire ou défaire la réputation de quelqu'un en levant un sourcil, en hochant la tête avec un regard appuyé au bon moment, avec un sourire mielleux.

Je tape sur son zinc, la main à plat.

Elle baisse la voix, complice :

— Ben, c'est Jan qui les a allumés, des incendies, pour les faire décamper plus vite, tes patrons comme tu dis. Il a fallu qu'il s'y prenne à trois reprises tout de même.

— La grange ?

— Puisque je te le dis. Il s'en est assez vanté. Tout comme il s'est vanté quand il s'est fait tirer dessus par Marek, le garde champêtre. Ils étaient de mèche, ça les a bien fait rigoler. Il faut dire que Jan partage sa pension avec lui. Il est réglo le gars. Vantard après quelques verres, mais les hommes sont comme ça, à chercher la gloire auprès des autres hommes et l'admiration auprès des femmes. Je croyais bien que c'était pour ça aussi qu'il mettait le feu à la grange, pour t'en mettre plein la vue. Pour moi, tu savais.

Je suis assommée par ces nouvelles.

En me voyant surprise, la bonne femme continue, ravie à l'idée de bientôt raconter l'étendue de mon ignorance à qui le voudra.

— Eh oui, ma beauté, eh oui. On dirait que je

t'apprends des choses. Il fallait venir au village au lieu de jouer les sauvages ou copiner avec tes patrons. Tu sais que Jan espérait se marier avec toi, il était sûr que ça se ferait. En fin de compte, te voilà avec un môme sur les bras, une mauvaise réputation et tes yeux pour pleurer. Encore que t'as l'air d'avoir la tête dure.

— Donc il est parti en ville. Merci.

Je m'apprête à sortir de l'auberge, abattue.

— Attends un peu, il a laissé un mot pour toi. Où est-ce que je l'ai mis ? Ça fait un bail... attends.

La femme fouille dans le vaste tiroir sous la caisse de son comptoir.

— Si ce n'était pas pour Jan, tu peux être sûre que je t'enverrais balader, ma belle. Ici on n'en veut pas, des filles comme toi, on ne couche pas en dehors du mariage.

La tête dans le tiroir, elle me fait la morale plus durement que ma mère, et en public. Elle a encore des choses à dire.

— Tu sais, il y a pas si longtemps, quand c'était une bonne maison, se faire engrosser par le patron ; on pouvait comprendre. Il te donnait une dot pour que tu décampes et que tu rentres dans ton village, où les hommes se seraient battus pour toi. Enfin, pour ta dot, bien sûr.

Elle pouffe de rire à nouveau.

— Et puis, ton heureux élu, il n'aurait plus eu qu'à te faire une flopée de gosses pour faire oublier le premier, et voilà.

Son rire résonne dans le tiroir.

— Mais les temps ont changé, ma belle. C'est fini. On ne paie plus le droit de cuissage ! De toute façon, il fallait quand même tomber sur le bon pigeon, un riche qui paie, généreux, t'as déjà vu ça ? C'est les filles qui paient de leur réputation.

Grincement de dents.

Il me faut son message, il faut absolument que je trouve Jan.

On veut nous prendre Vache. Impossible !

Les types de la mairie sont venus il y a une semaine. On les connaît bien, les fidèles de notre bistro. Là, ils sont arrivés à la maison, graves et vêtus en costume trois pièces. Ils ne voulaient pas s'asseoir, ils voulaient partir au plus vite, et pour cause. Debout donc, ils ont exposé les faits. Les papiers rangés dans un porte-documents noir et luisant nous disaient que nous devions donner la vache à la coopérative, pour son bien et aussi pour celui de nous tous. Ma mère a répondu qu'il n'y avait qu'une seule manière de se défaire de sa vache. En échange de l'argent qu'elle lui avait coûté. Alors elle a demandé au maire s'il la voulait puisque c'était lui le vendeur. Il a rougi, a agité de nouveau les papiers devant les yeux de ma mère. En partant, il a ajouté qu'elle devrait plutôt lui être reconnaissante qu'il soit venu l'informer personnellement, parce que demain l'instruction officielle serait affichée à la mairie. Y figureraient les noms de tous ceux qui devaient amener leurs bêtes à la coopérative, signer leur adhésion à celle-ci et, cerise sur le gâteau, donner leurs terres en prime. Tout ça, on allait aussi l'annoncer par haut-parleurs, accrochés depuis peu aux poteaux électriques du village. On pourrait venir acheter le lait à la coopérative ou dans le nouveau magasin dont la construction serait bientôt achevée ; on voyait bien que ça avançait, non ?

Nous, d'après le maire, et il nous a entourées toutes les quatre d'un geste circulaire avec son index parfaitement tendu, ma mère, Rose, moi, ma fille, on avait de la chance. On pouvait garder le terrain derrière la petite maison en haut de l'étang. Petit et inaccessible pour les machines agricoles, ils n'en avaient pas besoin.

— Et cette gamine, on attend toujours son prénom pour l'inscrire dans les registres ! Vous êtes hors la loi.

Ma mère a dit que pour l'adhésion il pouvait courir et que la vache ils pouvaient venir la chercher s'ils n'avaient pas peur. Pour le prénom de ma fille elle s'est tue. C'était à moi de décider.

Il est prévu qu'ils viennent chercher Vache après-demain.

Ma mère a trouvé dans la remise du bistro le vieux fusil d'Aloïs. Je me fais du souci pour le maire et ses acolytes. Je dois voir Jan avant, et tant pis s'il me faut subir le caquetage de la bonne femme au comptoir, peu importe si Jan a fait ceci ou cela. J'ai besoin de la fameuse dérogation qui nous permettra de garder Vache. Il paraît qu'il en existe une. Jan le saura.

La bonne femme a fini par sortir la tête de son tiroir, elle a brandi victorieusement la petite enveloppe blanche. Elle n'était pas prête à me la donner comme ça et a poursuivi :

— Ma belle, dis-moi pourquoi tu te l'es pas fait passer cet enfant ? On dit que ta mère est de la partie.

Elle ne s'arrêtera donc jamais, cette femme ?

— Je sais bien que c'est illégal. On le sait tous.

Elle se trémousse en me faisant un clin d'œil. Sur le côté du zinc, une jeune fille d'une douzaine d'années joue et tend l'oreille. Je saisis enfin que toutes ces remontrances ne s'adressaient pas à moi. Mon ventre, ma vie, mon existence, elle s'en fichait comme de la dernière neige. Je servais de mauvais exemple pour sa propre fille, qui allait bientôt être une femme. Je suis le cauchemar vivant de toutes les mères. Une engrossée, de surcroît par le fils d'un riche propriétaire terrien condamné à fuir le pays. Double peine. Avoir sous la main une fille comme moi, quelle aubaine pour une mère soucieuse de l'avenir de sa propre gosse. Elle n'allait pas me laisser filer avant de lui avoir délivré tout le message. Et encore, la brave femme ne savait pas que j'avais refusé de me marier avec l'homme le plus admiré du coin : Jan l'incendiaire, Jan le malin, Jan la fierté et l'étoile montante du village.

Quel bon génie m'avait inspirée de lui dire « non ». Merci, au bon génie, à je ne sais qui, mais de tout mon cœur, merci.

Son allusion à ma mère en disait long sur ses craintes concernant sa fille. Elle voulait tout de même s'assurer mes faveurs. On ne sait jamais, elle aurait peut-être besoin du savoir-faire de maman un de ces jours.

Pas une fois je n'avais songé à l'avortement. Mon bébé est un enfant de l'amour. Et ma mère n'intervient jamais quand tout va bien, jamais. Elle s'assoit, palpe le ventre, l'écoute avec ses mains. Puis elle attend la délivrance, toujours. Sa présence apaise et rassure les femmes. J'ai vu des femmes la féliciter lors d'un accouchement où elle avait à peine touché la jeune mère; le fait qu'elle soit présente suffisait. Et je l'ai déjà vue prendre le couteau, l'affûter à toute vitesse et entailler la femme d'un geste court, précis, sec, pour faciliter la sortie de l'enfant.

Mais je ne l'ai jamais vue donner quoi que ce soit à qui que ce soit pour interrompre une grossesse. Elle ne juge pas, mais elle dit que ce n'est pas son affaire.

La petite enveloppe blanche contenait juste une adresse en ville.

L'inscription en énormes lettres métalliques peintes en rouge sur le bâtiment indiquait que le nouveau comité national du Parti siégeait là. En peu de temps, le nouveau pouvoir s'était installé aux commandes du pays. Tout le bâtiment sentait le neuf, le grand, le fort. Les longs couloirs blanc et gris clair résonnaient d'un terrible écho. De chaque côté des couloirs, sur des portes toutes identiques, les noms étaient inscrits sur de petites cartes blanches en papier cartonné. Deux grandes plantes grasses dans des pots sous la fenêtre trônaient au fond du couloir. Presque fanées, peut-être trop arrosées ? Elles n'appréciaient guère d'être là.

Sur l'étiquette de la porte à double battant, au troisième étage, il y a le nom de Jan.

Je frappe.

— Entrez, entrez.

La voix est grave, moins gaie, mais c'est bien celle de Jan.

— Oh, Magdalena ! Magdalena, quel bon vent t'amène ?

Il ne s'attend pas à me voir.

Mais il se reprend vite et enchaîne avec une certaine bonhomie. L'ancien Jan revient au galop, il parle, il gesticule, il s'enthousiasme, sourit, me tape sur l'épaule, en camarade.

— Viens, rentre, assieds-toi, raconte, comment vas-tu ? Hum, enfin, tu es splendide, et où vis-tu maintenant ? Tu vois, je suis dans les nouveaux locaux du comité national. Je travaille avec le camarade secrétaire régional du Parti, après les changements de février, et depuis mars, la dernière fois qu'on s'est vus, tout est allé si vite. Regarde les nouveaux bureaux, ne sont-ils pas beaux ? Je m'occupe de l'urbanisme, tu sais ; les ponts, les routes et toutes ces choses-là. Il y a tant à faire. Le Parti m'a aussi attribué un bel appartement qui appartenait à des émigrés, comme tes anciens patrons.

— *Nos* anciens patrons.

Jan ne se laisse pas interrompre.

— Il faut dire que dans leur appartement on peut en loger, du monde. Je ne dispose que de la moitié ; tout de même, ça représente plusieurs pièces. Les voisins sont sympathiques. D'ailleurs si tu veux venir voir, tu es la bienvenue. Tu restes en ville combien de temps ? Si tu cherches du travail, je sais qu'à l'usine on a grandement besoin de mains, et je sais que tu n'as pas peur de travailler. Ah, Magdalena, sache que ça me fait plaisir de te revoir, on dirait... je veux dire, tu n'as pas changé, non mais vraiment, toujours aussi mignonne.

Il ralentit enfin la cadence.

Je regarde Jan. Il est si volubile, jovial, chaleureux. Tout ce que m'a raconté l'aubergiste défile dans ma tête, comment la croire ? Je me tourne vers la fenêtre ; tout compte fait, vaut mieux ne pas y penser. Dehors il fait si beau, le mois de juin ; voilà, cela fait un an que j'ai aimé. C'est si loin.

— Magdalena, tu ne m'écoutes pas. Pourquoi tu es venue ? Magdalena !

Jan s'est arrêté pour de bon. Il s'impatiente de mon silence, et moi, je suis incapable de lui dire pourquoi je suis là. Je repense à cette nuit du mois de juin de l'année dernière, un peu avant la Saint-Jean.

Ah ! la Saint-Jean ! On aurait fait des feux, tous les jeunes du village seraient venus, comme les années précédentes. Que de joie et de chants tard dans la nuit, des feux de joie. Il y a un an, pas de feux de la Saint-Jean. Non, pas de fête, tout avait déjà brûlé…

Je revoyais les formes fantastiques des braises brûlant contre le ciel foncé ; elles montaient en spirale puis éclataient comme de minuscules feux d'artifice jaunes, rouges, orange, puis s'éteignaient doucement en touchant terre. J'ai senti les bras de Josef autour de moi et ses lèvres fiévreuses se poser instinctivement sur mes cheveux. Je me suis revue tourner la tête et apercevoir une forme qui aurait très bien pu être une branche d'arbre, ou bien la silhouette d'un homme. L'idée qu'il pouvait s'agir bel et bien d'un homme m'avait serré le cœur. Jan ne revenait pas du village. Était-il dans la grange cette nuit-là ?

— Alors, Magda, tu as perdu ta langue ? Impressionnée ?

— Je…, non, pas impressionnée, enfin, si, je ne sais pas.

Comment demander un service à cet homme qui avait peut-être failli nous tuer ?

Jan s'approche de moi, et maladroitement essaie de me prendre dans ses bras.

— Tu es revenue pour ma demande ?

— Ta demande ? Quelle demande ?

— Pour le mariage, dit-il avec hésitation, mais conquérant. Je t'avais dit que tu viendrais me supplier, Magdalena, je te l'avais dit. C'est trop tard. Je ne peux plus me marier avec toi, tu comprends, hein ? Enfin, je t'ai toujours aimée, tu le sais. Mais, pour le mariage, tu comprends, ce n'est plus possible. Pourtant, j'ai fait tout ce que j'ai pu, crois-moi, tout ce que j'ai pu. Jusqu'à mentir au patron et lui dire que l'enfant que tu attendais était de moi. Que l'on allait se marier en automne. Il m'a cru, il t'a même renvoyée pour que tu puisses préparer ton mariage. J'ai tout fait pour toi, Magdalena.

La terre se dérobe sous mes pieds.

Pourquoi Josef m'aurait-il écrit ? Pourquoi Josef serait-il venu me chercher ? Si le patron lui avait répété le mensonge de Jan. Josef doit être persuadé qu'après lui avoir donné ma virginité, j'ai couché avec Jan, que mon enfant n'est pas forcément le sien.

Jan tout content de lui reprend :

— En attendant, on est amis, hein ? Tiens, je te donne mon adresse, si tu veux venir voir mon appartement, tu es la bienvenue...

La porte à double battant claque fort derrière moi. Courir vite, loin d'ici, ne plus le voir, plus jamais.

C'est en arrivant toujours en courant à la gare, tremblante de colère et de honte, que je me suis rappelé... ah, oui, la vache... trop tard.

Vache et moi, nous sommes condamnées.

Le retour en bus fut interminable. Ça m'arrangeait. Il me fallait envisager l'avenir. Ah, si pour prendre des décisions un trajet en bus pouvait suffire... Après il faudrait en faire part à ma mère, puis s'y tenir.

Le mois de juin, une journée splendide, tout

juste un an après le ciel, les braises. C'est la deuxième fois aujourd'hui que cette pensée surgit dans mon esprit. Il n'est pourtant pas dans les habitudes familiales de s'attarder sur les anniversaires et les commémorations.

Comme quelques mois auparavant, je suis descendue du bus un arrêt plus tôt pour mettre de l'ordre dans mes idées.

Ma voisine de siège m'a bien fait comprendre que je descendais au mauvais arrêt tout en me saluant d'un mouvement de tête. Je saurais dès le lendemain, par d'autres, pourquoi j'étais descendue là. Tout le village aurait prétendument la bonne explication. La campagne est gourmande de ce qui est exceptionnel. Des réponses aux questions que vous ne vous posez même pas vous arrivent de tous les côtés, jamais les bonnes. Les raisons, les « comment » et les « pourquoi » sur votre vie, les autres les savent mieux que vous. Il n'y a qu'à écouter les ragots, les rumeurs, les bruits et les chuchotements du village pour que vous sachiez où vous en êtes de votre vie.

Est-ce que ma voisine devine pourquoi je descends du bus avant mon arrêt ? Impossible. C'est pour cacher mes larmes. Les premières depuis si longtemps, depuis toujours il me semble, alors que je me souviens de ce petit caillou qui m'a sauvé la mise le jour de la promenade avec Josef. Tout est loin, comme effacé.

Puis, ce n'était pas la même chose. Ces larmes-là, oui, elles étaient salées, mais différemment.

Ça me rappelle le jour de l'enterrement d'Aloïs.

Le village en avait beaucoup voulu à ma mère d'avoir gardé les yeux secs. Elle s'en fichait. En fait je ne l'ai jamais vue pleurer. À la fin des funérailles ma mère a dit :

— S'il fallait pleurer quand ça ne va pas comme on le souhaite, on n'en sortirait pas, des larmes.

J'ai demandé :

— Et qu'est-ce qu'on fait quand les larmes montent toutes seules ?

— On les avale, on les économise pour les grandes occasions.

— Les « grandes occasions » ? Lesquelles ?

— Quand c'est trop fort. Comme la beauté, par exemple. On peut pleurer lorsqu'on rencontre la beauté. Le jour où tu pleureras pour ça, tes larmes auront de l'importance. Tu verras.

La beauté n'a jamais été le sujet de nos conversations. Surprise, je retrouvais ma mère déboutonnée, celle d'avant le voyage en train, celle qui parlait, racontait des histoires, chantait. Oh, combien elle me manquait cette mère-là.

Je lui ai demandé encore :

— Comment sait-on que quelque chose est bon à pleurer ?

— On le sait, tu verras. C'est un savoir très très vieux, il vient de l'intérieur.

Puis elle n'a plus rien dit.

Aujourd'hui, je veux pleurer, seule. Je soupçonne que ma mère fait pareil, pleurer seule.

De retour à la maison, elle me regarde attentivement. J'essuie vite mes joues.

— Oui, j'ai pleuré.

— C'est bien. Maintenant tu devras vivre pour ta fille.

Ça sonne comme une condamnation. Comment savoir ce que je vis, quelle vie ? Si c'est pour ma fille, pour ma mère... et moi, là-dedans ?

Mais il est trop tard pour les lamentations, les regrets. Le deuil est fait. On est sur le même bateau, elle et moi. Toutes les deux nous devons vivre pour nos filles. Tout de même, je me dis qu'elle doit considérer comme un compromis, ou un moindre mal, non seulement mon avenir mais aussi sa vie à elle, puisqu'elle n'a pas réussi à me faire vivre autrement.

— J'ai pleuré aussi sur la journée qui était belle quand même.

Ma mère lève la tête, s'étire comme si quelqu'un tirait sur une ficelle invisible fixée sur le haut de sa tête. Elle paraît grandie de plusieurs centimètres. Je sais que c'est une illusion, mais son sourire est vrai. Amer et timide ; un sourire tout de même.

— Tu dois partir en ville, trouver du travail. Je garde la petite, avec Rose on va y arriver.

Elle l'a dit comme une affaire entendue. Elle a pensé à tout, à l'après-demain, et même aux jours suivants. Elle n'a jamais cru que mon voyage allait arranger quoi que ce soit pour Vache. Elle a bien plus que moi l'expérience des hommes et du monde.

— Je pars demain, par le bus de l'après-midi.
— Bien. Demain matin, avant ton départ, j'aurai besoin de toi. On se lève très tôt.
— Demain ? Mais ils ne doivent venir qu'après-demain !
— C'est ce qu'ils disent. Ils viendront demain.

Furieuse à l'idée que je n'aurai même pas la journée pour faire mes adieux à Vache, j'en chancelle. Je ne veux pas la voir partir.

Le lendemain, avant l'aube, ma mère se tient sur le seuil de la porte qui donne sur l'arrière de la maison. Entre chien et loup. Le silence de la nuit s'estompe face aux bruits de la vie matinale, la rosée s'égoutte, la lumière arrive imperceptiblement, comme si on soulevait un par un de fins rideaux de soie, transparents et légers. L'entre-chien-et-loup du matin est un instant magique, éphémère. Il faut attendre le lendemain pour se souvenir que les rêves s'achèvent et que le monde commence. Cet instant, on le vit si intensément qu'on n'a pas le temps de se le rappeler dans la journée. Il se garde bien de s'inscrire en nous. Il passe, c'est tout. L'entre-chien-et-loup du soir est différent. Il nous invite dans la nuit, il est sauvage, il nous fait nous perdre en nous-mêmes. Il se joue de nos certitudes, alors que celui du matin... on pense à s'envoler.

Pas ce matin.

Ma mère se tourne vers moi, le vieux fusil d'Aloïs posé contre sa cuisse, dans l'autre main deux cartouches pour le gros gibier.

— Ils viendront bientôt. Va chercher la vache.

Pieds nus, trempés par la rosée, j'avance dans le pré. Vache, mon amie, vient vers moi. Elle a confiance. C'est contre elle que j'ai dormi tant de nuits, c'est dans ses oreilles que j'ai marmonné mes secrets, mes rêves, mes espoirs, mes chagrins, mes colères, mon amour. Je promène mes mains sur sa tête, ses côtes, son dos, je lui flatte le cul, le bruit est frais, gai. On se met en route. Avant d'arriver dans la cour, ma mère surgit de la brume laiteuse, de cet entre-chien-et-loup que j'aime tant.

Elle nous arrête en levant le fusil.

— Laisse-la. Rentre et occupe-toi des petites; Rose va se réveiller et ton poupon aussi.

J'hésite, je ne veux pas la laisser seule, je ne veux pas les laisser seules. Ma mère me fait très peur.

— Rentre!

Elle a crié si fort qu'en réponse on entend les pleurs des filles depuis la maison.

— Non.

Je fais non de la tête.

— Rentre!

Les filles pleurent de plus en plus fort.

— Non.

Ma mère tire un coup de fusil en l'air. Pour me chasser.

Les pleurs s'amplifient. Pas le choix, je cours vite les rassurer.

À peine ai-je pris les deux gamines dans mes bras que le deuxième coup de fusil éclate, faisant trembler les vitres de nos fenêtres et tout mon corps. Rose s'agrippe à moi à me faire saigner de ses ongles mal coupés. Mon bébé cherche à téter.

Ma mère rentre dans la pièce peu de temps après, les manches de sa chemise relevées, toute blanche ; quelques gouttes de sueur brillent sur son front. Elle est absolument calme. Elle chantonne en enlevant sa chemise de nuit maculée de rouge foncé, le bas mouillé par la rosée. Elle laisse tomber la chemise par terre. Elle s'habille lentement, avec des gestes précis, imperturbable.

— Elle ne se serait pas plu, enfermée avec d'autres vaches inconnues. Tant qu'elle est à nous, on en fait ce qu'on veut, fredonne-t-elle entre deux couplets d'une comptine sans fin.

Dans la cour, Vache est devenue un tas de viande trop vieille, trop dure ; le fusil vidé d'Aloïs gît à côté. Le soleil s'est levé, on voit bien maintenant. Les premières mouches arrivent.

Une rage me vrille le ventre.

Ma mère a détruit tout ce qui comptait dans ma vie. Elle m'a arrachée à la ville où j'étais heureuse, ne m'a jamais montré un homme en le nommant « ton père ». Elle a permis à Aloïs de m'envoyer loin d'elle et de ma sœur, elle a refusé de vendre la vache pour me payer au moins une année d'études, puis elle l'a tuée d'un coup de fusil pour qu'elle n'aille pas finir ses jours dans une étable collective. Je me dis que si le prix à payer pour des études gratuites pouvait être que Vache aille dans une étable collective, j'aurais été d'accord pour le payer. Je chasse de suite cette idée comme si c'était un blasphème. Vache était surtout mon amie.

Mais ma mère ! Ma mère ne m'a pas raconté le corps et l'âme de la femme. Se figurait-elle que m'obliger à assister aux accouchements dès mon plus jeune âge m'instruirait davantage sur l'amour ? Et aujourd'hui je dois lui confier ma fille.

Triste bilan.

Je hais ma mère profondément à ce moment-là, d'autant plus qu'elle m'est indispensable. Je ne peux pas amener ma fille, le bébé sans nom, avec moi en ville. Impossible de chercher de quoi gagner ma vie avec elle dans les bras. Je ne saurais pas mentir à son sujet. Je n'ai pas honte d'elle. On serait toutes les deux suspectes. Personne ne voudrait s'en occuper pendant que je travaille. Elle serait mise à l'écart, deviendrait différente.

Elle est si innocente. Étrangement, ici on nous connaît, on l'acceptera mieux. Et moi, je me débrouillerai mieux toute seule.

Toujours cet espoir…

Je regarde le fusil par terre, une idée persiste dans ma tête. Moi aussi je peux tuer. Je le pourrais.

Tuer qui ? Ma mère ? Pour venger ma vache et me venger de la vie qu'elle m'a empêchée de vivre, et de celle qu'elle m'a imposée ?

Ma fille ? Pour effacer la seule nuit d'amour qu'il m'ait été donné de vivre ? Pour me libérer, pour mener la mienne autrement ?

Moi-même ? Pour en finir avec cette vie, ne

plus avoir affaire à rien, les laisser ici toutes seules, ma mère, ma fille, ma petite sœur?

Ma mère suit mon regard.

— Maintenant, ils peuvent prendre la vache et le fusil avec. C'étaient les dernières cartouches. Il ne servirait plus à rien, dit-elle.

La comptine est finie, ma mère ne chante plus. Habillée, elle est prête pour sa journée de travail au bistro. Elle se retourne vers moi et elle fait ce geste incroyable, que j'avais oublié. Elle m'étreint fort contre sa poitrine, le temps s'arrête.

Je hais ma mère autant que je l'aime.

Elle me prend le bébé des bras, ce bébé dont elle ne m'a jamais demandé le prénom. Elle la déshabille, la met à l'aise, la caresse. Elles jouent ensemble. Elles aiment ça toutes les deux. Je les regarde, ma mère et ma fille. Les voilà toutes les deux, complices dans les regards, déjà elles font leur vie sans moi. À côté de ma fille, je pose la boîte en bois peint, la boîte de son père, cadeau de Jan.

Je pars dans l'après-midi.

Elle sera sevrée violemment, ma fille, d'un coup. Elle boira le reste du lait de Vache tiré hier, coupé avec du lait de chèvre de la voisine pour une meilleure digestion. Elle cherchera mon sein, puis oubliera. Sucera-t-elle son pouce? Mes seins me feront mal quelques jours. Ma mère me dit de tirer mon lait encore quelquefois en en gardant toujours un peu, jusqu'à ce que je cesse d'en fabriquer. Je vais le regarder partir dans le lavabo d'un hôtel miteux de la ville. Je vais bander mes seins pour qu'ils dégonflent plus vite, je vais attacher mes cheveux au plus près de ma tête, faire un chignon compact, dense. Je vais fermer mon gilet jusqu'au dernier bouton.

Je me promets de tout dire à ma fille.

Je lui raconterai la ferme, Josef et cette nuit de juin, le grand feu qui a brûlé notre avenir avant qu'on puisse savoir si on en avait un. Je lui parlerai du froid qui m'a fait voir la beauté grâce à laquelle je me suis sentie proche de son père. Bien plus proche que pendant cette nuit d'une seule étreinte. Je veux que mon enfant sache qu'elle est née, parce que je l'ai voulu, mais aussi parce que j'ai voulu suivre cet homme. Le plus important est que je l'aimais ; je l'aime tel qu'il reste dans ma mémoire.

Sans savoir ni pourquoi ni comment, de cette même mémoire me vient l'image d'une reine légendaire. Ma mère a dû me conter son histoire quand j'étais petite.

Le seigneur des Tchèques, Krok, faisait régner la justice sur son pays. Il n'avait pas de fils pour lui succéder, mais trois filles. C'est la benjamine, douée de sagesse, qui fut à la mort de son père intronisée.

Mais, avec le temps, les seigneurs ne supportèrent pas qu'une femme règne sur le pays. Ils lui demandèrent d'épouser un homme qu'ils pourraient respecter et reconnaître pour roi, en espérant qu'elle trouverait cet époux parmi eux, seigneurs et nobles. La reine entendit le conseil des seigneurs.

Elle envoya des émissaires qui trouvèrent dans un coin de campagne un paysan en train de labourer sa terre. Ce serait lui son mari et le roi. Le paysan, nommé Přemysl, quoique mécontent d'être interrompu avant la fin de son travail, suivit les émissaires de la reine et accepta la charge royale. Le mariage fut heureux et donna naissance à une belle et longue lignée de rois.

Ainsi, des seigneurs qui ne voulaient pas être gouvernés par une femme, bien que légitime héritière et reconnue sage et juste, ont préféré être gouvernés par un paysan. Un homme. Reste que la reine, au moins, a pu choisir son mari.

Je voudrais que ma fille puisse aussi faire son choix, qu'on ne lui impose pas celui des autres.

Elle s'appelle Libuše. Liba.

LIVRE II
LIBUŠE

6

Un carré de tissu d'une blancheur immaculée est étalé sur la table et, quand je passe mes doigts dessus, il me chatouille doucement. Maman Marie repasse les tissus avant de commencer. Celui-ci est assez grand, bien lisse, un peu raide pour l'instant. Il me tiendra compagnie, jusqu'à la fin des vacances scolaires sans doute. Cette idée me plaît.

D'habitude, j'aide maman Marie à broder de grandes nappes avec six ou huit serviettes assorties. On travaille ensemble le soir et les fins de semaine pour la coopérative des arts populaires. On ne brode que ce qui est autorisé. Les nappes et les serviettes se vendent, nous dit-on, très bien dans les villes. La présidente de la coopérative qui apporte le travail à maman Marie a sa théorie. Elle dit que les citadins sont en manque de racines, alors ils les achètent brodées sur les nappes.

La commande d'aujourd'hui est différente. La nouvelle caissière du magasin d'alimentation est venue demander un napperon pour l'anniversaire de sa mère.

— Je ne sais pas quoi lui acheter, qui soit dans mes prix, vous comprenez, à son âge, elle a tout, et certaines choses plusieurs fois. On ne sait vraiment plus quoi lui offrir à Noël ou pour son anniversaire. Deux fois par an, c'est le grand casse-tête. Et encore, il y a quelques années, on célébrait même sa fête ; heureusement, elle n'en a plus envie. Alors, moi, franchement, ça m'arrange, parce que pour son anniversaire ou Noël, je ne peux pas non plus ne rien lui offrir. C'est quand même ma mère, non ? Un napperon brodé, ça doit faire un bail qu'on ne lui en a pas offert un. Elle a dû oublier à quelle occasion elle l'a eu, son dernier napperon tout neuf. D'ailleurs, j'en suis sûre, il n'est jamais sorti de son armoire. Et vos broderies vont lui rappeler le bon vieux temps. Vous voyez ce que je veux dire ?

Nous avons vu ; maman Marie a proposé un prix raisonnable et l'affaire a été conclue. Pour le travail, c'est à moi de jouer. Comme le napperon est destiné à finir dans un placard, je peux m'exercer tranquillement en brodant de nouveaux et même d'anciens motifs. En rigolant, j'ai proposé de broder l'inscription « *cadeau pour l'anniversaire de maman* », et « *1961* », l'année de mes treize ans, comme ça la caissière n'oublierait pas la date et l'occasion. Ça n'a pas plu, bien sûr. Maman Marie est formelle, pas de blague, il faut faire du bon travail. Le placard peut être ouvert à tout moment, et on doit toujours pouvoir être fier de son ouvrage. Broder pour le placard me rend tout de même moins nerveuse. Le plus exigeant, ce sont les broderies pour les costumes traditionnels. Elles se font rares, ces grandes broderies. Quelques mariages dans les familles attachées aux traditions, quelques trousseaux pour les bébés. Avant, la broderie était une affaire de tous les jours. Mettre tels ou tels chemises, jupes, ou rubans brodés, ça en disait long sur la personne. D'après maman Marie, les broderies racontaient le lieu de naissance, les habitudes, les us et coutumes locaux, le statut social, et surtout la qualité de la brodeuse. La broderie est une histoire de femmes, mais je trouve que les plus belles broderies sont portées par les hommes. Plus sobres, oui, plus nettes. Sur les pantalons, les broderies descendent sur les cuisses. Les chemises ont de jolis tours de col et de larges manches ; ah oui, ça c'est beau. Le rouge, une couleur joyeuse à travailler, ma préférée, qui domine les motifs. Sur les costumes féminins, brodés à outrance, on finit par ne plus rien voir. Les motifs deviennent des explosions de couleurs, c'est très habile et spectaculaire, mais tout s'y confond. Certains rubans et d'autres parties des costumes sont ornés simplement, ce sont les plus beaux. Sauf que ces parties-là sont supposées être cachées, comme les premiers jupons, ceux de dessous.

La première fois que j'ai eu le droit de porter des rubans que j'avais brodés moi-même, c'était au mariage de Magdalena, de ma maman Magdina.

J'allais alors sur mes sept ans et j'avais déjà usé quelques bobines de fil, même le bout de mes doigts ne sentait qu'à peine les piqûres de l'aiguille, et les tissus blancs ne risquaient plus d'être tachés de sang. Je connaissais plusieurs points de broderie et beaucoup de motifs, que j'avais appris. Je me suis beaucoup entraînée sur des petites serviettes.

J'en gardais précieusement quelques-unes dans une boîte en bois peint dont je suis la seule à avoir la clé. Maman Magdalena me l'a offerte, c'est un cadeau de naissance. C'est ma boîte à secrets, ma boîte à plaisir, ma boîte à rêves. Je dois la vider régulièrement, pour faire de la place, parce que j'y dépose des petits morceaux de papier avec mes vœux qui ne se réalisent jamais.

J'aime les écrire et les relire, ces vœux, et j'aime ensuite pétrir les bouts de papier entre mes doigts, les déplier puis les déchirer en mille minuscules morceaux ; je dépose ensuite ces vestiges de rêves et de vœux dans la paume de ma main et je souffle dessus. Tout s'envole. Si le papier est bien chiffonné et les bouts vraiment très petits, ils tombent par terre doucement en tournoyant, en faisant de jolies arabesques, comme dans une broderie. On dirait qu'ils brillent. À la fin je balaie.

La seule chose qui ne quitte jamais ma boîte est un étui à couture, très beau et énigmatique. Il a toujours été dans la boîte, c'est aussi maman Magdalena qui me l'a offert, je crois. On dirait qu'il vient d'un autre monde.

Je n'ai pas souvenir du jour ni de l'occasion

pour laquelle il m'a été offert. Je le regarde, je le tiens entre mes mains et j'écoute l'histoire qu'il me raconte, d'où il vient et pourquoi il se trouve dans ma boîte à rêves. Mais, comme je ne comprends pas la langue des étuis, je ne connaîtrai jamais son aventure.

J'ai noté que les vœux changent, et parfois même on veut le contraire de ce que l'on voulait avant. Comme pour le mariage de maman Magdalena. Je l'avais voulu, souhaité, écrit, puis...

Bon, j'ai assez observé et caressé mon carré blanc, je vois comment il sera une fois fini. La caissière du magasin d'alimentation sera contente. Je vais faire le tour du carré en point de croix de couleur rouge, puis un autre tour avec un rouge plus foncé, pour souligner. Je placerai deux colombes, probablement bleues, dans les coins, et à la fin, une belle rose, rose et rouge soutenu pour les ombres, au milieu. Je lui ajouterai son bouton, avant l'éclosion. Ça indique comment disposer le napperon sur la table, les fleurs vers soi quand on est seul, ou bien tournées vers les hôtes quand on reçoit. « Les petites attentions au monde », on les appelle comme ça entre nous, nos broderies asymétriques.

L'aiguille et le fil rouge sont posés sur le carré blanc où tout est encore possible. Le rouge, le filet de sang, le filet de vie. Même si j'aime commencer mes broderies avec le fil rouge, le voir posé sur le tissu blanc me fait parfois trembler. À chaque fil, je m'évade. Le fil m'amène dans des histoires lointaines ; parfois j'écoute le silence autour de la table, rarement la radio.

La première piqûre du tissu a quelque chose de dramatique. C'est comme une blessure, invisible et visible à la fois. Une fois le travail commencé, il n'y a pas de retour possible. Les marques d'aiguille sont des cicatrices indélébiles. Même si on défait la broderie, le tissu est marqué à jamais.

Je passe le fil dans l'aiguille, ça fait le mariage.

Je me souviens de ce jour où maman Marie m'a apporté de longs rubans. Ils étaient assez larges, de quoi faire un beau tour de taille avec une grande boucle dans le dos sur une jupe d'apparat, plissée et brodée en bas, sur le bord. Cette jupe des grands jours était un cadeau de maman Marie pour le mariage. Sur les rubans, je pouvais broder ce que je voulais. À la maison, depuis plusieurs semaines, on ne parlait que de ça. Parlait, pleurait, ne riait pas trop…

Maman Marie avait aussi ajouté qu'après le mariage j'irais vivre avec ma mère, chez elle, chez eux, chez son mari, dans une autre maison, au village voisin. Alors mes rubans ne pouvaient pas être très gais, je n'avais aucune envie de quitter maman Marie.

Ce n'est pas que je n'aime pas maman Magdina, qui est ma vraie mère, celle qui m'a donné la vie ; et encore, c'est maman Marie qui m'a aidée à venir au monde, mais je haïssais le type qu'elle allait épouser et qui est son mari maintenant. Il me haïssait de la même manière, je crois, bien avant de m'avoir vue. Par principe.

Ça s'était tout de suite vu sur son visage, quand il était entré dans la maison pour la première fois, alors que le mariage avait déjà été arrangé entre maman Marie et la vieille Tereza, la mère de ce type.

Magdalena, ma Magdina, n'est pas stupide, elle ne l'a pas choisi celui-là. Elle aurait aimé épouser son frère Franta, avec qui elle travaille à l'usine, la briqueterie située à une bonne trentaine de kilomètres de chez nous. Magdina y louait un tout petit appartement d'une pièce et demie dans lequel on étouffait si on y était à deux. C'est pour ça que je suis restée vivre chez maman Marie après ma naissance, pour respirer l'air de la campagne et ne pas encombrer Magdina qui devait travailler pour nous faire vivre et éventuellement aussi faire sa vie.

Faire sa vie, elle l'espérait avec Franta. Il venait les samedis en été la chercher pour aller danser au bal le soir. On y allait tous. Quel plaisir de regarder Magdina danser ! D'abord, elle se tenait droite et rigide, puis au bout de quelques tours de piste elle était toujours aussi droite mais devenait souple. Et, à la fin de la soirée, elle souriait et plissait les yeux, comme le chat qui s'endort au soleil. Elle oubliait le temps d'une danse son quotidien et redevenait une belle jeune femme, si belle. Belle à faire danser. Rose et moi faisions les fofolles au bord du parquet et maman Marie surveillait son monde. Au début, les voisines hochaient la tête avec des expressions de surprise surjouées. Plus tard, elles venaient, l'une après l'autre, comme par hasard, apporter à maman Marie des broderies à repriser et du ravaudage de vieilles chemises ou de nappes, pour en savoir plus. Bon, ça nous donnait du travail. Maman Marie a toujours été une taiseuse ; les femmes devaient venir plusieurs fois, et nombreuses, pour apprendre quelque chose. Au bout de quelques mois, il était entendu que Magdalena avait un prétendant, qu'il était honnête et surtout il « savait ». On lui avait parlé de moi.

Il faut le préciser, on est des bâtardes de mère en fille, comme certains sont boulangers ou rois. Aujourd'hui, il n'existe plus de boulangers. Ils ont été remplacés par des boulangeries industrielles qui crachent du pain sans âme, d'après maman Marie, qui fait son pain pour la semaine à la maison. Les rois n'existent plus non plus et ont été remplacés, eux, par le Parti communiste. Il faut maintenant être communiste de père en fils. L'avantage avec le communisme, c'est que chacun peut l'adopter, alors que normalement il n'y a qu'un seul roi par pays.

De toute façon, les rois tchèques, ça fait bien des siècles que nous n'en avons plus. Depuis la fin du XVe, on était habitués aux têtes couronnées venues d'ailleurs, presque tous des Habsbourg. Et perdre un roi qui n'est pas de chez nous, je trouve que ça fait moins mal. Pour les boulangers, c'est plus embêtant.

À part être bâtardes, dans notre famille, nous ne sommes pas communistes, nous sommes brodeuses, de mère en fille. Ça devient rare. Dans notre village, on est les seules à savoir encore broder les costumes traditionnels avec les couleurs et les techniques que le métier exige. Magdina est une bonne brodeuse. Elle travaille bien, vite. Ses broderies sont très soignées, toujours égales à elles-mêmes. Elle n'invente pas de nouveaux motifs, par contre, les anciens, elle les maîtrise à la perfection. La meilleure est évidemment maman Marie. C'est surprenant, la vitesse et la finesse de son travail, avec ses bouts de doigt si gros et abîmés.

Les mains de maman Marie sont un mystère. Elles peuvent être d'une douceur extrême quand elle me caresse le dos, trop rarement à mon goût d'ailleurs, d'une précision étonnante à la broderie, ou d'une fermeté sans appel quand elle conduit le cochon à la porcherie – et tout ça à la fois quand elle aide un enfant à naître.

Voilà, le premier fil rouge est terminé. Un joli début. Un petit début de travail… Une image de l'école maternelle me revient en mémoire.

J'aimerais ne pas m'en souvenir.

Seulement, la mémoire est une chose mystérieuse. Elle est à moi, on dit bien «ma mémoire», non? Alors pourquoi ai-je l'impression qu'elle vit indépendamment de ma volonté, qu'il m'est impossible de la contrôler ? Je ne choisis pas les moments qui s'accrochent dans les méandres de ma tête et ceux qui s'effacent. Certains souvenirs résistent et continuent à s'y promener, se rappellent à moi, grandissent avec moi. D'autres, j'aurais bien aimé qu'ils durent plus longtemps, gardent l'éclat et la fraîcheur de l'instant où ils se sont produits, mais ils s'en vont.

La broderie m'aide. Pour oublier ou me souvenir.

J'ai appris à enfiler les événements que je veux oublier en même temps que le fil et, au fur et à mesure que le motif prend forme sur le tissu, l'événement se transforme en motif. Dans d'autres cas, quand je veux garder quelque chose bien en mémoire, le début est le même, j'enfile en même temps que mon fil bien réel la chose à retenir, puis elle s'inscrit dans le motif. Et il en est légèrement modifié. Il n'y a que moi qui remarque ces infimes failles – ces petites fautes –, qui me rappellent ce que je ne voulais pas oublier.

C'est mon secret, que seule maman Marie connaît. Impossible de lui cacher quoi que ce soit. Enfin presque.

Ainsi, elle a bien remarqué mes retours de l'école arrosés de larmes mal cachées. C'était avant le mariage. Pour rentrer à la maison, il faut contourner l'étang et monter sur la rive, sur le petit replat après le panneau annonçant la fin du village. La maîtresse d'école m'accompagnait tous les jours en bas de cette montée, après elle allait prendre le bus. C'étaient des trajets silencieux. Elle ne savait pas quoi me dire et moi, je n'avais rien à lui raconter. Puis, à peine elle tournait le dos, le robinet de mes chagrins s'ouvrait et je pleurais de tout mon cœur pendant la courte montée. Sur le sentier, avant d'arriver à la maison, je sanglotais. Je faisais des efforts pour essuyer les traces des larmes.

Parce que dans la famille on ne pleure pas, et si ça doit arriver il faut éviter de se donner en spectacle.

Au début, Rose, la petite demi-sœur de Magdalena, qui est donc plus grande que moi, était dans la même école, en primaire, dans la classe des grands, et me protégeait des autres. Plus tard, elle est partie à l'école des plus grands dans un village plus important, à une vingtaine de minutes de bus de chez nous. Les enfants n'avaient plus de raison de se priver de blagues et de remarques. Le plus désagréable et gênant, c'est que ma mémoire les ait gardées intactes.

On me traitait de monstre à deux mères mais sans père, en plus de toutes les autres fantaisies que l'imagination des gosses peut fabriquer. Cela dit, c'était servi trop crûment pour des mômes. En fait, il était difficile, et ça l'est toujours, d'admettre que les gamins ne faisaient que répéter ce qu'ils entendaient à la maison. Moins ils comprenaient ce qu'ils disaient, plus leur innocence devenait insolente et leur cruauté crue.

Une fois, la maîtresse est venue avec moi

jusqu'à la maison. C'était pénible parce que je ne pouvais pas vider mon lot de larmes quotidien. Comme elles étaient lourdes à retenir ! Elle voulait s'entretenir avec maman Marie. On m'a envoyée à l'intérieur, elles sont restées dehors, la porte fermée. J'ai ravalé mes larmes. L'enseignante était nouvelle, une jeune femme de la ville arrivée à l'automne, fraîchement sortie de l'école à fabriquer les maîtresses soucieuses du bien-être de tout le monde. La conversation a été très courte, je n'en ai rien entendu. Par contre, le lendemain matin, maman Marie a pris la situation en main.

Plantée devant l'école où on ne l'attendait pas, elle a exigé d'entrer. Personne n'a osé s'y opposer. Elle m'a appelée devant tout le monde, puis a dit d'une grosse voix que je ne lui connaissais pas :

— Il paraît que tu ne veux pas être traitée de bâtarde, alors que t'en es une ? Prends la vie comme elle vient mais ne baisse jamais la tête, surtout devant ce petit monde-là ! Tu ne peux pas fuir ce que tu es, mais il y a différentes façons de s'y prendre. Ne laisse jamais les gens avoir pitié de toi ; la pitié c'est ce qui se change en haine le plus rapidement. Après l'amour.

Puis elle a tourné les talons en direction de la maison. Je suis rentrée cet après-midi-là les yeux secs et la tête haute. Pas pour ce qu'elle avait dit, je n'avais pas très bien tout compris. Ce que j'avais par contre parfaitement saisi, c'est qu'elle s'adressait aux maîtresses et aux élèves. J'étais tout bonnement enchantée qu'elle soit venue me défendre devant mon monde.

On n'a plus jamais évoqué cet incident, mais ses paroles sont bel et bien gravées en moi, ainsi que sa voix claire et nette. Pas besoin de les cacher dans une broderie.

J'aurais pu penser que tout allait rentrer dans l'ordre. Mais je devais bientôt apprendre la nouvelle du mariage de Magdina.

Moi, je ne connaissais pas le mari de maman Marie, je n'étais pas née quand il est mort. Rose, elle s'en souvient un peu, elle a tout de même cinq ans de plus que moi et c'était son père. Elle se rappelle un grand homme dans une grande salle, un comptoir en bois sculpté, l'odeur de la bière, de la soupe de légumes et du goulasch que maman Marie faisait le samedi soir, et qui était encore meilleur le dimanche midi s'il en restait. Elle se souvient aussi des jappements et hurlements des chiens.

Rose ne devrait pas tarder à se trouver un mari. Elle est drôlement jolie, c'est sûr. Elle aura bientôt dix-huit ans, elle a une peau de pêche, les dents blanches et bien alignées, l'œil qui pétille, une taille de guêpe et des hanches à produire des enfants deux fois par an. Ce n'est pas de moi, on le dit au village. Surtout au magasin d'alimentation. La jeune caissière connaît tous les habitants et refait le monde du matin au soir, et notre famille fait partie de son monde.

Après le mariage, je suis allée vivre avec Magdina et son mari dans le village voisin. Heureusement, tous les vendredis et les jours fériés sans exception, on retournait à la petite maison de maman Marie. Heureusement. Je n'arrivais pas à lui dire combien j'aurais voulu rester vivre avec elle et Rose.

Ensuite, quand j'ai provoqué un gros drame, à peu près deux ans après ce mariage, tout est finalement rentré dans l'ordre. On est revenus vivre ici. Si j'avais su, j'aurais tout dit bien plus tôt. J'étais si jalouse de Rose. Elle est la vraie fille de Marie, et peut et doit vivre avec elle. Moi, c'est juste avant le mariage que j'ai découvert que j'étais en réalité la fille de Magdalena. Rose se délectait de me voir reléguée à l'état de petite-fille et d'être obligée d'aller vivre avec ma mère. Pour moi, maman Marie était ma mère, comme elle était la mère de Rose. Magdalena était Magdina, tout simplement. Elle venait en fin de semaine, était très gentille et câline avec moi les premiers instants de retrouvailles, puis brusquement, comme si elle s'apercevait de quelque chose de grave, elle s'éloignait de moi avec un lourd soupir en regardant autour d'elle, embarrassée. Je pensais parfois qu'elle avait peur que quelqu'un ne surprenne sa tendresse envers moi. Elle sentait le bus, un léger parfum de ville, la paperasse, parce qu'elle travaillait dans les bureaux de la briqueterie. Elle rapportait avec elle ce que je décrivais comme une odeur « d'inconnu ». Magdina parlait souvent de la ville, je ne sais pas au juste de laquelle, son nom se cachait dans une espèce d'incertitude. Moi aussi, je voulais aller en ville, mais juste pour voir, parce que, autrement, j'étais très bien avec maman Marie.

Maintenant, un autre fil, et je prends la couleur rouge foncé, couleur de sang très épais, couleur de vie, lourde.
D'habitude, je débute mon travail par les couleurs claires, tout en douceur. Mes nappes ont les bords extérieurs clairs, larges, généreux dirait maman Magdina. Parfois j'ajoure, et ensuite je prends le rouge le plus soutenu ; pour compléter le motif, pour égayer ma broderie. Si je fais du point de croix, les différents tons se mélangent, s'entrelacent, se poursuivent, se soulignent. Ils se racontent mutuellement des histoires, tout comme moi dans ma tête. Comme cela, je peux arriver à me retirer du monde tout en étant présente, et du coup, les silences de maman Marie ne me pèsent pas, ceux de maman Magdina ne me font pas mal et je n'entends plus les bavardages de Rose. Rose n'est pas une brodeuse, elle est une liseuse d'histoires pour nous et un peu une fouteuse de merde en général (ça, c'est Magdina qui le dit). Je n'écoute véritablement Rose que quand elle veut bien nous lire des contes de fées et des romans parmi les livres empruntés à la bibliothèque de la ville.
L'autre jour, elle nous a lu un roman français, un roman d'Alexandre Dumas. Que c'était beau ! À pleurer. Elle l'a commencé un samedi en fin d'après-midi – jamais on n'a brodé si tard dans la

nuit. Puis dimanche, on a repris la lecture tôt, mais on n'a pas fini le livre, et il a fallu attendre toute la semaine pour connaître la suite. J'étais drôlement impatiente, pourtant je savais que la belle Dame aux camélias allait mourir de maladie, d'amour et à cause de gens affreux. Rose, cette peau de vache, me l'avait dit. Elle lit les dernières pages avant nous. Elle m'a avoué que c'était pour ne pas pleurer en lisant. Ça, je veux bien le croire, mais elle aurait pu ne pas me dévoiler la fin. Peu importe, j'ai pleuré tout de même. Pour les belles histoires dans les livres, on peut.

À la fin du roman, j'ai dit :

— Un jour, je voudrais voir Paris, ça doit être merveilleux.

Mes deux mamans ont soupiré.

— Vous iriez où, vous ? Allez, dites !

— J'irais bien à Vienne, ou en Suisse, par exemple, a répondu maman Magdina.

— Ah bon ?

J'étais déçue, je ne sais pas pourquoi. Cette idée m'a paru vraiment bizarre, je ne trouve rien d'attirant ni à Vienne, ni à la Suisse. Pourtant, maman Magdina me regardait avec cette expression de « mais si, tu sais, je te l'avais dit ».

— Non, non, non, moi, je maintiens mon choix de Paris ; ça, ça fait rêver, non ?

— Oui, ça fait rêver, a soupiré de nouveau maman Magdina, légèrement désappointée.

— Paris ne doit plus être comme dans le livre depuis belle lurette, alors tu peux rêver tranquillement. Et puis, je vous ferais remarquer que dans ce roman, c'est encore une femme qui est sacrifiée, a répliqué maman Marie.

J'ai haussé une épaule et j'ai insisté.

— Et tu irais où toi, maman Marie ?

Maman Magdina m'a soutenue :

— Oui, dis-nous. Si tu pouvais, tu irais où ?

— Nulle part. Je suis bien ici.

On ne l'a pas crue. Rose s'en est mêlée aussi.

— D'accord, mais de quoi tu rêves ?

Maman Marie a interrompu sa broderie, elle a posé les mains sur ses genoux, s'est penchée en arrière et a levé les yeux. Elle les a fait passer à travers le plafond, on n'arrivait plus à la suivre. Son cou s'est allongé, on aurait dit que ses rides s'adoucissaient. Un léger sourire est apparu sur ses lèvres d'habitude serrées. Elle était très différente, pour ne pas dire belle ; elle aurait été splendide si elle avait enlevé le foulard qui cachait ses cheveux. Personne n'osait bouger et il me semblait que Magdina ne respirait même plus. Dans l'attente du rêve de maman Marie, nous étions suspendues, nous flottions. On ne savait ni comment ni pourquoi, mais on savait que la magie était là. C'était juste un arrêt du temps ; pas un temps mort, mais un temps ralenti, si ralenti qu'il en oubliait de s'écouler. On aurait pu découper cet étrange silence, ou l'enfiler, comme un fil à broder, une broderie, toute silencieuse, elle aurait été... elle aurait été comment ?

Soudain, le regard de maman Marie a été de retour, son menton est redescendu vers sa poitrine, et elle a repris son travail sans dire un mot.

Rose a ouvert la bouche, sans doute pour réclamer encore une fois le rêve de Marie, la destination de son regard. Mais Magdina lui a donné un coup de coude en disant d'une voix toute basse, « laisse, c'était un moment de grâce » et elle a esquissé un sourire, tout attendrie et contente de je ne sais quoi. Moi, j'ai d'abord été fâchée contre maman Marie. Ce n'était pas juste qu'elle ne nous dise rien. Comme Rose, j'aurais voulu savoir.

Où était-elle ? Elle ne nous avait rien dit parce qu'il n'y avait pas de place là-bas pour nous, ses filles et sa petite-fille ? Elle ne voulait pas qu'on l'encombre dans cet autre monde ? Était-il si inavouable son rêve ? Je souhaitais le connaître d'autant plus. Mais, au fil des points de croix qui s'assemblaient dans de nouvelles formes sur mon métier, mon mécontentement s'effilochait. Je le perdais avec chaque nouveau passage de l'aiguille à travers le tissu, et je me disais que rêver, c'était tout de même formidable. Rêver transforme une femme de presque soixante ans avec un derrière et un foulard sur la tête en une jeune femme belle, les yeux pleins d'étoiles qui s'illuminent plus fort que celles accrochées dans le ciel d'une nuit sans lune. Maman Marie était comme égarée, sortie de ses formes habituelles ; elle semblait plus grande. C'est ça, maman Marie rayonnait et, en définitive, elle devenait Marie, elle n'était plus mère ni grand-mère.

Au cours de cette lecture est né en moi un amour pour Paris, pour Alexandre Dumas, les livres et les camélias, des fleurs que je n'ai jamais vues, puisqu'elles ne poussent pas dans notre campagne. Ça me plaisait d'aimer quelque chose dont je n'avais pas la moindre idée. Les descriptions de la fleur ou de Paris ne me donnaient que peu à voir, mais laissaient tout imaginer. Quand j'ai su que cet Alexandre Dumas était le fils du père du même nom, j'ai étendu tout naturellement mon affection au père, puisque l'un n'allait pas sans l'autre et que j'ai un sens de la famille très développé. J'ai supplié Rose d'emprunter à la bibliothèque tous les livres des Dumas. D'abord, elle a été d'accord, puis, quand elle a vu l'étendue de l'œuvre, elle a été désolée d'avoir promis. Je suis sûre qu'à la fin du premier roman on s'est toutes promenées dans un Paris fantasmé, parce que le silence chez nous n'était plus le même.

Avant d'aller au lit j'ai demandé :

— Est-ce qu'on peut aller à Paris ?

— Il n'y a que toi pour poser une question pareille, a répondu maman Magdina.

Maman Marie a clos ce très court débat d'un « non » qui a claqué dans l'air comme un coup de fouet. La magie s'est brisée.

Le lendemain matin, j'ai regardé où se trouvait Paris dans le grand atlas qui trônait sur l'étagère de la chambre de maman Marie. J'ai été surprise de voir que cette ville figurait vraiment sur la carte. Je me rappelle que j'ai eu un vague sentiment de déception, ça m'aurait plu que cette ville ait simplement été inventée par Dumas fils. J'aurais aimé que ce soit son inexistence qui nous empêche d'y aller. Mais non, Paris était bel et bien là, sur un trait bleu et tortueux, la Seine.

Avant mon départ pour l'école, maman Marie m'a dit :

— Ce n'est pas la peine d'embêter ta maîtresse avec Paris.

Plus tard, j'ai compris pourquoi il n'y avait que moi pour poser cette question. Elles, elles savaient qu'aller quelque part était très difficile, et qu'envisager d'aller à l'Ouest était impossible.

J'aurais bien aimé savoir de quoi rêvait Magdina avant de se marier. Certainement pas de la vie qui a suivi son mariage qui, lui, fut triste comme une journée de pluie après plusieurs jours de pluie. Personne n'a souri ce jour-là ; enfin, on n'était pas très nombreux non plus.

Rien que la visite de la mère de Franta, le gars sympa qui emmenait danser Magdina les samedis soir au bal, a été terrible. Cette femme, la vieille Tereza, très sèche et ridée, toute ramassée sur elle-même, est venue seule, sans son fils. Alors on a su que quelque chose clochait. Normalement, il aurait dû venir avec sa mère, le beau prétendant. Comme ça, à la fin des discussions, les jeunes, enfin le couple, auraient eu quelques instants ensemble, pour savourer l'accord entre leurs deux familles.

L'ambiance dans la pièce était tendue. Je voulais à tout prix rester, il s'agissait tout de même de marier ma mère. J'ai donc pris cet air concentré, pour signifier que j'étais entièrement absorbée par la broderie : « Je ne vois rien, je n'entends rien, il n'existe que mon métier, l'aiguille et le fil. »

À table, maman Marie présidait, tel un roi, ou plutôt une reine. En face, assise exactement sous la lampe, donc très bien éclairée, il y avait cette femme, soigneusement habillée, mais sans grâce. C'était à se demander comment elle avait fabriqué un gars qui savait danser comme il dansait, et qui savait si bien faire danser les filles.

Elle est entrée dans le vif du sujet.

— Tu veux mon fils.

Au moins elle partirait vite, pouvait-on espérer.

— Ma fille le veut, et lui, on dirait qu'il veut bien d'elle.

Maman Marie ne s'engage pas, chacun pour soi.

— Je veux bien en parler, il faut voir.

Maman Marie a dit durement, en lui montrant la porte :

— Parle, ou va-t'en.

Elle est comme ça, et Magdina n'avait rien à dire.

La vieille Tereza a inspiré fortement :

— Voilà, j'ai deux fils.

Elle a prononcé le mot « fils » avec fierté, comme si accoucher d'un fils était plus méritant que d'une fille, alors que maman Marie pourrait en témoigner, c'est strictement le même bazar. C'est-à-dire, la douleur, la fatigue et à la fin le soulagement quand tout s'est bien passé et que tout est fini. En ce qui concerne la joie, c'est là où ça se gâte. Les hommes, on ne sait pas pourquoi, sont plus excités de voir chez leur bébé un petit robinet. Ils en font toute une histoire. Pourquoi les femmes suivent-elles les hommes dans cette opinion parfaitement incompréhensible ? Elles devraient défendre leur sexe et leurs intérêts, non ? À moins qu'elles ne se soumettent, pour plaire – je ne sais pas. J'avais voulu poser toutes ces questions à Marie, seulement elle ne répond pas facilement. Comme maintenant, maman Marie a fait « hum » pour toute réponse à la vieille Tereza qui voulait nous refiler le mauvais fils. Car c'était ça, la grande affaire, on l'avait compris.

— C'est l'aîné qui doit entrer le premier dans le mariage, le deuxième est trop jeune, il a quatre ans de moins que ta fille. L'aîné, côté homme, tout marche comme il faut. Et comme je le vois, chez ta fille, côté femme, tout marche aussi comme il faut.

Elle m'a adressé un regard appuyé, au cas où on n'aurait pas saisi son allusion. Elle a fini sa phrase en écartant les mains en l'air, comme pour dire que les paroles n'étaient pas nécessaires.

Maman Marie a enchaîné :

— Je connais ton premier fils, ne l'oublie pas, nous savons toutes les deux pourquoi il est comme il est. Le pays est tout petit.

La femme n'a rien répondu, mais n'a pas baissé les yeux.

J'écoutais attentivement, tout en m'appliquant encore plus à ma broderie.

— Tu n'en voulais pas, de ce petit, hein ? Et tu

n'en veux toujours pas. Il te rappelle tes fautes à toi.

La voix de maman Marie est comme du métal froid.

— Il est né dans le mariage, a sifflé la vieille Tereza.

— Trois mois après le mariage, a pouffé maman Marie, et tu ne lui as jamais dit pourquoi il est boiteux, hein ? que tu t'es tripotée avec une aiguille à tricoter ou autre chose pour te le faire passer.

— Je te le répète, il est né dans le mariage, son père était là. Il peut donner son nom à toutes les deux – elle montre d'un coup de son menton pointu maman Magdina et moi – dès que ta fille accouche d'un fils.

— Non, ma petite-fille a son nom et le porte bien. Ton fils, il se mariera avec ma fille, après elle fait ce qu'elle veut. Mais il prendra ma petite-fille avec le nom qui est le sien.

Les deux femmes se sont longuement dévisagées. Magdalena ne disait rien. Elle ne pouvait pas. Ses dents étaient si serrées que ses joues en devenaient blanches et dures. Moi, j'étais à la fois surprise et déçue que maman Marie n'ait pas flanqué cette femme immédiatement dehors. Pourquoi elle discutait avec ? Tout de même, elle voulait nous refiler un boiteux !

La voix de la vieille Tereza était mielleuse.

— Têtue ! Pourquoi cette gamine ne pourrait pas prendre notre nom ? Tout rentrerait dans l'ordre. Pourquoi ne pas effacer le passé ?

— Le passé est là tous les jours.

Maman Marie a mis ses deux mains bien à plat sur ses hanches et a pris une grande inspiration.

— Magdalena a choisi l'autre. Tu veux te débarrasser du boiteux chez les bâtardes. Tu veux jouer les seigneurs et nous sauver ? De quoi ? Nous faire l'aumône de quoi ? Je ne veux pas de ta générosité de faux jeton, nous savons qui nous sommes. Nous avons notre nom à porter et il survivra. Si tu donnes le bon fils, tu auras ta petite famille comme tu le souhaites. Magdalena est saine, en effet. J'ai vu son ventre. Tu veux la descendance, nous on veut garder le nom.

La grande taiseuse, la veuve taciturne, la mère sévère, la femme sans amis, la solitaire, celle qui répondait d'ordinaire par une syllabe ou par une courte phrase a parlé. D'habitude, elle distribuait des regards incisifs et parfois violents dont on se serait bien passées. Mais de ces regards qui étaient doux, tendres et souriants, on en redemandait. Maman Marie est une guerrière, elle attaque la vie chaque matin comme si ça devait être le dernier jour non seulement pour elle mais pour la terre entière. Quand elle assiste à la naissance d'un enfant, elle laisse tomber son armure devant le miracle de la vie, précise, attentive et prête à respirer à la place de la mère s'il le faut, pour sauver l'enfant. D'après Magdina, elle n'a perdu qu'une seule fois la mère, et aucun enfant lors des dizaines d'accouchements auxquels elle a participé.

Alors, pourquoi maman Marie ne la fiche pas dehors ? On ne veut pas du mauvais fils. Je n'en veux pas ! Mais je me tais.

Rose est apparue dans l'encadrement de la porte, réveillée par la discussion qui n'avait plus rien d'amical. Elle devait se coucher bien plus tôt que moi, parce que le matin, c'était son tour d'aller voir les vaches à la coopérative, au lever du soleil, avant l'école. Rose et moi, on va à tour de rôle une semaine sur deux voir si tout va bien côté vaches. La coopérative agricole n'est pas très loin de chez nous, si on coupe par le chemin entre les champs.

Ce chemin est lent, il invite à traîner le pied, à regarder les champs et les forêts, à ramasser des mûres le long des fossés, des pommes, ou des noix, suivant les saisons, et on peut y sautiller pieds nus. Bref, c'est une route amusante, et on n'y croise personne. Il ne s'y passe jamais rien, sauf toutes ces petites aventures quotidiennes. Les boutons de fleurs qui s'ouvrent, les musaraignes qui ont de nouvelles portées, les corbeaux qui arrivent plus tôt dans la saison ou tardent à repartir pour laisser la place au printemps, les branches cassées des vieux pommiers dont personne ne prend soin après un orage d'été plus violent que d'habitude. Si on n'y passait pas avec Rose et maman Magdina, personne ne saurait que tous ces petits riens existent. C'est à se demander si ce chemin n'est pas là juste pour nous.

À partir de demain, c'est la semaine de Rose.

La vieille Tereza a regardé Rose, qui du haut de ses douze ans laissait largement entrevoir la belle femme qu'elle est devenue aujourd'hui.

— Cette gamine, c'est autre chose. Elle est encore jeune, mais...

Encore un peu et la vieille Tereza se lécherait les babines.

Maman Marie s'est levée en même temps que la vieille Tereza et a croisé les bras sur sa poitrine. Son visage paraissait de nouveau calme. Plus personne n'a prononcé un mot ce soir-là. Rose a regagné sa chambre, Magdina s'est mise à ranger l'ouvrage sur la table, maman Marie est partie fermer la porte d'entrée à clé derrière la visiteuse. Moi, je me suis glissée dans le petit lit dans la chambre de maman Marie sans faire le moindre bruit. Je crois que nous avons toutes senti un courant d'air froid quand la porte a claqué sur la vieille Tereza.

Le mariage a été vraiment triste.

Voilà, un autre fil rouge est fini.

Je vais tout de suite en prendre un nouveau sans perdre le rythme. Le travail net et propre ne donne à voir aucun raccord, au mieux des deux côtés, côté ciel et côté terre. Pour broder confortablement, le fil doit avoir une bonne longueur, la coudée de la brodeuse. Ainsi il ne s'emmêle pas, il ne fait pas de nœuds traîtres qui gâchent le travail. Ensuite, il faut bien serrer les points, pas les étouffer, juste bien serrer. À l'usage, ils finiront par ne faire qu'un avec la nappe. C'est comme ça que la broderie de tous les jours est le plus belle, fondue dans son tissu, indissociable.

Ça me fait penser à l'autre jour, enfin, ça fait quelques années déjà, à l'école, en cours de travaux pratiques, on apprenait quelques points de couture. On nous avait demandé de broder nos initiales sur un mouchoir. Je m'étais terriblement ennuyée. Les autres filles non. C'était un cours où elles pouvaient papoter, alors elles papotaient. Je ne papote pas, il n'y a personne avec qui je peux le faire. C'était un cours pour rien, j'ai juste eu la confirmation que personne ne voulait me parler. Et pour les initiales ç'a failli virer au drame avec la camarade professeur. J'avais brodé deux M et un L, très beaux, à mon avis. La camarade professeur voulait savoir ce que cela signifiait.

— Marie Magdalena Libuše.

— Ce sont tes initiales, ça ? Tu ne comprends pas la consigne ? Recommence et fais tes initiales, comme tout le monde.

Je ne suis pas comme tout le monde, elle le savait. Jamais de ma vie je ne broderai les initiales qu'elle demande. Je le savais bien, elle voulait celles du nouveau nom de Magdina. Je rentrerais ainsi dans le rang, je disparaîtrais dans la foule des écoliers, exactement comme elle le disait : comme tout le monde. Mais maman Marie avait été claire, j'avais un nom à moi et ça suffisait. La camarade professeur a dû tout de même reconnaître la qualité de mon travail et me donner une bonne note. Je crois qu'elle ne m'aimait pas pour ça.

Un autre fil, toujours rouge foncé.

Les fils sont dans le panier en osier entre moi et maman Marie. On y pioche, chacune de son côté, pour choisir la couleur, puis on mesure la bonne longueur de fil, on s'étire le dos, on fait faire deux trois tours à sa tête, on repose ainsi les muscles raidis. Dans un autre panier, un deuxième ouvrage m'attend.

Des chemises blanches en coton fin pour mon petit frère, et pour le bébé qui devrait naître d'un jour à l'autre. Des chemises avec les bordures en point de croix, simples, vraiment jolies. Mon petit frère Jozifek les porte avec plaisir, spécialement celle qui lui descend jusqu'aux genoux, comme une belle robe. Il court, les bras écartés. Vêtu de cette chemise, dans le pré derrière la maison, on dirait un papillon qui n'arrive pas à s'envoler, mais sans en souffrir. Il rit, puis il s'arrête. Jozifek, le premier, le fils, comme il se doit, est arrivé vite, comme il faut. C'était un bébé dodu, calme et beau. Il est resté calme, mais il n'est plus dodu, plutôt maigrichon. Il a gardé une beauté très blanche. Il est clair de peau, d'yeux, de cheveux. Mon ange, tout blanc. Il doit souvent reprendre son souffle. Maman Marie aurait voulu l'envoyer chez le médecin, elle l'avait dit à maman Magdina qui en avait parlé à son mari. Il s'est mis en colère, a gueulé de toutes ses forces que son fils n'avait pas besoin d'aller voir de médecin, parce qu'il était beau, fort et en pleine santé. Moi, je dirais que parfois sa respiration est sifflante, mais bon…

En ce moment, maman Magdina se régale. Elle est ronde et douce, elle sent bon. Enceinte, elle est magnifique et surtout intouchable. Le deuxième bébé, elle l'a bien attendu cinq ans. Maman Marie avait assisté à l'accouchement de Jozifek, bien sûr, et elle avait confirmé que le ventre était toujours bon. Magdina espérait retomber enceinte rapidement, pour se reposer parce que, quand elle est enceinte, il ne la bat pas et c'est reposant. Elle se met devant moi, ou plutôt me cache derrière elle en mettant son ventre en avant, puis elle se tait. Ça suffit, pas besoin de longs discours. Le Boiteux laisse tomber sa main, sa canne, puis il va boire un coup, pour faire passer sa colère.

La première fois qu'il a battu Magdina, c'était pendant leur nuit de noces. Comme j'étais petite à l'époque, j'ai mis plusieurs mois à comprendre. Même les bleus de Magdina, je ne les voyais pas. Elle le souhaitait ainsi. Mais quand moi aussi j'ai reçu la raclée, je ne pouvais plus me cacher la vérité.

Une nuit, je suis entrée dans leur chambre, j'avais entendu les pleurs de Magdina. Je la croyais toute seule parce que dans la famille on pleure toute seule. Je pensais que maman Marie lui manquait autant qu'à moi et qu'elle en pleurait. J'aurais aimé, je crois, pleurer avec elle pour cette raison.

Ratatinée sur le lit, Magdina cachait son visage dans l'oreiller, mais elle n'était pas seule. Il était là, lui, debout au-dessus d'elle, il la tapait avec une ceinture en cuir à en transpirer à grosses gouttes. Sans pantalon, on voyait sa jambe maigre et un peu tordue, poilue, moche.

Il portait l'une des chemises que j'avais brodée. Ça m'a mise en rage, plus que le fait qu'il frappe ma mère. Comme si la chemise me rendait complice, comme s'il la battait avec mon accord, sous mes yeux.

La porte a grincé. Il a arrêté de taper, la main suspendue en l'air, surpris que je sois là. Magdina, intriguée par la longue pause entre deux coups, a sorti sa tête de sous l'oreiller et a poussé un cri d'épouvante.

Et lui, moqueur.

— Qu'est-ce qu'il y a ? On joue à Pâques. C'est normal qu'elle soit battue, non ?

— N-n-n-on, on, on n'est pas à Pâques, j'ai bégayé en secouant la tête d'un côté et de l'autre, pour être sûre d'avoir bien été comprise.

C'est vrai que le lundi matin de Pâques, les garçons ont le droit de taper les filles sur les fesses et sur les cuisses, avec des tresses faites de branches souples, de saule par exemple. Nous brodons les rubans pour les tresses à fouetter, que les hommes décorent richement. Les filles font semblant de courir, de se cacher, puis se laissent attraper. Normalement, ce n'est pas taper qui compte, mais l'avant et l'après. Si les garçons préparent les tresses, les filles confectionnent les œufs. Peindre et décorer les œufs, c'est tout aussi compliqué que la broderie. Ils sont la récompense des hommes pour avoir bien battu les filles. Je n'aime pas Pâques. On ne prépare pas les œufs chez nous, sauf moi, à l'école. Personne ne vient nous battre. Mes mamans sont contentes, surtout maman Marie, qui dit que c'est une coutume barbare. Moi, ça me plairait de courir dans le jardin, de crier, de rigoler, d'entendre la comptine du printemps qui mérite l'œuf, et même je donnerais un ruban en plus pour la tresse d'un garçon. Pour battre les filles, il y a un jour dans l'année et ce n'est pas pour les faire pleurer mais rire.

Le Boiteux a crié :

— C'est moi qui décide s'il y a Pâques ou pas.

Magdina disait non aussi, sans pouvoir bouger, il s'était assis sur elle. Il a enroulé la ceinture autour de son poignet, puis il s'est mis à descendre du lit. Il a clopiné vers moi, puis a voulu m'attraper par l'épaule. Le premier coup de poing, je ne l'avais pas esquivé, pétrifiée par son regard sauvage ; ses yeux injectés de sang me clouaient sur place. La douleur sur ma joue m'a ramenée dans le présent. Je me suis arrachée à lui.

Il veut jouer à Pâques ? D'accord ! Il faut courir.

J'ai couru. J'ai quitté la chambre. Il m'a poursuivie, en boitant et en râlant jusqu'à la cuisine. Je me tenais de l'autre côté de la table ; il partait à gauche, moi aussi, il partait à droite, moi aussi. On a fait plusieurs fois le tour. C'était épuisant. Il est tombé par terre.

On aurait dit une crêpe mal réceptionnée, étalé bien à plat ; sa ceinture a volé de l'autre côté de la pièce, son nez saignait. Il tapait des deux mains par terre, comme un petit gamin dont on ne veut pas exaucer le caprice. Je me suis mise à rire. Que c'était bon !

Et dans ma tête résonnait une comptine pour endormir les enfants, mais dont les paroles avaient changé : « *Qu'il crève, qu'il crève, qu'il crève, là sur place, qu'il crève, qu'il crève.* »

Il hurlait :

— Magdalena, Magda ! Merde, t'es où, Magdalena !

Elle est arrivée, elle aussi en boitant. Un petit filet de sang coulait le long de sa joue, son arcade sourcilière était ouverte. Les fils rouges que je pose sur les carrés blancs avant de commencer la broderie me racontent toujours cette nuit-là.

Magdina avait aidé le Boiteux à se mettre debout.

Dans ma tête, cette phrase tambourinait sans cesse « *qu'il crève, qu'il crève, qu'il crève* ».

J'ai regardé sans bouger Magdalena l'aider.

Je lui ai demandé, quand elle est revenue dans la cuisine où je l'attendais clouée au même endroit :

— Pourquoi tu fais ça ?

— Il est malheureux avec sa jambe malade. Puis c'est mon mari.

— Ce n'est pas le bon !

— C'est quand même mon mari.

Elle a soupiré profondément. Elle a dit encore :

— Tu ne peux pas comprendre, tu es trop jeune.

— Si, je comprends très bien. Tu t'es mariée avec le mauvais homme. Il est mauvais. Il faut le dire à maman Marie, il faut partir.

— Ma petite Liba, tu ne diras rien à personne et on ne partira nulle part. On n'a pas d'endroit où aller. Et retourner d'où on vient, je ne veux pas non plus.

Je l'ai suppliée.

— Je veux retourner chez maman Marie.

Elle m'a pris le menton et a levé ma tête vers son visage.

— Tu l'as bien eu, hein ? Tu en as fait une bouillie de crapaud, bien, très bien.

Elle a souri, mais ses yeux sont restés tristes.

— Pourquoi tu ne cours pas quand il veut jouer à Pâques ? Il ne t'attrapera pas.

Maman Magdina m'a caressé la joue.

— D'accord, je ne dirai rien à maman Marie.

Et dans ma tête j'ajoutais : « Elle s'en rendra compte toute seule, elle n'est pas bête et aveugle comme moi. »

— Bien, il est tard. Au lit maintenant, a-t-elle dit, comme si de rien n'était, et elle m'a amenée dans ma chambre. D'abord, elle a regardé Jozifek dans le berceau. Il dormait si profondément que la maison aurait pu s'effondrer : il n'aurait pas bougé d'un poil. Il sifflait juste un tout petit peu. Puis elle a effleuré mon front très délicatement de ses lèvres gonflées. Ce baiser m'a brûlé la peau, me faisant plus mal que le coup de poing du Boiteux. J'imagine que c'est ce genre de brûlure que doivent ressentir les veaux quand on appose le fer rouge qui les marque du nom de leur propriétaire. Ce n'est pas que je m'étais sentie comme la propriété de Magdina, ça non, mais coincée dans une situation à laquelle je ne voyais aucune issue, ça oui.

J'ai mis mon pouce gauche dans ma bouche, je l'ai glissé entre mes dents en serrant très fort. Je me suis promis, en mordant mon pouce, que jamais plus je ne serais le veau qu'on marque au fer rouge, même si ce fer devait être les lèvres de ma mère, et que jamais je ne serais la vache qu'on mène à l'abattoir. Parce que c'est exactement ça qu'elle était, Magdina, le jour de son mariage, la vache qu'on menait à l'abattoir. Cette promesse avait un goût chaud et lourd, mon sang commençait à goutter sur ma langue, le sang de mon pouce gauche.

Le lendemain matin, Magdina avait du mal à marcher, son visage portait les marques des coups et elle évitait mon regard. Lui, par contre, il m'a regardée bien droit dans les yeux et il m'a dit :

— Un jour, je t'aurai. Tu me le paieras. Pour l'instant, c'est ta putain de mère qui encaisse pour toi.

« Je suis désolée, je suis désolée, je suis si désolée, maman. »

Je le pensais si fort que ç'a dû se lire sur mon visage, parce qu'il a ricané. Les corbeaux au début de l'hiver font le même bruit, un bruit sourd, qui vibre longtemps dans la tête.

Trois semaines plus tard, Magdina a annoncé qu'elle était enceinte.

Les coups se sont arrêtés. Mais ce bébé n'est pas venu. Malgré le ventre toujours bon, comme disait maman Marie, elle l'a perdu au bout de quelques semaines. Comme tant d'autres...

En passant le fil dans l'aiguille, je dois me concentrer, je ne pense plus à rien d'autre. C'est un moment agréable.

Je me dis qu'il est vraiment dommage que de moins en moins de gens portent des vêtements brodés chaque jour. Même aux mariages, les gens s'habillent autrement, ils disent « à la mode de la ville », moderne. Les hommes sont parés comme pour un enterrement, les filles tout en blanc et avec de grands bouquets de fleurs à la main pour montrer leur importance. Maman Marie en est drôlement chagrinée, et moi aussi. Ce n'est pas que nous sommes traditionalistes, mais ça nous faisait pas mal d'argent, en plus de la paie de la coopérative et de ce petit rien que maman Marie touche comme pension de veuvage. Elle ne vaut rien vu que son mari était un capitaliste. C'est ce qu'on dit de vous dès que vous avez un bistro qui fonctionne à peu près. Plutôt : lorsque vous *aviez* un bistro qui *fonctionnait,* parce qu'il y a déjà plusieurs années que le bistro « est parti dans les bras du Parti ». C'est le mari de Magdina qui l'affirme, et là-dessus il a raison, personne ne le contredit. Il espérait mettre ses sales pattes dessus. Je me demande si c'est pas mieux que ce soit les communistes qui l'aient eu et pas lui.

Bon, mon fil est passé dans l'aiguille. Je souris.

Maman Marie, bien qu'elle doive, pour lire, porter d'épaisses lunettes à monture noire qui lui donnent l'air sévère, passe le fil pratiquement sans regarder. Ça vaut la peine d'être vu. L'aiguille, très fine, disparaît entre ses doigts, de l'autre main elle tient le fil. Elle le lèche du bout de sa langue, rapidement, le frotte entre le pouce et l'index d'un geste court et sec, puis l'enfile d'un coup dans le chas. Ensuite, elle attrape le bout de l'autre côté avec ses petits ongles coupés et limés toutes les semaines, le dimanche soir. Et voilà.

Moi, pour enfiler, je plisse un œil, l'œil droit, et je vise avec l'autre.

Maman Marie est la personne que je connais le mieux au monde et que j'aime le plus au monde. D'une élégance extraordinaire, c'est un plaisir rien qu'à la voir ramasser les pommes de terre en automne dans son petit champ attribué par la coopérative. Elle se tient comme une reine quand elle verse les seaux de nourriture au cochon, et elle vous fait de ces coiffures avec les cheveux de Rose ou les miens... Enfin, on ne voit qu'elle quand elle entre quelque part, si elle accepte d'entrer quelque part. Maman Marie ne sort plus trop, voire pas du tout, depuis qu'on nous a virées de son bistro-auberge.

Je me souviens de cette journée, bizarre et sinistre à la fois. En tout cas, c'était un samedi mémorable.

C'est arrivé peu de temps après le mariage de maman Magdalena, en 1956, ça, j'en suis sûre. Moi et maman Magdalena, on habitait à ce moment-là chez son Boiteux et hargneux d'époux, mais on venait aider les fins de semaine au bistro. « C'était une année étrange », dit-on tout bas encore aujourd'hui. Enfin, on disait que depuis 1953 le temps était étrange. Depuis la mort de Staline et de notre président Gottwald, et oui, ils sont morts tous les deux en mars de cette même année, il y avait dans l'air comme une attente de quelque chose, d'un changement peut-être, disait-on. Dans les journaux et à la radio, on nous traitait d'orphelins du Père du peuple, ou des Pères des peuples, pour ne pas faire de jaloux. L'ambiance était lourde, les gens pleuraient beaucoup. Ça aussi, c'était étrange pour moi, pour nous, car les gens pleuraient surtout en public. On aurait dit qu'ils voulaient être vus avec les yeux rouges. Moi, je me souviens que maman Marie n'était pas triste. Cela ne lui faisait ni chaud ni froid, elle avait assez à faire avec sa propre famille sans s'occuper de tout un peuple et des pères qui n'étaient pas les nôtres. D'ailleurs est-ce qu'ils nous manquent, les pères ? À maman Marie, non, c'est sûr.

Donc, pendant l'été 1956, on a entendu à la radio que l'armée russe avait été dépêchée en Pologne pour s'occuper des manifestations des ouvriers. Ensuite, cette même armée avait été obligée de se rendre en automne à Budapest pour combattre la contre-révolution et maintenir la paix. Tout le monde était préoccupé. Le mari de Magdina répétait sans cesse que c'était n'importe quoi, puis il ajoutait qu'il allait falloir filer doux pour garder les Russes loin de chez nous. J'ai étudié l'atlas du monde pour voir la distance entre chez nous et la Pologne et la Russie et Budapest, et j'aurais bien aimé qu'il file doux lui aussi. Mais il était toujours aussi mauvais.

Malheureusement, il avait raison. Même si ce qui nous arrivait, ce n'était pas l'armée Rouge, pas encore.

Quelques semaines avant ce fameux samedi, on a entendu dire au bistro que l'on allait revisiter les biens des bourgeois et des industriels du pays. Personne dans notre village ne s'en inquiétait. Ici, il ne restait à son compte qu'un cordonnier, un épicier, deux garagistes, un qui réparait les tracteurs de la coopérative, et l'autre les voitures, dont celle de la poste, et les autobus. Nous ne pensions même pas à notre bistro.

La partie «hôtel» ne fonctionnait plus depuis longtemps et dans les anciennes écuries on gardait quelques poules et un cochon. Tous les ans, on prenait à la coopérative un cochon de lait. C'était un cochon sans nom. On le nourrissait pendant plusieurs mois et, en janvier, maman Marie tuait l'animal sans aucun état d'âme, il le fallait. Derrière l'auberge, on avait un grand jardin potager, où maman Marie faisait pousser des légumes de toute sorte, et encore plus loin se trouvait un verger. On avait des clients fidèles et réguliers, et les premiers repas après l'ouverture de la chasse, attendus par tout le village, étaient exquis. En hiver, maman Marie, aidée du comité des femmes de la coopérative des arts populaires ou des pompiers volontaires, organisait deux bals avec de la musique jusqu'au petit matin, et avec la tombola sans laquelle un bal était inimaginable.

Le samedi en question, le maire, également secrétaire de la section locale du Parti communiste du village, est venu. Il était accompagné de quatre ou cinq hommes de la mairie. En entrant, ils n'ont pas enlevé leur casquette, ils n'ont pas lancé leur «bonjour!», bruyant et joyeux, ils ne sont pas allés directement vers leurs chaises habituelles. Non, ils sont restés debout à l'entrée, gauches, des papiers à la main. Nous, on préparait la salle pour le soir, on descendait les chaises des tables, parce qu'on venait de laver par terre après le service de midi. Rose et moi, on disposait les chaises, on remettait les cendriers qu'on avait lavés et séchés sur les nappes propres et repassées.

Quand ils sont entrés, on a tout arrêté. Pas besoin d'être devin pour sentir qu'il y avait un problème.

— Je ne vous sers rien aujourd'hui alors? Et vous êtes ici pour quoi?

Maman Marie n'y va jamais par quatre chemins.

— Écoute, Marie, on a reçu les nouvelles

directives. Il va y avoir des changements, a dit le maire.

— « Des changements » ?

— En fait, on aurait dû le faire il y a un ou deux mois, mais… on voulait t'épargner, tu es une bonne camarade et…

— Non, je ne suis la camarade de personne. Je fais mon travail.

— Eh ben, justement.

Le maire s'est frappé la cuisse de la paume de la main. Ç'a fait un bruit très fort.

— Quoi « justement » ?

— Justement, c'est ça le problème.

— Problème ? C'est un problème maintenant de faire son travail ?

— Voilà, voilà, le problème c'est ça. C'est que tu n'es pas une camarade, enfin, tu n'es pas au Parti, tu es trop indépendante, et en plus tu as des employées.

— Des employées ? Les filles qui m'aident pendant les coups de feu ? Je les paie comme il faut. Pour ce qui est de mes filles, c'est mon affaire, et le Parti n'a pas à y fouiller.

Ce n'est jamais très bon, quand maman Marie s'emporte. Mais là, on aurait dit que sa colère arrangeait cette délégation et lui facilitait la tâche.

Le maire a annoncé :

— On a un décret à te présenter.

Il a respiré un bon coup, a déplié le papier et s'est rapproché jusqu'à toucher l'épaule de son deuxième secrétaire. Il s'est mis à lire, il n'a plus levé les yeux une seule fois vers maman Marie.

— Marie, tu n'es plus la propriétaire de, euh… de cet établissement. Il est dorénavant saisi et appartient à la commune, à l'État, en fait à nous tous. Est-ce que c'est clair ? Tu continueras à travailler ici et si tu veux continuer à habiter les lieux, tu peux. Ton loyer sera déduit de ton salaire par le comité national de la commune. Si jamais tu ne veux pas habiter ici, tu peux habiter ta petite maison, parce qu'elle est assez petite, enfin je veux dire assez grande, pour toi et ta fille Rose. Le Parti, par ailleurs, estime qu'aucun dédommagement ne peut t'être attribué.

De nouveau, il a inspiré une grande goulée d'air, et les yeux rivés sur son papier, il a enchaîné.

— Aucune punition ne sera appliquée dans cette procédure de saisie du bistro, tu as juste hérité de feu ton mari capitaliste et donc, en ces termes, un ennemi du peuple. Voilà, ah, oui, au nom de la République et du peuple. Voilà.

Le maire transpirait. Quand il faisait des gestes larges, sa veste s'ouvrait et laissait voir de grandes auréoles sous ses bras.

Pas facile à lire, ce décret. Tout le monde connaissait Marie et Marie connaissait tout le monde, et de près. Elle avait probablement aidé leurs femmes, sœurs et filles dans ces moments intimes. Si elle n'avait pas accouché leurs propres enfants, elle avait accouché les nièces ou neveux de ces hommes. Comment avaient-ils trouvé le courage de venir et de faire cette annonce ? Ils rougissaient tous, gênés, pas fiers pour un sou.

— Tu ne dis rien, Marie ? a demandé le maire, soucieux.

Marie se tenait plus droite encore que d'ordinaire.

— Tu sais, Marie, ce décret, on l'a depuis des mois, on ne voulait pas, mais voilà, même notre village n'est pas complètement à l'écart de la marche du monde et de ses turpitudes ; on aura la semaine prochaine une visite, très officielle celle-là, et si on ne régularise pas, on aura des problèmes. Tous. Tu vois, on a même envoyé une copie de ta carte de Parti au comité national central.

Le deuxième secrétaire a donné une bourrade dans les côtes du maire.

— Eh quoi ? C'est mieux qu'elle sache.

— Mais elle va nous tuer, comme elle égorge ses cochons, d'un seul coup de couteau, je l'ai vue faire l'année dernière, a répliqué le deuxième secrétaire à voix basse, vert de peur.

— Non, il faut lui dire, hein, Marie ?

Et le maire s'est tourné vers nous.

— Tu sais, la carte, c'est pour prouver ta bonne foi, tu vois, pour gagner du temps. Mais bon, ta signature n'a pas convaincu le président du comité régional.

Il respirait difficilement.

— Le président du comité régional, le camarade Jan, il n'y a pas cru, que tu étais entrée au Parti. Il n'avait pas tort d'être fâché, c'est vrai qu'on avait triché. C'était pour ton bien. Tu ne dis rien ?

— Je te l'avais dit, elle est comme cette Marta, bornée. Elle donne le mauvais exemple. Allez, on s'en va.

Et le deuxième secrétaire tirait le maire par la manche vers la sortie.

— Mais quelle Marta ? On n'a aucune Marta au village.

Le maire écarquillait les yeux.

— Mais la femme du président de la République.

— De quel Président tu parles ? La femme de notre Président, Marie Zapotocka, est une communiste convaincue. Qu'est-ce que tu peux être con, pourquoi mêler la femme du Président à cette histoire ?

Ils pouvaient chuchoter, on entendait quand même tout.

— Mais si, mais non, la femme de notre Président Gottwald, le mort, c'est pareil. Sa femme Marta n'est jamais entrée au Parti non plus, bien que son mari soit le président de la République. Et elle était bâtarde aussi !

Le deuxième secrétaire ne baissait plus la voix. Il se faisait même plaisir. Klement Gottwald, le Président redouté, était mort trois ans auparavant, on pouvait maintenant dire ce qu'on pensait de sa femme. Elle, elle était encore vivante, mais impuissante. Et toujours pas au Parti.

Le Boiteux nous rebattait les oreilles avec son lugubre discours sur l'Union soviétique et le soutien de celle-ci au régime communiste tchèque. L'espoir que la pression du Parti communiste se relâche, que les gens respirent un peu, était mort, d'après lui. Le système, le Parti, s'était trop bien implanté. Au contraire, ceux qui manifestaient des doutes sur le régime, sur sa qualité ou sa légitimité, étaient mis à l'écart, emprisonnés, ou se volatilisaient, disait-il. Il avait raison, je crois. Même au bistro, où avant on entendait de tout, des disputes éclatantes, des discussions passionnées, les voix se taisaient de plus en plus ; on parlait dorénavant de pas grand-chose et avec toujours plus de crainte.

Le maire a déclaré, excédé :

— Cette Marta, c'est la veuve du Président. Notre Marie, c'est la veuve d'un capitaliste. C'est pas pareil, non ?

— Et alors ? Il faut rentrer au Parti, un point c'est tout. Elle va pas faire chier parce qu'on veut son bien, si ? Toutes ces bonnes femmes, à jouer les princesses, toutes, là.

Le deuxième secrétaire prenait de l'assurance, il a crié fort dans la salle du bistro vide.

— Et puis d'abord, ici, elles sont toutes des...

— Oui ? Quoi ?

Le maire était complètement dépassé par son deuxième secrétaire.

— Enfin, tout le monde le sait. En plus, c'est elle qui ne voulait même pas le drapeau rouge à l'enterrement de son mari, ce capitaliste !

Le deuxième secrétaire a fait un geste incertain de la main.

Il est vrai que cette Marta, veuve du Président communiste, avait posé quelques soucis au Parti.

C'est drôle, tout comme lui, elle était née hors mariage. Lui, menuisier de formation, s'était servi de sa naissance d'un père inconnu comme argument pour justifier la lutte des classes. Ni Marta ni Marie n'auraient jamais embêté le monde avec leur vie personnelle.

Le deuxième secrétaire s'est tu, le maire a repris timidement :

— Bien, le camarade Jan a dit qu'il viendra personnellement visiter les locaux de la salle communale, parce que le bistro va changer de nom, et il va y avoir une inauguration officielle, avec de la musique, des banderoles dans tout le village, et tout ce qu'il faut. Ce sera très bien, voilà, et ça se passera dans une semaine. Comme ça, les filles pourront t'aider. Même la petite Liba est à l'œuvre, c'est bien... c'est bien ; ça te fait quel âge ?

J'avais envie de lui répondre « huit ans bientôt », mais, quand j'ai vu le visage de maman Marie, j'ai juste haussé une épaule. Le maire n'a pas non plus attendu ma réponse.

— Marie, je suis content que tu le prennes si calmement, parce que, enfin, les ordres sont les ordres, n'est-ce pas ? Et donc, voilà, c'est fait ; on se voit ce soir, hein ? Tu vas juste me signer le papier, comme quoi tu es au courant et que tu es d'accord, hein ?

J'osais à peine respirer, la tension était palpable.

— Mais enfin, Marie, parle, dis quelque chose !

Les hommes étaient à bout de nerfs et maman Marie ne semblait toujours pas prête à ouvrir la bouche.

— Bon, ben, fais au moins oui de la tête, je dois noter dans le rapport que tu es d'accord. Et puis, tu dois signer, voilà. Alors je vais te lire ta déclaration sur l'honneur, qui précise que tu es d'accord avec tout ce qui a été dit. On a tout préparé, tu vois, comme ça c'est fait, on peut l'expédier en ville, puis on n'en parle plus. Hein? Bon, je lis?

Silence.

— Bon, je vais lire. Et puis, de toute façon, si tu n'es pas d'accord, on va signer pour toi, parce que c'est des ordres et que la signature est obligatoire. Alors, je te le lis?

Et là, dans ce silence blanc, maman Marie, superbe, s'est redressée, a contourné le comptoir avec une grâce à faire chialer d'envie de danser avec elle tous les hommes de la terre.

Elle s'est arrêtée au milieu de la salle, le regard dur à briser les vitres, et a lâché un *prout* qu'un cheval ne saurait pas faire.

Elle a lâché les gaz afin de bien leur faire comprendre ce qu'elle pensait au fond d'elle-même. Voilà ce qu'ils ont eu pour toute réponse à leur saisie révolutionnaire. Un pet.

Les camarades paniqués sont partis à toute vitesse en laissant la porte grande ouverte.

Notre rire les a accompagnés loin, très loin. Oui, il faut le dire, on a ri aux éclats comme jamais avant et jamais depuis.

Ce soir-là, le bistro n'a pas ouvert, personne n'est venu d'ailleurs. C'était un jour sans une goutte de boisson et un jour de deuil au village. Le bistro de Marie, c'était fini. Et même si d'aucuns étaient venus en procession et à genoux, personne n'aurait consenti à les servir.

Maman Marie et Rose se sont installées définitivement dans la petite maison de l'autre côté de l'étang, à l'écart. On nous a dit plus tard que le maire avait dû falsifier la signature de maman Marie en bas de la fameuse déclaration sur l'honneur qui valait acceptation de la saisie du bistro.

Moi, ce qui m'intéressait à ce moment-là, c'était autre chose.

— Dis, maman Marie, je ne savais pas que tu pétais aussi ?

C'est vrai, jamais je n'avais entendu ma grand-mère péter, roter ou même son ventre gargouiller.

— Il y a des moments dans la vie où il faut savoir s'exprimer, ma chérie. De plus, ma grand-mère à moi aimait dire qu'un bon pet valait dix médecins. Celui d'aujourd'hui fait partie de ceux qui n'arrangent rien, mais il m'a soulagée, grandement.

Le soulagement de son pet, je l'avais senti moi aussi. Il était si franc et fort que mes propres entrailles en avaient frémi de plaisir.

Voilà bien la première fois qu'on me parlait de la grand-mère de ma grand-mère, de quelqu'un de sa famille, de ma famille avant elle. Pour moi maman Marie était la première, la seule et l'unique. Avant elle, il n'y avait personne, et après, il y avait nous, sa lignée.

Le nom du bistro a été changé et un nouveau gérant lui a été rapidement trouvé – un camarade gérant. Il ne faut jamais laisser un bistro fermé deux jours d'affilée. Les gens se déshabituent très vite, ils peuvent aller voir ailleurs, dans le village d'à côté, par exemple. La soif avale vite les kilomètres et fait avancer même les plus paresseux.

L'inauguration officielle n'a pas eu lieu. La police secrète est venue chercher le camarade Jan la nuit précédant la fête. Son procès était tout aussi absurde que la saisie du bistro, mais personne dans la famille ne s'en est ému. Maman Magdina a dit que c'était certainement à cause de ses discours, qu'il avait l'habitude de déclamer trop haut et trop fort, ça devenait gênant. Elle a ajouté que ses envolées oratoires l'ont amené dans des sphères qu'il ne pouvait maîtriser, et que, s'il était resté plus près du plancher des vaches et des bêtes elles-mêmes, il aurait causé moins de dégâts, aux autres et à lui-même.

— L'enthousiasme mal placé est aussi dangereux que la bêtise, il se pourrait même qu'il soit criminel. La seule chose que cet homme a réussie, ç'a été de brûler trois fois la même grange avant qu'elle ne soit réduite en cendres, de voler une vache et de faire fermer un bistro. Ce n'est pas très glorieux.

La discussion au sujet du bistro et du camarade Jan était close pour toujours.

Au bout de la quatrième fausse couche de Magdina, j'ai commencé à me poser des questions. Enfin, plus précisément j'en ai posé une à maman Marie.

— C'est quoi une fausse couche ? Rose ne veut pas me le dire et Magdina me dit que je suis trop petite.

— Elles ont raison. Pourquoi cette question ? a répondu maman Marie.

— C'est que maman Magdina en fait pas mal.

Je n'ai pas appris ce jour-là ce qu'était une fausse couche. Mais la bonne nouvelle du jour a été notre retour chez maman Marie suite à la grosse dispute qui a éclaté entre mes deux mamans. Je me suis accrochée comme une tique à cette nouvelle, pour oublier leur fâcherie. Elles ne m'ont même pas chassée de la pièce, tellement elles étaient hors d'elles. D'abord, elles criaient trop fort et toutes les deux à la fois, impossible de comprendre quoi que ce soit.

À la fin, Marie a crié sur Magdina qu'il ne fallait pas se faire déchirer le ventre par un connard. Comme j'ai été d'accord !

Magdina criait aussi que c'était encore le meilleur moyen de nous protéger. Vu qu'il voulait tellement des fils que lui faire espérer une grossesse était une bonne solution, surtout que certaines de ses fausses couches étaient encore plus fausses que vraies. Là, je ne comprenais plus, mais maman Marie a fini par se calmer, elle a même soupiré de soulagement.

Maman Magdina lui a fait remarquer qu'elle attendait avec impatience cet état de veuvage que maman Marie lui avait fait miroiter avant le mariage en la convainquant d'épouser un homme plus vieux qu'elle, vieux et malade.

Maman Marie a répondu qu'elle était vraiment désolée, qu'elle y avait cru, mais que le salaud était coriace.

Et là, j'ai eu la certitude que la petite comptine qui résonnait de temps en temps dans ma tête : « *Qu'il crève, qu'il crève, qu'il crève* », on la partageait toutes les trois.

C'était un de ces bons moments qu'on a parfois dans la vie.

Et quand bien même on était obligées d'amener le Boiteux avec nous chez maman Marie, mon bonheur était à son comble.

Peu de temps après notre emménagement, un autre événement s'est produit. De nouveaux habitants sont arrivés au village. Dans une des maisons des Allemands vides depuis de nombreuses années, une famille avec deux garçons s'est installée. L'aîné s'appelait Antonin. Il avait un an de plus que moi et il était dans ma classe. Il n'était pas bête, c'était autre chose. Il devait redoubler parce qu'il était puni. On ne nous a pas dit pourquoi, il ne le savait pas lui-même. Avec Antonin, on est vite devenus amis tous les deux, on était un peu différents, ça aide. Il m'a avoué avoir été adopté et il m'a fait jurer de ne jamais dire à personne son secret, ce que j'ai promis. Sa parente éloignée, devenue sa mère, une femme assez fermée et sévère, était mariée avec un homme comme il faut, son nouveau père. Ses vrais parents avaient disparu de sa vie, il ne se rappelait même pas leurs visages. C'est pour cela qu'il était différent de son petit frère Petrik, de deux ans plus jeune que lui, tout fragile. Il ressemblait à Jozifek. Il avait les yeux qui brillaient et voulait être poète. Ses parents étaient désolés, ils ne savaient pas d'où lui venait cette idée bizarre de vouloir être poète. Antonin a dit un jour que Petrik était peut-être aussi un enfant adopté, ou même carrément tombé des étoiles, tellement il aimait les regarder. Petrik riait à cette idée, il a passé plusieurs nuits blanches à choisir son « étoile-maison ».

Une dame seule a emménagé quelque temps après dans l'autre partie de la maison d'Antonin et Petrik. Elle était comme une ombre. On la voyait prendre le bus le matin, rentrer le soir. Elle ne parlait à personne, ne faisait pas les courses au magasin d'alimentation du village, au grand dam de la caissière, n'allait pas au bistro. On a juste su qu'elle travaillait quelque part en ville.

— Seule, seule comme un piquet, comme un ours, disait Antonin. Peut-être, elle veut qu'on l'oublie ?

Et c'est ce qui s'est passé, avec le temps on l'a oubliée.

Quand je ne brode pas, je passe tous mes moments de libre avec Antonin et Petrik. Je leur raconte les livres que Rose nous lit. Antonin invente des machines à aller dans les étoiles et Petrik nous déclame les poèmes qu'il écrit en secret. Dans ces poèmes, il nous appelle « les âmes cristallines ». Je trouve que ça sonne bien.

La fin de l'été approche très vite.

Aujourd'hui, on est le 21 août 1961 et j'ai encore beaucoup à broder et Rose beaucoup de livres à lire. Je garde cette envie d'aller à Paris au fond de moi-même, un secret précieux, mais je sais maintenant que ce sera vraiment difficile. À la radio, on a annoncé qu'à Berlin on construisait un mur, comme ça, au milieu de la ville, pour protéger les Allemands des Allemands. Comment on reconnaît un bon Allemand d'un mauvais ? Ici, les gens disent que c'est loin – certainement pour se rassurer. Le Boiteux clame que ce mur, c'est juste la partie visible de l'iceberg. Je ne comprends pas ce qu'il veut dire exactement, mais si dans une ville il est impossible d'aller et venir entre deux quartiers, deux rues, comment fera-t-on pour aller dans un autre pays ? Comment pourrai-je aller à Paris ?

Avec mon aiguille et le fil rouge ou bleu, j'aimerais ralentir le temps, oui le ralentir...

Quand j'aurai fini cette broderie, mon petit frère ou ma petite sœur sera là.

Quand j'aurai fini cette broderie, on ajoutera une pièce à la petite maison de maman Marie ; les travaux sont en cours.

Quand j'aurai fini cette broderie, Antonin partira à la grande ville dans un bon lycée, il ne rentrera que les fins de semaine au bourg.

Quand j'aurai fini cette broderie, je partirai aussi à l'école, dans une autre ville. Il faut partir, entre autres parce que j'ai treize ans passés et que je viens d'être réglée, et maman Magdina espère que je pourrai faire des études.

Moi, j'espère revoir Antonin tous les samedis et les dimanches.

Petrik va rester ici tout seul avec ses poèmes, à guetter nos retours.

7

Au carrefour où personne ne passe jamais, il y a du monde.

Je sais depuis le petit matin que c'est une journée exceptionnelle. Tout sent bon, tout est si agréable. Le blé se pare d'une couleur dorée, les pommes d'été cèdent la place à celles d'automne, les premières fraîcheurs, encore timides, annoncent la fin des vacances. Je n'ai pas vu passer le mois de juillet, et la première quinzaine d'août m'a filé entre les doigts, on est le 21 août 1968 et il fait très beau.

Impatiente d'accueillir la nouvelle saison, je me suis quand même promis qu'il fallait profiter à plein de ces dix derniers jours d'août.

Je marche sur la petite route qui longe notre jardin à l'arrière vers la coopérative. L'étang et le village sont invisibles, dans le creux. Ici, sur la route entre les champs, je suis plus proche du ciel, qui est aujourd'hui très haut. Quelques nuages blancs rendent le bleu du ciel encore plus bleu et eux-mêmes, en échange, y gagnent en blancheur. Je chantonne tout bas : « *Le soleil brille, le soleil brille, pour moi, rien que pour moi »*, et cela semble vrai.

Je marche, contente. On dirait un dimanche, pourtant, c'est mercredi.

L'air tremble, juste de quoi caresser la peau tendrement. Non, sensuellement. Voilà un joli mot, « sensuellement ».

C'est drôle comme certains mots sont attachés à certaines choses ou à certaines personnes. Par exemple, le mot « sensuellement » est associé à Rose. Ma chère tante Rose est d'une beauté sensuelle. Depuis trois ans, elle s'est mariée avec Franta, le frère du Boiteux; Franta, le premier choix de Magdina. Je la soupçonne de l'avoir fait exprès, d'avoir séduit Franta et de l'avoir épousé ensuite.

Ça y est, j'ai la tête pleine de Rose et de sa sensualité.

Rose enceinte était encore plus sensuelle.

Le ventre rond ne défigurait pas sa silhouette, au contraire, elle gagnait à être ronde, elle était splendide. Immense dans son corps, immense dans son sourire, immense dans sa joie de porter l'enfant de Franta. Lui, également, irradiait d'un bonheur un peu béat. Cette grossesse de Rose était une période assez joyeuse malgré le caractère pas facile. Enceinte, elle n'en faisait qu'à sa tête, et on obtempérait.

— Tu ne devrais pas y aller, lui avait dit maman Marie quand elle approchait de son terme, tu ne t'occupes pas des vaches aujourd'hui. Il fait lourd, orageux, ce n'est pas bon pour toi.

En le disant, maman Marie tâtait le ventre de Rose, qui n'avait pas écouté. Elle adorait se montrer avec son ventre au village.

— J'ai au moins une semaine devant moi. Puis je rentrerai avec Magdalena. T'inquiète pas, maman, on sera de retour avant l'orage et avant la nuit.

Magdina est rentrée toute seule, en courant et en criant d'aussi loin qu'elle espérait être entendue qu'il fallait faire vite. Rose était au plus mal. Franta a pris son vélo et est parti téléphoner à l'hôpital pour qu'on envoie l'ambulance.

Évidemment maman Marie est arrivée à l'étable de la coopérative la première. Elle a aidé la petite Olga à sortir, elle l'a confiée à Magdalena et a continué à s'occuper de Rose qui saignait trop fort. Le médecin a exprimé son admiration devant le professionnalisme de maman Marie avant d'embarquer Rose à l'hôpital pour la soigner encore mieux ; si c'était possible, avait-il ajouté.

Le médecin voulait partir avec Rose et le bébé, tout seul, mais, le temps d'ouvrir la bouche, les deux mamans sont montées dans l'ambulance.

Marie, bébé Olga dans les bras, a ordonné au chauffeur de l'ambulance de se dépêcher, chaque minute comptait pour Rose. Franta et moi, on les a rejoints plus tard.

Arrivée à l'hôpital, j'ai vu Rose enfoncée dans

son lit, exténuée, livide, aussi blanche que les draps.

Le docteur s'adressait à Franta :

— Elle va bien. Elle va s'en sortir. Grâce à madame, disait-il en montrant maman Marie. On va les garder une bonne semaine, puis elles pourront sortir. Votre fille se porte à merveille, félicitations, vous êtes papa. C'est le principal.

Comme personne ne lui répondait, le médecin a quitté la chambre en nous adressant quelques sourires de politesse.

Franta tenait sa fille dans ses bras, incrédule, et il sanglotait aussi bien de joie d'être père que de crainte pour l'état de santé de Rose.

La vieille Tereza est venue à l'hôpital, elle pestait :

— Une fille, pas la peine d'en faire tout un plat !

— Taisez-vous, mère, elles sont toutes les deux là. On en fera d'autres, plein d'autres, de gosses. Des garçons et des filles aussi, hein, ma chérie, on sera une grande famille, a-t-il dit en embrassant Rose sur le front.

Rose a détourné la tête, les yeux remplis de larmes, et maman Marie a soufflé :

— Non, pour elle, les enfants, c'est fini. Il n'y en aura pas d'autres.

Franta ne voulait pas y croire.

— Comment ça, « pas d'autres » ?

— Demande au docteur, il t'expliquera.

Maman Marie n'avait aucune envie de discuter, surprise et très mécontente de voir sa propre fille à l'hôpital pour un accouchement.

Tereza bouillonnait.

— Tout ça pour faire une fille, la belle affaire. Et notre nom ? J'ai donné mes deux garçons à des garces pareilles.

Maman Marie aussi :

— Ta gueule, Tereza, ta gueule. T'as plus qu'à espérer que ta petite-fille ait un bâtard pour perpétuer ce nom auquel tu tiens tant. Si t'avais respecté les choix de nos jeunes à l'époque, il en aurait peut-être été autrement. En attendant, tu as une petite-fille, belle et forte, un bébé magnifique. Réjouis-toi pour ton fils, souhaite-leur bonne chance.

Tereza est sortie de la chambre sans regarder Olga, ma petite cousine.

Olga a aujourd'hui deux ans.

Après son accouchement, Rose était si triste que personne ne croyait revoir un sourire sur son joli visage. À vingt-trois ans, elle était rejetée par sa belle-mère, et avait un mari de nouveau bien plus amoureux de Magdalena que d'elle.

Mais la sensualité de Rose ne s'est pas éteinte avec sa maternité, oh que non. Comme elle se sait maintenant stérile, elle fait profiter de ses charmes bien des gars, c'est ce qu'on dit tout bas au village. Je n'en sais rien. Franta boit de plus en plus et Olga pousse sous l'aile de maman Marie et de Magdina, et sous la mienne quand je suis à la maison. En tout cas, Rose a l'air assez heureuse malgré tout.

Voilà d'autres mots qui me viennent : « être heureux », ou « bonheur ».

On peut être heureux pour un rien. Je me demande si ce n'est pas le bonheur le plus complet, être heureux pour un rien. Et de le savoir. Le fait d'en prendre conscience rend ce bonheur si précieux, éclatant.

Combien de fois j'avais entendu les gens dire : «Ah, à l'époque, qu'est-ce qu'on était heureux, mais on ne le savait pas», avec de grands regrets et la nostalgie de ce bonheur pas vécu comme il le fallait. S'agissait-il juste d'un leurre, de racontars de vieilles personnes ? Je m'étais promis que j'allais guetter le bonheur et le savourer quand il passerait près de moi.

De temps en temps, je m'interroge sur mes états d'âme. Est-ce que là, en ce moment précis, ce que je ressens c'est du bonheur ? Difficile à dire. En posant la question autour de moi, je me suis rendu compte que le bonheur n'était pas facile à saisir.

Pour certains, c'est comme s'il n'existait même pas, puisqu'ils ne savent pas quoi répondre. Même si les mots peuvent faire défaut, si on a au moins une idée du bonheur, on réagit, par un sourire, un geste qui en dit long, un regard perdu dans les souvenirs du bonheur de jadis.

Maman Marie, par exemple, a arrêté net d'éplucher la patate et a réfléchi, assez longuement, puis elle m'a dévisagée attentivement. J'aime bien être regardée par maman Marie, elle me donne une intensité.

— En voilà, une question qui mérite d'être

posée ! Ma petite, le bonheur c'est comme une tasse de café que l'on boit à son rythme.

Sa réponse m'a laissée perplexe, je ne sais pas à quoi je m'attendais, mais pas à une histoire de tasse de café. Donc, du café, dans une grande tasse ébréchée sur le bord, avec une anse massive, décorée d'une fine ligne bleue sur le pourtour ainsi que sur l'anse. Il est vrai qu'elle ne boit que dans cette tasse – le thé, le lait, l'eau et le café. Rarement dans un verre, jamais dans une autre tasse.

Depuis, je l'observe boire son café. Elle le boit très chaud, très vite. Si elle ne le finit pas tout de suite, elle vide la tasse dans le seau où on met les restes pour le cochon. Ainsi, le cochon boit les cafés de ma grand-mère. Elle en rigole et dit que c'est pour ça que son cochon est chaque année si vif, pétillant, en forme quand on le tue en hiver. En effet, ce n'est pas étonnant, il partage les petits moments de bonheur volés de ma grand-mère.

Je pense que Rose est heureuse sous les sifflements admiratifs des gars de la coopérative ; Magdina l'est en promenant les vaches ; Petrik est très heureux en contemplant les étoiles ; Antonin en me caressant les cheveux. S'il ne l'avoue pas, ses yeux le disent. J'ai demandé à la caissière du magasin d'alimentation sa vision du bonheur. Elle m'a répondu de faire attention avec des questions pareilles, que l'on doit penser d'abord au bonheur de tous, ensuite seulement s'occuper de nos petites vies. C'est vrai que l'on nous serine avec le bonheur collectif, mais ce n'est pas celui-là qui m'intéresse.

Et moi ? Je suis heureuse là, aujourd'hui, en marchant.

Je marche.

Je me tiens plus droite, je porte la tête plus haut, je me déhanche plus que d'habitude. Mes bras, en se balançant au rythme de mes pas, frôlent mes hanches, se perdent par moments dans les plis de ma robe jaune à petites fleurs rouges. Je pose un pied devant l'autre d'un mouvement pas trop long ni trop court, les épaules légèrement en arrière, la tête parfois un peu inclinée, les yeux plissés, ouverts juste de quoi voir la route. Je suis consciente de tout cela.

Je voudrais aller au bout du monde, sans but, sans limite de temps, sur des routes inconnues bordées de pommiers d'été ou de noyers, avec des champs à perte de vue, des forêts au loin, un paysage vallonné mais ouvert, juste de quoi élargir l'horizon. Tout d'un coup, je réalise que je marche exactement dans un paysage comme ça. Je me retrouve dans ce que j'imagine : une harmonie entre vouloir et être. Ma poitrine se gonfle de bonheur, une bouffée de joie en monte, de vivre ici en ce moment.

Je suis très très belle. Je le sens, je le sais.

Dans un livre, j'ai lu que les femmes peuvent être belles de plusieurs manières. Elles savent être belles pour plaire aux hommes. Elles savent l'être pour épater les autres femmes. Mais les plus belles, elles le sont pour elles-mêmes. Lorsque j'ai lu ça, ce n'était pas bien précis, mais, en marchant sur cette route, j'ai compris. Je ne pouvais être très belle, me sentir ainsi, être heureuse et en profiter qu'en étant toute seule.

C'est pour ça que j'ai été irritée quand j'ai aperçu tout ce monde au carrefour où d'habitude il ne se passe jamais rien, où, de ma vie, je pense, je n'ai croisé âme qui vive à pied, en vélo ou en voiture.

Trois tracteurs de la coopérative barraient la route, et aussi une moissonneuse-batteuse, garée étrangement et portière ouverte. La moissonneuse-batteuse était en travers de la route, une roue dans le vide au-dessus du fossé. De loin, elle rappelait un énorme insecte impuissant gesticulant les pattes en l'air. Oui, c'était bizarre. Les hommes normalement prennent soin des machines ; plus elles sont grandes et puissantes, plus elles font l'objet de leur attention.

Un groupe d'hommes au carrefour était assis sur le bord du fossé de l'autre côté de la route. Je les ai immédiatement reconnus, tous sauf un, celui qui était debout.

Antonin était parmi eux, à l'une des extrémités de la rangée. Je n'aime pas le voir en compagnie des autres hommes du village. Obligé d'être avec eux, il ne les apprécie guère. Enfin, pas toujours.

On s'aime bien avec Antonin et on n'aime pas trop le montrer. Les rumeurs du village nous auraient mariés bien avant l'heure, et notre amour, s'il devait arriver un jour, aurait pu en être gâché. J'avoue que ça me plaisait de me projeter dans une vie avec lui, loin d'ici. On prendrait Petrik avec nous. Il nous lirait ses poèmes et libérerait son « âme cristalline », comme il dit. Depuis peu, Petrik est en apprentissage au magasin d'alimentation, au rayon boucherie. Je passe le voir dès que je peux. Il garde le moral ; l'autre jour, il m'assurait que l'univers était bien fait :

— Regarde les étoiles, par exemple, elles sont suffisamment loin pour nous faire rêver et suffisamment proches pour qu'on puisse les voir.

Pas d'étoiles au carrefour. Dans le groupe, il y avait le Boiteux et Jozifek, mon petit frère. Karlik, mon autre petit frère, était resté à la maison avec maman Magdina. J'ai compris pourquoi un des collègues de mon beau-père était passé le prendre tout à l'heure. Ils avaient appelé maman Magdina à l'aide pour hisser le Boiteux sur le tracteur.

En face de cette brochette d'hommes et de machines agricoles, au milieu de la route, se tenait un jeune homme.

Un étranger, celui qui était debout. Grand, large d'épaules. Ses cheveux, couleur des blés, coupés en brosse drue et épaisse, dépassaient de dessous sa casquette militaire au milieu de laquelle scintillait la petite étoile rouge. Ses jambes étaient fermement plantées dans le sol, écartées de manière à pouvoir se tenir longtemps debout et droit. Un jeune homme au visage placide, impassible. Comme s'il voulait dire qu'il avait le temps. Beaucoup de temps. Tout son temps. Et le nôtre aussi.

Chez nous, les gars sont plutôt bien faits, mais on tombe rarement sur un garçon de cette stature, qui me dépasse d'une tête. Si je m'approchais plus près de lui pour mieux voir… Mais l'idée n'aurait même pas dû m'effleurer. L'approcher! Le jeune homme blond ne bougeait pas. Seul son regard me suivait. Ses yeux ont rencontré les miens le temps d'un battement de cils et le ciel bleu qu'ils contenaient s'est éclairé davantage.

Surtout ne pas m'arrêter, surtout ne pas changer le rythme de mes pas, surtout ne pas tourner la tête, surtout ne pas baisser le regard, surtout ne pas oublier de me déhancher un peu plus au prochain pas, surtout garder la petite musique dans ma tête; cette petite musique allait m'aider à passer le carrefour vite et le plus inaperçue possible.

Les hommes assis sur le bord du fossé étaient serrés les uns contre les autres. Ils ressemblaient à une bande de joyeux copains, sauf que sous la gaieté apparente pointait une lourde gravité. Leurs cous étaient enfoncés dans leurs épaules, tous étaient crispés. De temps en temps, ils tapaient de l'index sur leur montre, pour signifier que c'était la pause de midi. Personne ne passait, ils cassaient la croûte. Et, en effet, ils avaient tous à la main un bout de pain sec en guise de repas, ils mâchaient, ou faisaient semblant de mâcher avec une lenteur incroyable, comme pour narguer le soldat devant eux. Ils le fixaient tous du regard, ce jeune soldat étranger. Il était comme une apparition.

Et je sentais de nouveau son regard sur moi.

Eux, ils ont dû suivre le sien.

Et ils m'ont vue.

Toutes les têtes, comme si elles appartenaient à un seul corps, se sont tournées dans ma direction. Comme dans les fables pour enfants, quand le dragon à plusieurs têtes expire un souffle chaud. Un petit sourire a parcouru brièvement les visages des hommes, même celui du jeune inconnu. Énervante, rageuse la connivence entre hommes.

Regarder loin devant moi, malgré leurs yeux sur mon corps. Jusqu'à cette minute, la journée avait été si belle, rien d'autre ne m'intéressait. Je leur en voulais terriblement de gâcher ma promenade. De me faire descendre de mon nuage vers ce fossé. J'étais en colère et la peur m'a saisie, est-ce qu'un autre instant aussi beau se reproduira ?

Mais qu'est-ce qu'ils font tous là ?

Un des hommes a demandé au Boiteux :

— C'est pas ta fille ?

— Non. C'est Liba.

Des pouffements et des rires ont éclaté dans la rangée des hommes.

— Ça fait un bon bout de temps qu'on ne l'avait pas vue. Elle est devenue drôlement belle, a enchaîné un autre.

— Ta gueule, a riposté le Boiteux.

— On comprend que tu nous la caches. Tu te la gardes pour toi, hein ?

Les deux plaisantins rigolaient de plus belle.
Le Boiteux s'est écrié :
— Tu la veux ? Prends-la, vas-y.
Il massait nerveusement sa mauvaise jambe, tout en continuant :
— Qui la voudrait, la bâtarde ?
Les hommes se sont retournés de nouveau vers moi. Je me dépêchais, je ne voulais plus rien entendre. La voix du Boiteux arrivait encore jusqu'à mes oreilles.
— Je ne la cache pas... elle est en ville, à l'école, pauv'con, le truc où t'es jamais allé.
— Ça se voit qu'elle n'est pas à toi ! Sinon, pour aller à l'école, comment elle aurait fait, hein ?
Tout le monde a ri.
— Ta gueule, je te dis. Enfoiré. Regarde mon fils, comment il est beau !
— Et il est de Magdalena, mais est-ce qu'il est de toi ?
Mon beau-père est devenu écarlate ; Pepa devrait faire attention. Ce type, bien qu'il soit boiteux, possède une force et une rapidité étonnantes. Pepa, conducteur de moissonneuses-batteuses, est un grand gaillard, mais doux et lent. Sa taille n'arrêterait pas le Boiteux.
Il était clair que maman Magdina allait avoir droit ce soir à un tabassage en règle. Le Boiteux détestait devoir la défendre en public, ou être obligé de dire quoi que ce soit de positif sur elle. Si je me trouvais à la maison quand sa colère s'abattrait, j'y aurais droit aussi.

Il se passait tout de même quelque chose d'inhabituel. En général, les chamailleries de ce genre finissent en bagarre générale. Puis chacun rentre chez soi pour soigner ses petites ou ses grandes blessures, l'ego froissé ou tout content d'avoir quelque chose à raconter. En revanche, aujourd'hui, ils se contentent de parler, soudés, nulle bagarre en vue. Le soldat étranger dresse une sorte de barrière invisible. Pas de passage à l'acte.

Soudain, une gêne m'étrangle. J'espère que le jeune homme est bel et bien étranger et ne comprend pas ce qui se dit. D'habitude, je suis insensible aux bavardages des villageois, j'ai déjà tout entendu. Mais là, je ne veux pas que lui les comprenne, qu'il me voie à travers leurs remarques.

Je n'entends plus rien et je ne me retournerai pour rien au monde.

Pourquoi donc sont-ils tous là ?

Pas de réponse qui vaille. Je dois enjamber le panneau de signalisation couché par terre, tordu, arraché de son plot de béton à côté du chemin en terre battue. Même debout, ce panneau au carrefour d'une petite route et d'un chemin en terre battue faisait déplacé. Personne ne passe par ici de toute façon. Pourquoi se donner la peine de l'abattre aujourd'hui ? Ce couillon de Pepa a dû l'emboutir avec la moissonneuse-batteuse. Il est brusque et ballot : tous les ans il y a des dégâts à cause de lui.

L'année dernière, quand Pepa avait fini de

moissonner le dernier champ, il rentrait, tout content d'avoir moissonné plus vite que le village voisin et même terminé avant les orages. Dans sa joie et sa hâte, il avait cogné le parapet du pont. Il n'avait pas résisté à l'impact. Pepa avait failli tomber dans le ruisseau qui alimente notre étang. Heureusement, le ruisseau n'est ni rapide ni dangereux, et le fossé est presque plat. Le service de la voirie a remis un nouveau parapet il y a deux mois seulement. Le camarade président de la coopérative assistait à l'opération. Il regrettait qu'ils n'aient pas attendu encore deux mois et la fin des moissons pour économiser un déplacement aux gars. Parce qu'il en était sûr, Pepa allait encore casser quelque chose. Eh bien, c'est arrivé !

J'accélère le pas. Déjà, au loin, la coopérative bouillonne. La cour est noire de monde, comme lors de la fête de la récolte. Les granges, les hangars et les bureaux sont grands ouverts, quelque part dans les bâtiments sonnent les deux téléphones que possède la coopérative. Personne ne répond. Dehors, des discussions sont animées, la nervosité est palpable dans les gestes saccadés, de nouvelles personnes arrivent, comme moi, des questions plein la tête. Mais enfin, que se passe-t-il ?

Le haut-parleur attaché au poteau électrique à côté du portail crachote. Comme chaque fois, au moment de l'annonce, le suspense est à son comble : va-t-il fonctionner ?

Toutes les têtes se tournent vers le ciel, notre haut-parleur, celui par lequel les informations arrivent. On attend...

L'installation du haut-parleur relié au bureau du camarade président de la coopérative est relativement récente. Au village, il fonctionne depuis plusieurs années et le comité communal nous informe très régulièrement des différents événements. On annonce les réunions du Parti à la mairie, les fêtes à commémorer, les deuils à célébrer, le passage de tel ou tel dignitaire dans le coin, les changements d'arrêt de bus, la perte du chien de Mme Machin, les naissances, le rendement des vaches laitières, le nombre de rangées de betteraves à biner par famille, la date du bal des pompiers volontaires et de celui des chasseurs, les jours de collecte des peaux de lapin, la distribution des droits de récolte des arbres fruitiers le long des routes...

Le président de la coopérative l'avait mauvaise. Il voulait à tout prix garder la mainmise sur les informations concernant la coopérative. De devoir demander au maire la permission d'utiliser les services techniques de la mairie pour les annonces l'embêtait beaucoup. La coopérative était éloignée du village, on n'avait pas tiré de fil jusque là-bas. Cette situation était le résultat d'une compétition entre le maire et le président de la coopérative. Le camarade maire avait bien calculé son coup et avait gagné.

Par conséquent, quand quelqu'un de la coopérative entendait de loin la musique criarde qui précédait une annonce à venir, il courait prévenir tout le monde. Le temps que les gens de la coopérative arrivent au village, l'annonce était passée. Personne, sauf ceux en charge des bêtes, ne retournait travailler. Les gens se réunissaient immédiatement au bistro pour aller aux nouvelles qu'ils venaient de manquer. Le camarade président de la coopérative avait demandé à son fils, bon bricoleur, de lui installer son propre haut-parleur à la coopérative. Du coup, elle est devenue la plus moderne du district. Sauf que l'espoir de voir les gens travailler et être informés en même temps ne s'est pas confirmé. Les gens partaient tout de même au village pour s'assurer que l'annonce y avait été la même. Ce qui n'était, en effet, pas toujours le cas. Et ils finissaient au bistro.

Aujourd'hui, le grésillement du haut-parleur est insupportable, on doit se boucher les oreilles.
La voix du président de la coopérative n'est pas claire. Il toussote. Il se reprend et dit enfin :
— Nous avons de la visite.
Le silence se fait dans la cour, interrompu par un raclement de gorge dans le haut-parleur.
— Nos frères, oui, nos camarades frères...
— Dis-le, chuchote quelqu'un dans l'oreille du président.
— Donc, nos camarades frères... soviétiques... sont venus nous voir.

Plusieurs voix dans la cour se sont élevées.
— Pourquoi?

Il y en a toujours quelques-uns qui se mettent à discuter avec le haut-parleur, espérant des réponses de la machine. Aujourd'hui, personne n'en rit, on veut savoir.

La voix du président reste hésitante :

— Nous sommes, bien évidemment, ravis de les accueillir et nous leur montrerons nos bons résultats en matière d'agriculture. Ils en référeront aux autorités de leur pays, chez eux, à leur retour.

— Pourquoi? Qu'est-ce que c'est que ces foutaises?

Le haut-parleur s'est tu. Au bout de quelques instants de silence incrédule, il est clair qu'on ne nous en dira pas plus. Les gens se mettent à parler tous en même temps :

— C'est tout? Eh ben, moi, je ne suis pas ravi d'accueillir ces frères-là!

— Qu'est-ce qu'ils viennent faire chez nous?

— Pourquoi les Russes?

— On n'est pas en guerre, si?

— Tu les as vus, les chars? Il paraît qu'il y en a jusqu'à Prague.

— Depuis quand sont-ils nos frères, les camarades?

— Tais-toi.

— C'est encore à propos de ces histoires à Prague, tu ne lis pas les journaux?

— Non, je ne lis pas les journaux, il n'y a rien à y lire.

— Un ami n'arrive pas armé chez toi, t'as pas vu tous ces chars qui roulaient vers la ville ?

— T'es con ou quoi ? Il a dit frère, pas ami.

— Tais-toi, je te dis que les blindés sont à Prague. Depuis cette nuit, la sœur de mon beauf a téléphoné.

— On ne débarque pas avec les chars comme ça en plein mois d'août, on n'a pas que ça à faire, il faut moissonner, la récolte n'attend pas ; s'ils nous bousillent les champs avec leurs engins, ils vont m'entendre.

— Mais tais-toi, bon Dieu, tais-toi !

— Et avec ton Dieu, tu la fermes.

— Est-ce qu'il faut avancer la date de la fête des moissons et des vendanges ?

— Ils sont venus sans être invités, pas de changement de date. T'es folle.

— On peut faire deux fêtes alors ?

— Ce que tu peux être bête.

— Si on fait une fête ensemble, on est vraiment amis. Tu ne tires pas sur quelqu'un avec qui tu as dansé la veille.

— Ça se voit que t'étais à peine née pendant la guerre.

— On n'est pas en guerre. Ils sont venus en frères, t'as pas entendu ?

— Toujours à croire tout ce qu'on te raconte. Pas étonnant que tu ne sois bonne qu'à t'occuper des poules. Je te dis qu'ils sont partout. Et pas que les Russes, toutes les armées du pacte de Varsovie sont là.

Le ton monte, les gens s'agglutinent autour du

haut-parleur. Je suis prise dans la cohue alors que je n'ai rien dit, parce que, même si j'avais voulu, je n'aurais rien pu dire. Je n'aime pas me sentir encerclée, coincée. Plus les gens se rapprochent de moi, moins je peux absorber d'air dans mes poumons. L'air, je ne veux pas le partager, j'ai le sentiment que les paroles des autres pénètrent en moi et étouffent mes propres pensées. En apnée, je m'en vais jusqu'à l'étable, un long hangar bas construit en parpaings gris et froids, à la toiture tout aussi grise en plaques ondulées.

Rose, la gardienne des vaches, est là. Elle fume.

— Qu'est-ce que tu fais là ?
— Je viens pour les vaches.
— Elles vont bien.

Elle parle vite, je comprends à peine ses mots.

— Rentre à la maison et n'en bouge pas. Dis-le à tout le monde. Ne bougez pas de la maison. Ce n'est pas bon, ce qui se trame. Ils sont arrivés dans la nuit, ils sont passés par la coopérative pour venir chercher à manger au petit matin, mais on ne doit rien raconter, alors ne le répète pas. Les Russes ne causent pas non plus. Ils sourient bêtement, sur l'ordre de qui ou quoi, on l'ignore. On ne sait pas où ils sont, combien, pourquoi. Je n'aime pas ça.

— Ah oui, j'en ai vu un au carrefour. Il était tout seul.

J'attrape à deux mains le bras de Rose, qui passe son autre bras sur mes épaules et m'embrasse sur le front.

— Rentre.

La dernière fois qu'elle m'a embrassée ainsi, c'était quand j'étais petite ; quel âge je pouvais avoir ? Dix ans ? Moins ? Je ne sais plus.

Ma tante Rose est une sensuelle, en aucun cas une sentimentale. Les anniversaires, elle les oublie avec une facilité déconcertante, et à Noël il faut lui rappeler plusieurs fois qu'elle n'oublie pas le repas de famille, et surtout le cadeau pour sa fille, Olga. Là, qu'elle m'embrasse si spontanément me fait presque plus peur que si j'avais vu une colonne de chars sur la route.

— Les vaches vont bien. Pour le reste, je ne sais rien.

Maman Marie semble calme. Les mains de maman Magdina tremblent un peu, elle a toujours été plus sensible que maman Marie. Nous sommes attablées toutes trois devant un sirop de sureau très frais. C'est la période des confitures, l'odeur des fraises, framboises, cassis, groseilles et groseilles à maquereau emplit la maison. Dans cette odeur fruitée et sucrée, l'histoire des hommes au carrefour et de l'annonce à la coopérative semble n'avoir jamais existé. Je me sens menteuse en la racontant.

Maman Marie, sombre et décidée, déclare :

— Les confitures, il faut en faire davantage. On ramasse les fruits cet après-midi, on cuit ce soir. Puis on descend tout à la deuxième cave.

Maman Magdina intervient.

— On sera trop juste en sucre.

Je me propose d'aller en chercher au village, à vélo, ce sera plus rapide, et j'espère bien attraper quelques nouvelles au passage.

Elles acquiescent et me disent d'acheter aussi quelques paquets de farine.

Antonin se moque de mon vélo. Il dit que ce vélo lui rappelle encore les Habsbourg. Je m'en fiche. Il roule bien, malgré sa lourdeur et sa rigidité. Le guidon est massif. Il a une large selle en cuir épais marron foncé, soutenue par trois ressorts en métal rouillé par endroits, mais encore parfaitement souples. Grinçants, mais souples. Les roues sont immenses et il leur manque quelques rayons par-ci par-là ; peu importe. J'aime ce vélo, je lui fais confiance. Dans la montée du bord de l'étang, il couine, il prévient la maison de mes retours. Nos souffles s'entremêlent et sont lourds à ce moment-là. Quand j'ai commencé à rouler avec ce vélo, il y a des années, je ne tenais pas sur la selle. Elle était trop haute pour moi, ou mes jambes étaient trop courtes. Je roulais en danseuse, avec ce mouvement des bras d'un côté à l'autre, zigzaguant sur la route derrière le jardin jusqu'au carrefour où jamais personne ne passait.

Maman Marie me voit traverser la cour.

— Tu t'en vas par le jardin ?

— Oui, je passe voir au carrefour.

— Ne traîne pas ! N'oublie pas le sucre et la farine. Il faut ramasser les fruits, alors ne traîne pas.

La suite de ses recommandations se perd dans la musique des pédales.

D'habitude, elle n'est pas inquiète.

Depuis un certain temps, l'imperturbable maman Marie est sur les nerfs. Je crois que ça date de la visite de cette dame inconnue, il y a plusieurs semaines. Elle ne sait pas que je l'ai vue et je ne le lui dirai pas. J'étais revenue plus tôt que prévu de la ville. Le dernier cours n'avait pas eu lieu, j'avais donc pu attraper le bus de quatorze heures. En arrivant par le jardin, la maison semblait être vide. J'en profitai, sans chercher à savoir si quelqu'un était là, pour aller directement dans la cuisine, affamée et fatiguée par ma semaine. De l'autre côté de la maison me parvenaient des voix inconnues, *une* voix inconnue plus précisément. En effet, maman Marie était à la porte d'entrée, elle me bouchait la vue. Ça s'entendait que la visite lui déplaisait. Je me suis glissée dans la chambre de maman Marie, qui donne sur la façade principale de la maison, pour voir.

La visiteuse était une belle femme, de l'âge de maman Magdina, à peu près.

Vraiment une belle femme. Mince, grande, avec des cheveux noirs coupés à la garçonne, une jupe assez courte qui laissait voir ses jambes au galbe impeccable. Elle était chaussée d'escarpins si beaux – mon Dieu, quelles chaussures ! Et le chemisier… même de loin on pouvait voir et sentir la finesse du tissu, sa légèreté. Je suis sûre qu'elle portait un parfum sophistiqué et aérien.

Elle me faisait penser aux chanteuses de jazz, énigmatiques, enfin, c'est comme ça que je les imaginais. Le jazz étant interdit, on en écoutait parfois en cachette avec Antonin sur son vieux poste quand il réussissait à attraper une radio autrichienne. C'était peut-être la coupe de cheveux de cette femme qui me faisait cet effet, ils étaient si courts.

Ces deux femmes que tout opposait en étaient à s'observer, visiblement, elles n'avaient plus rien à se dire. Dommage. J'aurais aimé savoir pourquoi elle était venue. Je l'ai vue regarder maman Marie sans ciller, ses yeux étaient bleu clair. Il fallait du courage pour soutenir le regard de maman Marie.

La belle dame a fouillé dans son sac à main, très beau lui aussi, puis a sorti une enveloppe d'une taille plus petite que le format ordinaire. Elle l'a tendue à maman Marie qui, hésitante, l'a prise et mise, comme tant d'autres petites choses, dans la grande poche de devant de son tablier. La belle dame s'apprêtait à partir ; j'ai dû faire un mouvement qui a attiré son attention, elle m'a vue. Mais elle n'a rien fait qui pouvait laisser suggérer à maman Marie que quelqu'un d'autre était dans la maison. Elle est montée dans une voiture tout aussi spéciale qu'elle-même, puis elle a démarré.

J'ai couru dans le jardin en prenant mon sac et j'ai feint d'arriver de la gare. Juste à temps pour voir maman Marie jeter l'enveloppe dans le panier destiné aux papiers à brûler. Je l'ai récupérée plus tard. Le parfum de l'enveloppe ne m'a pas déçue. Magnifique. De peur que je ne me fasse attraper par maman Marie et que ce parfum ne me trahisse, je n'ai pas ouvert l'enveloppe tout de suite. Je l'ai rangée intacte dans ma boîte à secrets qui, à part le vieil étui à broder, était vide. Plus de rêves ni de souhaits sur le papier trituré, mâché et déchiré.

Avec tout ce qu'on avait eu à faire, j'avais oublié la visiteuse et l'enveloppe. C'est seulement sur mon vélo en chemin vers le carrefour que je me suis rappelé cette histoire. C'est drôle, les liens qu'on fait entre les choses, comment les étrangetés s'attirent. Le jeune homme en uniforme m'évoquait une belle femme étrange, certainement étrangère.

Étrangère, c'est ça. Elles ont parlé dans une langue étrangère, en allemand, c'est pour ça que je n'ai rien compris. Ce n'était pas que le son était étouffé à cause des rideaux dans la chambre, non, ce n'est pas pour ça que je ne pouvais pas comprendre.

Difficile d'accepter que ma grand-mère et peut-être même ma mère parlent une langue que je ne comprends pas, comme si elles venaient d'un autre monde. Cela me les rend aussi étrangères que cette autre femme ou ce soldat. En plus, parler allemand depuis la fin de la guerre n'est pas très bien vu par ici, la frontière est sans doute trop près. Oui, l'allemand pèse ici, même si nous devons considérer la moitié des Allemands, ceux de RDA, comme des frères, des camarades frères.

Le carrefour approche.
Les tracteurs et la moissonneuse-batteuse ne sont plus là, les fossés abîmés témoignent de leur passage. Le soldat fait des allées et venues sur la route, cinq pas dans un sens, cinq pas dans l'autre, mesurés, réguliers. Juste avant son demi-tour, je l'ai vu, bien vu, et regardé. Il a fait de même. Je prends vite la première bifurcation vers la droite, et je descends, derrière l'église, au magasin d'alimentation générale.

Ce soir, le Boiteux n'est pas rentré. Ce n'est qu'au petit matin qu'on a entendu sur le chemin le bruit de sa démarche si particulière. Cette nuit, personne n'a dormi. On se savait toutes éveillées dans le silence nocturne, mais personne n'a osé aller voir l'autre, se blottir dans ses bras, partager sa peur et ses appréhensions. On faisait l'escargot, rentrant sa tête et surtout ses pensées au fond de soi-même.

Je me suis prise en flagrant délit de ronger mon pouce gauche. Depuis deux ans, depuis que je suis à l'école pour devenir comptable, le sang n'a pas coulé de ce doigt, même mon ongle a réussi à pousser correctement. Parfois, au moment des examens ou pendant un séjour prolongé à la maison, je suis très tentée de mettre mon pouce entre mes dents et de craquer la peau, de mordre dans la chair tendre autour de l'ongle, de la tirer et de la faire bouger avec la pointe de ma langue. Mais je résiste.

Pas cette nuit. La première goutte de sang avait le fin goût du sel, elle était chaude.

Le Boiteux sent l'alcool et est extrêmement excité. Mon petit frère Jozifek peine à le soutenir. Maman Magdina accourt l'aider pour mettre le père au lit, puis s'occupe du petit. Il a essayé de lui raconter la journée, puis la soirée mouvementée, mais il s'est endormi avant de finir sa première phrase.

Cette nuit, nous n'avons pas été battues, ni ma mère ni moi. Le jour suivant a été d'un calme effrayant. Il se passait donc quelque chose d'important.

Je repasse en vélo au carrefour dès le lever du jour.

Le soldat est là, assis sous le noyer, mon arbre préféré parmi ceux qui poussent sur des kilomètres le long de ce chemin. Il s'est levé d'un bond, il a vite mis sa casquette sur la tête, un peu de travers. Le grincement du vélo l'a sans doute tiré de son demi-sommeil. On ne peut dormir qu'à demi, assis sous un arbre comme ça.

J'ai filé sans me retourner, d'abord à la coopérative, ensuite au magasin d'alimentation. Au village, la rumeur court que c'est plié, les Russes sont ici, et y resteront. On a de la chance, notre district est plutôt épargné : pas de garnison, pas d'officiers dans les maisons en invités imposés, pas d'armes ni de manœuvre militaire dans la campagne. La vie peut continuer presque comme avant. Presque.

D'ailleurs, la vraie question est pourquoi les Russes sont passés par chez nous pour aller à Prague. Notre bourg ne se trouve absolument pas sur la route.

Dans le magasin d'alimentation, des petits groupes se font et se défont, au rayon des produits laitiers comme au rayon charcuterie ; on discute pour discuter. Les épaules se haussent, tout comme les sourcils, on avance le menton d'un air entendu ; parfois, on se prend par l'avant-bras ou on se tape amicalement dans le dos, les gens ont besoin de se toucher, de se rassurer d'être là. De temps à autre quelqu'un vient avec une information, on espère une nouvelle fraîche. Mais non, rien d'intéressant, personne ne sait rien. On dirait que le pays est sous un couvercle, dans une casserole, rien n'y rentre, rien n'en sort. On nous fait mijoter à feu doux.

La caissière, la plus bavarde de tous, règne au cœur des discussions pendant que les clients posent leurs achats sur le tapis non roulant (l'installation n'a jamais fonctionné à cause du mauvais montage des fils). Puis, une fois qu'elle a enregistré les prix, elle aide à ranger les courses dans les cabas des clients, en tissus gris terne. Infatigable, elle parle, elle parle. Jamais ne lui manquent ni la parole ni les idées.

C'est elle qui a inventé cette théorie comme quoi les Russes se sont tout bonnement perdus chez nous.

— Venant de l'est, ils auraient dû monter au lieu de continuer tout droit, mais bon, quand on envahit un pays sans carte, faut pas s'étonner. Ils n'avaient qu'à demander leur chemin, enfin, il se peut qu'ils l'aient demandé, mais il se peut qu'on ne leur ait pas répondu correctement, ou alors qu'on ne leur ait pas répondu du tout, parce que, franchement, hein, entre nous, qui parle russe dans nos campagnes ? Peut-être les vieux, ceux qui se rappellent bien la dernière guerre, et encore... Mais, ce qui est sûr, c'est que maintenant on va y avoir droit, on va nous l'apprendre, cette langue fraternelle, si jamais ils s'installent pour de vrai. Ils seront certains comme ça que les gens pourront leur indiquer le bon chemin. Enfin, il y a aussi les panneaux, sauf que, on ne peut pas se fier aux panneaux. Ce sont les gens qui les plantent, et les gens, on le sait, on ne peut pas leur faire confiance. Et puis, il faut bien se dire que les panneaux, on peut les tourner dans le mauvais sens, voire les faire tomber, on ne sait jamais. C'est tellement facile de se tromper de route.

Ce qui est sûr, c'est qu'on peut attraper un mal de crâne en moins d'un quart d'heure avec la caissière. Sauf que, aujourd'hui, ça vaut le coup de l'écouter, de trier et même reconnaître une possible once de vérité dans ce flot de paroles. Car aujourd'hui, elle n'a peut-être pas tort. Le soldat russe avait l'air perdu, oublié, abandonné.

Les jours se suivent dans une tension sourde. Lui est toujours là, vraisemblablement le seul Russe de tout le district.

Il garde le carrefour, selon les ordres ; debout, dans la journée. La nuit, il s'assied sous l'arbre, sous mon noyer. Le soldat a perdu de sa superbe. Ses cheveux couleur de blé n'ont plus l'éclat du premier jour, son uniforme est poussiéreux, sa peau un peu fripée et grise, les cernes sous les yeux trahissent sa fatigue, ses joues se creusent et je me dis qu'il doit avoir faim.

En réalité, il ne mourra pas de faim. Hier et avant-hier, enveloppée du noir de la nuit d'août, je me suis approchée de mon noyer. Je connais le chemin, de jour comme de nuit. J'ai avancé tel un chat, le plus près possible du soldat, puis j'ai déposé un paquet. Maman Magdina avait fait des gâteaux avec les fruits qui restaient des confitures. Mes petits frères n'ont pas réussi à tous les manger, et j'ai aussi mis de côté ma part. Cela ne sera certainement pas suffisant pour nourrir un homme de sa carrure, mais c'est toujours mieux que rien.

Cinq jours déjà, cinq jours qu'il est là, personne ne l'a vu venir chercher à manger au village ou à la coopérative.

Il fait beau, le jour va bientôt décliner, mais la chaleur persiste encore. Je suis en nage. Du magasin d'alimentation, je suis revenue à vélo à toute vitesse. Une fois là-haut, sur le chemin, j'accélère. Le noyer s'approche. Je freine, je pile devant lui. Le temps de poser le pied par terre, je lui tends la demi-miche de pain que je viens d'acheter. Elle est encore chaude; difficile de dire si le pain exhale la chaleur du four ou celle de mon corps.

Il hésite. Une seconde. Puis prend le pain et mord dedans. Mes ancêtres paysans seraient ravis de voir un homme manger le pain avec autant d'entrain et de plaisir. C'est merveilleux. Je souris, il ne me quitte pas des yeux. J'éprouve physiquement sa satisfaction à manger, à croquer dans ce pain frais, presque noir, mi-blé mi-seigle, avec du cumin, dense. Il sent la terre dont il est né.

« *Merci, de me regarder ainsi*, je me dis dans ma tête, *merci, merci, mille mercis.* »

Pour lui, je suis juste une fille qui lui donne un bout de pain parce qu'il a faim. Je n'ai jamais connu ce sentiment, pas même avec Antonin, cette liberté d'être sans avoir à me justifier. Je ne suis plus la bâtarde du village, fille de bâtarde. Pas besoin d'expliquer quoi que ce soit à cet envahisseur affamé et oublié par les siens sur le carrefour le plus paumé du monde, attendant en vain qu'on vienne le chercher ou lui donne un nouvel ordre. Ou qu'on lui dise de rentrer chez lui. Car il doit bien avoir un « chez-lui », non ? Il doit bien être le fils de quelqu'un, être une autre personne que ce soldat égaré dans un pays qui ne comprend rien à sa présence ici. C'est la première fois qu'il mange le pain de cette terre-là. Il est très ému. De mon cabas, je sors la bouteille de lait, je la lui tends. Il va falloir que je retourne faire les courses, impossible de rentrer chez moi avec le cabas vide.

C'est ma dernière pensée sensée avant la chute, la chute dans ses bras.

Le monde s'est évanoui. Combien de temps ?

Je suis dans le creux de son bras, noyée dans son odeur masculine, les yeux fermés ; pour la première fois cette odeur est si près, elle est forte, je me délecte, je la trouve... je la trouve... Je cherche les mots à mettre sur ces sentiments nouveaux, et soudain une force inattendue me tire vers le haut accompagnée d'une douleur atroce. Le temps s'emballe.

Quelqu'un me tire par les cheveux en hurlant à m'en briser les tympans.

Une autre odeur.

La sueur piquante et âcre du tabac froid et de la bière chaude, la rage.

Le Boiteux a failli me tomber dessus en m'arrachant des bras du soldat, ahuri lui aussi par la violence de l'attaque. Je veux me dégager de sa prise, mais mes cheveux sont longs, il a de quoi faire le tour de son poignet avec. Il me tient. Je lève les mains vers ma tête, et ma robe – j'ai mis la robe jaune à fleurs rouges qui me va si bien –, cette robe déboutonnée, glisse par terre.

Il hurle de nouveau.

Je n'arrive pas à la rattraper, à me couvrir. Je tourne la tête autant que possible et je crie :

— Cours, cours ! Il ne peut tuer qu'un seul de nous deux.

Est-ce qu'il a compris ces quelques mots ?

Est-ce qu'il m'a entendue ? Est-ce que, dans la panique et la peur, j'ai même émis un son quelconque ? Je me dis que ce sera probablement la seule déclaration d'amour de ma vie.

Oui, le Boiteux doit choisir entre lui et moi. Il ne peut pas courir après un homme, fatigué et le pantalon mal ajusté, certes, mais qui a deux jambes saines. Je suis une proie bien plus facile. Et je serai docile. Il le sait. Me battre ne lui procure pas autant de plaisir que de taper sur maman Magdina, mais là, je lui ai fait un cadeau. J'ai fauté, il aurait toutes les raisons de me tuer.

Première gifle.

La deuxième suit immédiatement. Puis d'autres. Je ne compte pas. Mon attention est ailleurs. Je me concentre sur autre chose, je sens quelque chose couler entre mes cuisses. Je les serre fort, je voudrais garder la semence du jeune soldat pour la sentir plus tard avec mes doigts là-dedans, dans ce dedans que je viens de découvrir avec lui... si je ne suis pas morte avant d'en avoir le temps.

À genoux maintenant, je reçois quelques coups de pied dans le ventre. Ai-je mal ? Le Boiteux dégouline de haine, des gouttes tombent de son front sur mon dos, il me crache dessus ; je m'en fous, il a lâché mes cheveux, la peau de mon crâne en est toute surprise et me brûle, je voudrais qu'on me dévisse la tête. Un coup de canne, puis le noir s'abat sur moi dans un silence de mort. Je pars.

De retour.

Le noir est bruyant et il pue.

Je suis toute lourde ; non, je suis écrasée. Je sens le goût de la terre chaude, grasse, riche, noire, la terre d'ici. On m'a enterrée vivante ?

Tout à l'heure ou il y a des siècles, je ne sais pas, dans les bras du jeune homme, c'était l'été ; où et qui suis-je maintenant ? Faire un effort, me concentrer, retenir mes pensées, découvrir ce qui se passe.

Je respire.

Je bouge.

Non, on me bouge, toujours des coups. Sauf qu'à présent, les chocs sont en moi, horrible image, je devine d'où viennent ces coups qui me ramènent à la vie. Le Boiteux est en train de me violer.

À entendre et sentir ses gémissements poussifs et plaintifs, on croirait qu'il en souffre plus que moi.

« *Qu'il crève, qu'il crève, qu'il crève* », je répète au rythme des coups, mon pouce gauche, je ne sais pas comment, est arrivé dans ma bouche. Je mords, je ronge, le goût du sang mélangé à celui de la terre me maintient en vie.

Un cri, il se racle la gorge, puis il se retire.

Calme. Tout est calme à présent.

Si j'entrouvrais les yeux, est-ce qu'il m'achèverait ?

Je voudrais bien. Alors je le fais.

Je ne vois rien, mon visage est enfoui dans l'herbe. Je me rends compte que je suis sur le ventre et j'entends de très très loin une promesse faite il y a si longtemps que je l'avais présumée prescrite : « Je t'aurai un jour. »

Il l'a tenue.

Finissons-en. Je bouge. C'est difficile.

Pas de coup de grâce libérateur.

— Tu parles, je te bute, salope.

Il remonte son pantalon et ramasse sa canne.

— Je vais retrouver ce fils de pute, et lui faire sa fête. Considère-le comme mort, lui, et c'est ta faute. Si c'est pas moi, les autres le tueront.

C'est donc pour ça qu'il me laisse en vie, pour m'imposer cette culpabilité qu'il pourra me rappeler à tout moment. Je vomis.

Le jour s'éclipse.

Pendant je ne sais combien de temps, la lumière s'effaçait d'un coup dès que je voulais bouger. La douleur était si forte que je m'évanouissais, je basculais dans le noir. C'est passé. Je ne m'évanouirai plus, je vois que la lumière devient douce. Elle se dissipe dans un gris d'abord teinté de jaune, puis légèrement violacé. Quelques instants plus tard, la couleur s'éteint, la nuit arrive. Dans ma tête, tout se bouscule.

Il ne m'a pas tuée, enfin, il m'a laissée en vie. S'il m'avait achevée il y a quelques minutes à peine, j'aurais été contente, reconnaissante même.

Une voix en moi martèle qu'il ne faut pas s'endormir : « *Bouge, bouge, lève-toi* », encore et encore.

Je me sens flotter au-dessus de moi-même, dans un épais brouillard qui ne m'empêche pas de voir, ni de penser. Je voudrais m'envoler, mais le poids de mon corps me tire vers le bas, je suis comme coupée en deux, le corps dans la terre noire et l'esprit détaché, perdu. Ils ne se reconnaissent pas.

Je ne suis plus une innocente, tout ça, c'est fini, fini pour moi. Il faut désormais réunir les deux moitiés, le corps et l'esprit, redevenir un, une, moi, « moi autre », moi quand même, moi malgré tout.

Un bout de ma robe arrachée me sert à me nettoyer entre les cuisses. Dégoûtée, j'essuie le sang mélangé au sperme des deux hommes, mes larmes en plus.

L'inventaire – mes mains parcourent tout mon corps.

Rien de cassé, pas de plaies ouvertes, par endroits quelques égratignures qui piquent, il va falloir désinfecter. Les bleus seront là, visibles dans quelques heures. Faire le bilan de toutes les blessures et ecchymoses m'aide à me mettre debout. Après, il faut encore réprimer l'envie de vomir à chaque pas.

Je continue à faire mon inventaire, intérieur cette fois.

Un instant, on est bête, innocent, pur, dans le non-savoir. La seconde d'après, c'est fini. Irréversible. On n'est plus innocent, mais que sait-on de plus pour autant ?

Une force insoupçonnée se réveille en moi, un

lien à la vie, très fort. C'est lui qui m'ordonne de me lever, de tenir debout, d'avancer. Je vais chercher la légitimité, le père, le nom à donner si jamais j'étais enceinte. Le légitimer. Et cette petite musique dans ma tête : « *Pas faire de bâtard, pas de bâtard, pas de bâtard.* »

Me voici sur la route qui mène chez Antonin. On se voit dès qu'on peut. On s'aime bien ; voilà, on s'aime bien, c'est ça, je me le dis et le redis, et depuis quelque temps il ne me regarde pas pareil. Il me regarde, et il voit une femme, il me l'a avoué la dernière fois en rougissant.

Donc tant pis pour lui.

Les deux kilomètres qui me séparent de sa maison sont extraordinairement longs. J'avance en tanguant... Il est si loin, le jour de ma promenade solitaire et solaire où tout sentait bon, où tout était si agréable.

Six jours, très exactement six jours.

Depuis le 21 août 1968, depuis six jours, le monde est différent, je viens de le réaliser avec le revirement de ma propre vie. Oui, ma petite vie a été rattrapée par le monde. Une mouche écrasée sur le pare-brise ? Non, je suis une femme qui va chercher un père pour son enfant. On est le 27, aujourd'hui, tout est fini. Il faut juste survivre.

« L'espoir est en nous », disait la caissière.

Balivernes.

Je me surprends à penser à la caissière du magasin d'alimentation. Le cerveau est un organe mystérieux et, ce soir, tout est permis.

Je revois son visage à elle, grassouillet et souriant. Elle a levé ses sourcils en nous parlant du discours de Dubček, le premier secrétaire du Parti communiste, lors de son retour au pays. Il a disparu pendant trois jours. Aujourd'hui, on a appris qu'il était à Moscou, contre son gré. C'était à la radio.

Dans la voix de la caissière, il y avait un je-ne-sais-quoi de déférent, de l'admiration pour cet homme qui s'est adressé à la nation écrasée, à la nation qui n'a pas compris pourquoi on l'écrasait.

— Il a parlé si lentement, on aurait dit une dictée pour les gamins à l'école, tu sais, un truc incroyable.

— Alors, il a parlé longtemps ? Il a expliqué quelque chose ? demande Rose, ses courses étalées sur le tapis de la caisse.

Rose a fini son service à la coopérative, elle achète quelques petites choses ; et deux, tiens, elle en prend trois aujourd'hui, trois yaourts pour Olga, avant de filer à la maison.

La caissière s'exclame :

— Ben, évidemment qu'il a parlé longtemps. Ç'a duré, tu peux me croire !

— Et qu'est-ce qu'il a dit ? J'étais avec les bêtes, elles n'attendent pas, y a des choses, tu peux pas aller contre, elles ont faim quand c'est l'heure, et puis, discours de Dubček ou pas, il faut nettoyer leurs merdes, explique Rose.

— C'est ça. En gros il dit qu'on est dans la merde, répond la caissière.

— Ah ben, voilà ! Il fallait me demander, je

sais très bien qu'on est dans la merde, et jusqu'au cou.

Et Rose s'est lancée dans sa tirade préférée sur les vaches mécontentes.

— Il faut les sortir ces pauvres bêtes, parce que parquées toute leur vie dans des étables mal construites, soit trop aérées soit trop froides, impossibles à nettoyer correctement, elles vont devenir folles, ces vaches, ça, c'est sûr. Si tu ne les laisses pas sortir, elles ne sauront plus trouver la bonne herbe toutes seules, mais bon, si on veut des vaches malades, des vaches qui ne sont plus des vaches, qui ne savent plus brouter toutes seules, si c'est ça qu'on veut, pas de problème, mais ce sera sans moi. Un jour, je vais rendre mon tablier et vous laisser ces pauvres bêtes sur les bras, parce que, ce qui est encore pire, ça, vous ne le savez pas, eh bien je vais vous le dire. Ils nous font trafiquer les rendements, comme si elles pouvaient dans des conditions pareilles donner autant de lait. Enfin, personne n'y croit vraiment mais il faut quand même que je remplisse les papiers tous les jours de travers. S'il fallait boire tout ce lait que ces vaches sont censées donner, tout le pays pourrait se faire des bains de lait une fois par semaine, comme l'autre, là, on en parlait l'autre jour à la radio, la Cléopâtre, et on aurait tous une peau de bébé. Alors, oui, on est dans la merde.

Rose et la caissière font la paire. Une fois lancée sur le sujet, Rose est intarissable. Dans son débit trépidant, on sent toute l'énergie qu'elle met dans son discours. C'est comme pour les bêtes, quand elle les sort, elles ont intérêt à filer doux, pas d'extravagances malgré tout l'amour qu'elle leur porte.

Magdina et Rose, deux demi-sœurs qui s'occupent des vaches de la coopérative. Même si depuis notre retour des années auparavant chez maman Marie, Magdina travaille dans les bureaux de la coopérative, elle fait des heures en plus auprès des vaches. Maman Marie ne met jamais les pieds à la coopérative mais elle demande des nouvelles des vaches tous les jours. Moi, soutenue par maman Magdina, j'étudie la comptabilité en ville. Heureusement, celle-ci n'est pas loin, alors, tous les vendredis soir, je rentre à la maison, et je passe voir les bêtes. À tour de rôle, on fait prendre l'air dans le pré derrière l'étable à ces vaches enfermées depuis vingt ans. Elles sont nombreuses, plus d'une centaine. Je crois que les gens de la coopérative savent qu'on les sort, et tous se taisent.

Le discours de Dubček était tout le contraire de celui des filles. De toute façon, parler lentement leur est impossible. Là, elles se sont tues un instant et Petrik derrière le comptoir de la boucherie en a profité pour dire :
— Lent, c'était très lent. On sentait le goût des larmes amères qu'il avalait en le prononçant. C'est un art, de faire parler les silences.
Petrik, mon délicat Petrik. Je ne l'avais pas vu depuis plusieurs jours, alors que pendant l'été on

se retrouvait à la tombée du jour sur les bancs du bord de l'étang, à lire ses poèmes. Il me répétait que j'étais son âme cristalline, m'enjoignait à rester claire, limpide, m'invitait à contempler les étoiles, à y monter avec lui. Il blaguait, en choisissant chaque soir une étoile différente pour maison. Antonin nous rejoignait plus tard, à la fin de son travail d'été à la coopérative.

Depuis l'arrivée des Russes, nous ne nous sommes pas revus.

Aujourd'hui il était au magasin, à son rayon boucherie-charcuterie. Derrière lui pendaient deux demi-carcasses de porc et quelques salamis. Il tenait dans sa main la hache à trancher les côtes de bœuf. Un mince filet de sang, qui allait détremper la manche blanche de sa tenue de travail, coulait le long de son avant-bras pour doucement former une flaque sur le billot où il appuyait son autre bras. Ses doigts baignaient dans son propre sang. Sa paume était fortement entaillée, il n'y prêtait aucune attention.

— Ça y est, il s'est encore blessé, ce gamin de malheur. Pourquoi qu'ils l'ont fourré à la boucherie celui-là.

La caissière a quitté son poste derrière la caisse enregistreuse, et en passant tout près de Rose elle lui a chuchoté :

— Faut que je te dise, on veut supprimer le type, là. On m'a aussi demandé mon avis.

Elle était si fière.

— «Supprimer»? Comment ça? Quel type?

Rose a fait celle qui ne comprenait pas.

— Le Russe. C'est un ennemi, il n'achète même pas à manger. Et après le discours de Dubček, tu parles.

Rose s'est esclaffée :

— Ah oui, ce type, l'étranger. Mais on n'est pas en guerre, si ?

— Attends-moi ici, je t'expliquerai. Faut que je m'occupe de cet apprenti, a-t-elle dit à toute vitesse à Rose.

Je m'appliquais à faire tout comme d'habitude, à ne rien laisser paraître, mais je devais le prévenir.

Finalement, la caissière, tout excitée, est allée à la boîte à pharmacie accrochée près de la porte de service en murmurant qu'il allait falloir bientôt la remplir à nouveau avec un tel apprenti. Le stock d'alcool, de gaze et de pansements fondait comme la neige au printemps. Elle a pris Petrik par le bras, a remonté sa manche et l'a attiré vers le lavabo. Petrik semblait être complètement ailleurs, ni plus ni moins que d'habitude, mais, dans ses yeux, il y avait quelque chose de grave.

Lui, poète, allait devenir boucher, ainsi en avait décidé son père, et aussi le Parti. C'est Antonin qui fait des études à l'université pour être ingénieur en bâtiment, mais les fins de semaine et les vacances il rentre au village, chez ses parents, pour travailler à la coopérative. Comme tout le monde.

Petrik est improbable dans cette tenue de boucher, lui, avec les poignets fins, les épaules étroites, les yeux exorbités. Il a l'air surpris d'être de ce monde-là.

À part les soirées sur le banc, on se voit peu. Oui, mais suffisamment pour éclairer mes journées et me réconcilier avec le monde quand je le rencontre au magasin. Des fois, on échange juste des politesses, et il en dit de merveilleuses, venues directement d'un autre siècle ou d'une autre planète. L'autre jour, il a emballé des fines tranches de salami dans une feuille de papier blanc graissé et à l'intérieur il a noté quelques lignes :

L'âme cristalline,
sais-tu que ta chute va être douce,
suspendue dans les nuages de l'amour, tel un ange,
à jamais tu seras sauvée de ce bas monde.

J'ai aimé ces mots.

Petrik m'a fait un signe de la main, de celle qui n'était pas blessée, puis il a soulevé légèrement la commissure d'une de ses lèvres. On aurait dit un sourire, ou plutôt un simple salut, avant de se laisser entraîner par la caissière dans l'arrière-boutique où elle lui administrerait ses soins.

J'ai pu quitter le magasin. Je venais de payer mes courses, le pain encore chaud et le lait. Rose a dû attendre, le temps des soins, le retour de la caissière. Elles avaient à discuter.

Qu'est-ce qui se serait passé si Rose était passée avant moi à la caisse ? Peut-être rien. Rose m'aurait attendue et toutes les deux on aurait pris un autre chemin. Elle m'aurait accompagnée à la maison, ou bien je serais allée avec elle embrasser sa petite Olga. Pourquoi n'ai-je pas attendu Rose pour rentrer avec elle ? Pourquoi n'a-t-elle pas abandonné ses courses pour venir avec moi ? Est-ce qu'on l'aurait prévenue ? Elle voulait surtout ses deux, non ses trois, yaourts pour Olga. Trop tard pour refaire le monde avec des « pourquoi ».

Heureusement, j'aperçois la maison d'Antonin. Mon corps s'est souvenu de comment on fait pour marcher. Au salon, il y a de la lumière. Je vais passer par l'autre côté. J'espère qu'Antonin ne regarde pas la télé avec ses parents mais qu'il lit des magazines techniques dans sa chambre. Une faible lumière me laisse croire à sa présence.

Je tape à la fenêtre de sa chambre. Il ouvre et chuchote :

— Ah, tu tombes bien ! Vite, vite, rentre. J'ai bricolé ma radio cet aprèm, j'essaie de capter les radios étrangères, pour écouter ce qu'ils racontent sur nous. Dépêche-toi, que personne ne nous voie. Fais attention à l'antenne.

Facile pour lui de me dire de me dépêcher. J'ai mal partout et je dois à tout prix le cacher ; le faible éclairage dans la pièce m'arrange. Je ne lui demande même pas si Petrik est rentré avec sa blessure à la main, il doit être dans sa chambre. Ils ont de la chance, chez Antonin, tout le monde a sa chambre, pas grande, mais chacun la sienne. Dans celle d'Antonin, a été conservé le vieux sol de la ferme aux larges lattes en bois mal ajustées, qui grincent. Nous, on sait sur lesquelles il ne faut pas marcher. Ça nous a beaucoup servi quand on était gamins, puis de nouveau aujourd'hui. Sa mère n'aime pas trop me voir – va savoir pourquoi.

Antonin met brièvement le doigt sur sa bouche, fait «chuuut» puis ferme la fenêtre. Il s'occupe de ses antennes de radio, un assemblage de cintres métalliques emberlificotés les uns dans les autres. Le résultat donne une sculpture étonnante. Parfois, je me dis qu'Antonin devrait être un artiste, comme Petrik. Mais il ne veut pas en entendre parler. D'après lui, l'art est un truc flou où rien n'est sûr, sans point d'appui. Et il ajoute en souriant que la plus belle œuvre d'art qu'il ait jamais vue, c'est moi.

Je suis si désolée de le décevoir. Jusqu'à aujourd'hui j'étais claire, pure, l'eau de la source, cristalline.

Antonin est tout excité par le discours de Dubček, il ne parle que de ça. Je commence à en avoir assez de ce discours que je n'ai pas entendu.

Antonin affirme que ce discours est essentiel pour notre avenir, il le prétend historique. Antonin n'a jamais autant parlé que ce soir. Il n'arrête pas de me répéter de me taire, alors que je ne dis rien, il tripote son installation, tourne les boutons, tire des ficelles, les cintres, les rideaux, ferme la porte à clé, puis écoute, un doigt sur la bouche et l'autre en l'air, comme s'il attendait un signal.

Il veut écouter les radios du monde entier. Pas de jazz ce soir, il cherche les discours, les débats. Rien que ça.

Il s'exclame à voix basse :

— Pour une fois qu'on parle de nous dans le monde, tu te rends compte ?

Non, je ne me rends pas compte du tout. Je lui dis :

— Mais tu ne parles aucune langue étrangère, comment tu saurais qu'on parle de nous ? Et s'ils en parlent en bien ou en mal ? Et comment savoir s'ils disent des mensonges ou la vérité ? Et d'abord, elle est où cette foutue vérité ?

Il ouvre en grand ses yeux, ébahi d'entendre la gentille Libuška le questionner. Je m'étonne aussi.

— Qu'est-ce qui t'arrive ? demande-t-il, sa main sur mon épaule.

Ça fait un peu mal, mais je prends sur moi.

— J'ai peur Antonin, j'ai très peur.

— On devrait partir, dit-il.

— Pardon ?

— Oui, se barrer. Quitter ce merdier Libunka, loin, loin, très loin.

— Antonin ?

— Tu ne vois pas ? On est foutus. Tu me laisses quelques jours et on passe la frontière. À travers la forêt, il y a un sentier.

Quelle idée inouïe, ridicule même. Vraiment ? Peut-être pas tant que ça.

Je pourrais ainsi échapper au danger, celui d'être encore une fois violée par le Boiteux. Une fois qu'il l'a fait, qu'est-ce qui l'empêchera de recommencer ?

Moi, je pensais au mariage avec Antonin ; lui, il me propose la fuite. L'idée de Paris se réveille dans ma tête. Je me surprends à rêver; lui, heureusement, il est sérieux.

Notre pays, il pense à notre pays, si beau, si jeune, me dit-il. Le régime actuel est né en 1948, comme nous. Nous avons le même âge, mon pays, si vieux et si jeune à la fois, et moi si jeune et si vieille, et si fatiguée. J'ai l'impression que le temps tourne sur lui-même, que j'ai déjà tout vécu. Antonin parle de trahison, de viol – ah! s'il savait. Il ne veut pas être victime. Mais il le sera. De moi.

Les bras d'Antonin m'entourent, amicalement, beaucoup trop amicalement à mon goût ce soir. Je n'ai pas besoin d'Antonin camarade, d'Antonin copain. Ce soir, il me le faut amant.

Je m'enfonce encore plus dans ses bras, je cherche avec mon nez et ma bouche l'espace entre les boutons de sa chemise pour sentir sa peau. Je souffle lentement, mes bras se promènent sur son dos, je déboutonne sa chemise, ma robe glisse toute seule.

Il est confus, surpris. Il sourit, timide.

— Je ne voulais pas...

Je joue la surprise à mon tour.

— Ah bon?

— Enfin, si, je crois, bien sûr, je ne sais pas ce qui s'est passé.

— Tu n'as pas aimé?

— Si, bien sûr que si...

Quelques secondes de silence suivent puis il ajoute d'une voix à peine perceptible :

— Je t'aime, Liba.
— Merci, Antonin.
Et je suis sincère.

La nuit est bien avancée, mais ma journée n'est pas finie. Je dois rentrer à la maison.

Mon corps, soutenu par un mince filet d'énergie, se traîne le long de l'étang, un deux, un deux, un deux : « *Ne tombe pas, ne t'endors pas, garde la tête vide, tu as fait ce que tu devais, ne tombe pas, ne t'endors pas, garde la tête vide, tu as fait ce que tu devais.* »

Je récite ma litanie, une prière ou une chanson militaire, peu importe, cela aide mes pieds à se placer l'un devant l'autre. Je suis contente que le village soit englouti dans un noir profond. Les lampadaires de la rue principale et sur la place ne fonctionnent pas. Quelqu'un les a cassés il y a cinq jours. J'apprécie les fenêtres fermées, leurs rideaux tirés, les cadenas mis aux portes et portails, les chiens qui se taisent, comme s'ils savaient. L'étang lance des reflets noirs, durs. Je passe à côté de la maison de Rose, puis je monte vers la nôtre, là où deux femmes m'attendent. Le sentiment que je viens de les trahir et qu'elles le savent, comme par magie, me freine autant que la fatigue, l'épuisement, la douleur, la honte. Je ne reviens jamais si tard à la maison sans prévenir, la maison dans laquelle habite mon meurtrier, la maison dans laquelle j'ai peur de rentrer à présent. Je repense à cette idée de fuite, si séduisante. J'ai parlé de Paris à Antonin, il a dit « Pourquoi pas ? » et il m'a demandé quelques jours pour organiser les choses. Juste quelques jours, puis on s'en ira. On emmènera Petrik.

La fenêtre de notre cuisine est la seule à être éclairée. Il me faut pousser le petit portail du jardinet. En trébuchant, je m'accroche au muret, j'aspire l'air humide.

Maman Marie est là, assise sur la pierre qui tient lieu de banc. Elle m'attend, immobile, invisible, fondue dans la nuit.

— Enfin ! tu en as mis du temps à trouver ton chemin.

Dans la chambre, il y a une bassine d'eau chaude, quelques torchons et serviettes, et de quoi faire des pansements. Maman Magdina a du mal à me regarder, ses yeux sont rouges. Et ses yeux rouges me font énormément de bien. Je voudrais tomber dans ses bras et tout lui dire. Tout dire aussi à maman Marie. Avec elle, ce serait autour d'un café au lait, elle devant sa tasse ébréchée, moi devant un bol de taille à s'y baigner les pieds, pour que cela dure le plus longtemps possible.

Elles me déshabillent. C'est la combientième fois aujourd'hui que cette robe glisse le long de mes jambes ou remonte au-dessus de ma taille ?

— Brûlez-la, s'il vous plaît.

Toutes deux hochent la tête, c'est entendu.

Ma robe préférée, jaune à petites fleurs rouges, celle qui m'allait si bien, que je portais avec un tel plaisir. Elle va partir en fumée.

Je m'assois en fermant les yeux. On dirait que sous les doigts de ma mère et de ma grand-mère la douleur jusqu'à présent anesthésiée par la nécessité de survivre s'épanouit. Je m'abandonne à elle, les larmes coulent toutes seules, je ne les refrène pas, les bleus commencent à se révéler, gonflent et prennent des couleurs inconnues.

Vêtue d'une chemise toute blanche, au décolleté brodé par maman Marie avec un fil blanc en soie fin et brillant, je ressemble à une mariée.

Et c'est presque ce que je suis : une fiancée. Mais la fiancée de qui ?

Elles sont assises sur le lit avec moi, chacune d'un côté. Nous regardons devant nous.

Si bien entourée, et paralysée, je suis incapable de proférer un son. Nos respirations se confondent, nos pensées aussi.

Elles attendent.

Secousse, bien violente. C'est de l'amour ou de la haine pour ces deux femmes ? Elles savent, elles savaient, et elles ne m'ont rien dit, ne m'ont pas prévenue de la douleur du monde, de la charge que l'on doit porter, du poids du silence. J'entends maintenant leurs regards, illisibles et lourds. Je leur en veux terriblement, elles n'avaient pas le droit de se taire, le silence n'explique rien.

Moi, je voudrais leur parler, sans savoir exactement quoi dire et comment. Alors j'égraine tous les mots que je connais, je cherche les meilleurs, les plus justes pour raconter ma journée.

Comment raconte-t-on une journée comme ça à sa mère, à sa grand-mère? Impuissante, je finis par me taire, je me sens devenir taiseuse, comme elles deux.

Mon Dieu, qu'est-ce qu'elles savent que je ne sais pas encore?

« Mon enfant portera le nom de son père. »

La phrase magique, c'est une promesse que je me fais. Il va falloir que je me la répète aussi souvent que possible pour qu'elle devienne réalité.

D'ici deux ou trois semaines, je saurai si je dois épouser l'homme le plus honnête et le plus abusé au monde.

Je ne suis même pas sûre d'être enceinte, et je l'aime déjà cet enfant, plus que tout au monde. Je suis prête à commettre des crimes pour lui. Ça me fait sourire, d'un sourire triste.

J'ai honte, parce que Antonin ne sera jamais aimé comme l'a été, si brièvement, le soldat russe dont je ne connais que le prénom, Viktor. Viktor... un joli prénom, je ne connais aucun autre homme qui le porte.

Une autre idée me vient ou plutôt un sentiment. Une petite voix me souffle: *« Ne t'excuse pas, c'est de famille : ça te vient de la lignée. »* Terrible, l'instinct de survie. Dans le crépitement du poêle dans lequel brûle ma robe, on soupire toutes les trois, d'un seul souffle.

La porte s'ouvre brusquement. Dans la lumière apparaît la forme du Boiteux. Je le vois la première, je pousse un cri.

— Ta gueule. Et voilà le travail.

Il me lance sur les genoux la casquette vert foncé, déchirée.

— C'est un avant-goût de ce qui l'attend si… si tu parles, je te bute, toi, et il lance aussi la petite étoile rouge si brillante arrachée à la casquette.

Je suis la seule à comprendre le sens de cette phrase, mais le peu que mes mères en saisissent suffit à les effrayer.

Pourtant, une lueur d'espoir persiste, il n'a pas attrapé le soldat. Il ne se serait pas privé du plaisir de me balancer l'information en pleine figure.

Le Boiteux s'en va en claquant la porte.

— Il va finir par réveiller les petits, cet imbécile. On n'a pas besoin de ça, dit maman Marie.

— Bête, brutal, dangereux. Et vivant, confirme maman Magdina.

On a continué à regarder les flammes dévorer les tissus ensanglantés et salis. Le feu purificateur me fascine depuis toujours.

Je demande.

— Et si je sautais dans le feu, ça me laverait ?

— Non, le feu n'efface rien, me répond maman Magdina, la tête baissée.

Elle parle. Ce n'est pas moi qui leur raconte ma journée, c'est ma mère qui raconte la Magdalena d'une nuit d'été.

Elle dit m'avoir déjà tout raconté plus de mille fois, quand j'étais bébé, puis petite fille ; je n'en ai aucun souvenir. Maintenant, j'écoute, j'entends.

La nuit est trop courte pour contenir tous les mots qui ont enfin été prononcés.

Je tombe de sommeil mais je veux tout savoir sur celui qui est mon père. Magdalena, elle au moins, connaît avec certitude son identité. Il s'appelait Josef Feldmann.

Si jamais je suis enceinte, je dirai quoi, moi ?

Avant que je me sois résolue à poser la question, nous avons entendu dehors des éclats de voix. Nous sommes toutes sorties devant la maison.

Rose accourait, essoufflée, elle n'arrivait pas à articuler correctement. Au bout de plusieurs sanglots, on a compris ce qu'elle nous disait.

— Il est mort, mon Dieu, il est mort !
— Laisse Dieu tranquille ! a crié le Boiteux en sortant. Sacrées bonnes femmes, vous n'avez donc que ça à la bouche ? Dieu n'existe pas, et puis tout le monde sait qu'il est mort sur la croix. Qu'est-ce qui se passe encore ?

Énervé, il cherchait ses affaires, râlait, tombait, se relevait et râlait de nouveau.

Rose a repris son souffle en essuyant ses joues d'un revers de la main.

— Je suis allée aux vaches. Très tôt, plus tôt que d'ordinaire, bien sûr, pour donner au moins un yaourt au soldat, comme tous les jours. Autrement il serait mort de faim, le pauvre gosse.

Elle s'est mouchée dans le mouchoir que lui tendait Magdina. Je regardais Rose, perplexe. La veille au magasin, elle avait acheté trois yaourts, et pas deux, comme d'habitude. Rose était une autre, elle aussi nourrissait le soldat. Je me sentais attendrie mais une pensée terrifiante m'a traversée. Avait-elle également couché avec lui ?

— Toutes les mêmes dans cette famille de bâtardes, à se mêler de ce qui les regarde pas, à comploter avec l'ennemi, grommelait le Boiteux en boutonnant sa chemise.

— Je ne le lui donnais pas.

Rose, gênée, se défendait comme elle pouvait.

— Je lui lançais de loin. Tout de même, c'est un ennemi.

Un sourire m'a échappé. Moi aussi, j'avais déposé la nourriture loin de lui d'abord. Puis je m'étais approchée, chaque jour davantage. Il me regardait; chaque fois il penchait la tête joliment pour dire «merci». Le premier jour, il l'a fait de manière très rigoureuse, à la militaire, en claquant les talons, droit comme un «I», d'un coup sec de la tête. Les fois suivantes, c'était de plus en plus doux et noble; le dernier jour, hier, on aurait dit un prince. Il y avait une grâce chez lui que jamais je n'avais remarquée auparavant. Quand il souriait, deux fossettes illuminaient son visage. Comment voir une armée derrière un sourire avec de telles fossettes ?

Franta, le mari de Rose, est apparu dans le virage, s'y est arrêté, et de loin nous a fait signe de venir. Nous nous sommes toutes mises à courir, le Boiteux claudiquait en râlant derrière nous. Rose a lancé par-dessus son épaule :

— Vous allez voir, il est mort !

Et toujours en courant, elle s'est retournée de nouveau, pour voir si on la suivait et a demandé :

— Vous avez fait du feu hier soir ? Votre poêle était chaud tout à l'heure.

Rose ne perd jamais le nord ; c'est admirable comment elle arrive à garder les pieds sur terre. C'est son côté chat qui retombe sur ses quatre pattes.

— Des vieux papiers. Plutôt que d'aller au ramassage, on les a brûlés.

Maman Marie coupe court à la discussion et pousse Rose à accélérer le pas.

Nous courons de plus en plus vite, moi, harassée, je m'empresse aussi. Ne pas venir serait avouer.

Au carrefour, il y a du monde, et toute cette foule se presse autour de mon noyer.

J'ai envie de crier : « Écartez-vous ! »

Ils vont l'étouffer, mon arbre ! Il n'est pas habitué à être ainsi entouré, il a besoin de respirer, de déployer ses branches, ses feuilles, de tenir sa couronne bien droite.

Les gens sont graves. Je me demande s'ils peuvent deviner ce qui s'est passé hier sous cet arbre, dans ce champ, dans les empreintes laissées partout. J'ai peur qu'on décèle les traces sur le sol quand je tentais de m'arracher à l'emprise du Boiteux, que mes cris soient toujours imprimés dans l'air. Est-ce que le corps du soldat est là ? J'ai peur.

On ne court plus, essoufflés, on ralentit. Je ne

sais pas où poser mon regard. Je fais tout mon possible pour éviter l'arbre. Dans le creux du fossé, j'aperçois les pots de yaourt vides et écrasés, pas même cachés. Il y en a beaucoup plus que ce que Rose a bien voulu admettre. Un instant on se regarde toutes deux les yeux dans les yeux. Que sait-on l'une de l'autre ? En tout cas, elle fixe ces pots de yaourt tout comme moi.

Elle s'approche de moi et dit tout bas :

— Je voulais les ramasser ce matin, hier soir en fait. Puis lui dire qu'on voulait le tuer. Lui, il n'y était plus quand je suis passée. Par contre, on aurait dit qu'une horde de sangliers avait traversé le champ. Ils sont là très tôt dans la saison cette année, les sangliers.

Elle m'observe et m'empoigne l'avant-bras.

Quelle vache. Ça me fait mal, heureusement, elle ne peut pas savoir.

J'attaque.

— Tu lui donnais à manger ou tu lui tournais autour ? Pour coucher avec lui ?

— Gamine, t'es qu'une gamine. T'as vingt ans et tu ne comprends rien à la vie. « Elles » t'ont pas fait un cadeau, à te protéger comme ça, la vie est une chienne, tu sais !

Rose est acerbe. Moi, je viens de l'apprendre cette vie de chienne, cette chienne de vie, mais je ne vais pas partager avec elle.

— Je serais partie, partie avec lui ! Partie n'importe où, loin d'ici. Tu piges ? Non, tu ne peux pas, espèce de bêtasse.

Rose est haletante, mais pas en raison de la course. Elle est hors d'elle.

On s'arrête, on se dévisage. C'est la première fois que Rose me fait des confidences. Elle doit être drôlement secouée par ce mort dont on approche. Le moment est vraiment mal choisi pour m'accabler avec sa vie à elle.

— Comme t'as l'air surprise, ma cocotte. J'ai qu'une envie, c'est de me tirer d'ici. T'as vraiment rien compris.

Partir, elle parle de partir, comme Antonin hier dans la nuit. Elle me confie vouloir aller loin, loin, loin, mais dans l'autre direction. Rose doit être la seule à vouloir émigrer en Union soviétique, oui, mais avec un soldat russe prénommé Viktor.

Rose couche-t-elle avec des hommes en espérant qu'au moins l'un d'eux l'emmènera loin d'ici ?

J'essaie de trouver une idée sensée.

— Tu fais du mal aux autres, à ton mari, à ta fille.

— Mon cul, mon pauvre mari ; pff, il est fourré dans le lit de ta mère depuis la naissance de cette gamine... Olga est plus à Marie qu'à moi de toute façon.

Elle montre du menton sa fille dans les bras de maman Marie. Maman Magdina n'est pas très loin de nous, j'ose espérer qu'elle n'a rien entendu de notre conversation. Rose s'éloigne avec un mauvais sourire et en secouant la tête comme elle seule sait le faire.

Elle rentre dans la foule, je la suis, le flot s'écarte à mon arrivée.

Le corps d'un homme pend à l'arbre.

Sur le cadavre une feuille de papier est épinglée, que personne n'ose toucher.

Les gens prononcent mon prénom.

Pourquoi ? Je n'en peux plus. Laissez-moi tranquille. Depuis hier j'ai vieilli de mille siècles, je voudrais mourir à nouveau.

Je réalise que les gens en fait lisent mon prénom écrit sur un papier destiné à emballer les salamis ou d'autres viandes, accroché sur la chemise du mort.

Je m'approche et je lis :

Voilà le jour où réduits au silence pour exprimer nous sommes
La maigre consolation offerte par la mort seule
La grande gardienne, fidèle, du secret de la trahison,
Les âmes cristallines savent, le monde n'est pas un lieu pour les êtres purs.

— C'est beau, dit Pepa en se mouchant dans un grand mouchoir en tissu à carreaux.

Personne ne réagit. Seule Rose éclate en gros sanglots et toutes les têtes se tournent vers elle. J'aurais aimé pleurer comme elle. Je ne peux pas. La grosse boule dans ma poitrine empêche l'air de passer. D'une main je froisse le papier avec le poème, l'index de l'autre main gratte le pouce, ma plaie éternelle s'ouvre, la première goutte de sang s'écoule…

Le spectacle de Rose effondrée est étonnamment réconfortant. Elle pleure pour nous tous, ses épaules tremblent fort, même si Franta essaie de la retenir.

Pepa continue :

— Je dis seulement que c'est mieux que tous ces autres trucs qu'il a écrits sur mon papier d'emballage de salami. Là je comprends un peu.

— Tu ne captes jamais rien à rien, et là tu ne captes pas plus, lui dit doucement la caissière en lui tenant la main.

— Je peux le décrocher, non ?

Pepa est toujours volontaire.

Antonin est assis sous l'arbre. Il tient sa mère prostrée dans ses bras, les yeux rouges, abasourdi. Il me regarde fixement quelques secondes. Puis il baisse les yeux, puis la tête. C'est un homme abattu, aussi meurtri que moi il y a quelques heures. Nous sommes morts tous les deux.

J'ai peur, encore. Je suis terrifiée. De quelle trahison parlent ces vers ? Ce mort est là à cause de moi ? Mon âme n'est plus cristalline ?

Je comprends vite. Pas de départ possible pour Antonin, pour nous. Pas de sentier dans la forêt vers la frontière. Paris s'évanouit, et restera pour toujours une ville de roman.

Le soldat russe semble oublié de tous. Mais moi, je le revois courir, et j'espère qu'il court toujours, à travers le champ, à moitié déshabillé ; oui, j'espère qu'il court, oui, sans autre but que celui d'être très loin d'ici, l'envahisseur en fuite. Il est effacé de nos mémoires par le corps frêle qui pend à l'arbre, mon noyer.

L'apprenti boucher Petrik s'est donné la mort cette nuit-là, en se pendant au noyer, au carrefour où il ne se passait, d'habitude, jamais rien.

LIVRE III

EVA

8

— Je m'appelle Eva et je vais bientôt avoir six ans.

Maman sourit et hoche la tête. Bonne réponse.

Facile, trop facile. Je sais comment je m'appelle et quel âge j'ai, non ? Si c'est pour ça qu'il faut aller à l'école...

On est toutes les deux endimanchées, j'ai la belle robe, celle aux longues manches à boutons. Elle est petite, je ne peux pas plier les bras sans que les manches remontent et me serrent, et si je lève les bras, la robe m'arrive au-dessus des genoux, alors qu'avant elle les couvrait. Maman veut que je garde les manches fermées. Ce serait tellement mieux si je pouvais défaire les boutons et remonter les manches. Mais, d'après maman, ça ne ferait pas assez habillé. Papa a dit que j'ai encore grandi et que je vais être plus grande que lui très bientôt. Il faudra donner la robe à ma petite sœur ; c'est dommage, je l'aime bien, ma robe. Ma sœur aussi, je l'aime bien. Deux fois par an, on fait du tri dans mon placard et on lui donne plein de choses. Je ne dois rien dire parce que toutes les affaires, je les reçois de notre cousine Olga. Elle est plus grande que moi, et aussi plus vieille. Elle a trois ans de plus.

Maman s'est fait un très joli chignon avec ses cheveux longs. Je voudrais un jour avoir les mêmes cheveux, mais je crois que c'est raté. Les miens sont trop clairs, trop fins, on me les coupe une fois par mois, pour qu'ils s'épaississent, me dit-on. Moi, je pense que c'est pour ne pas les voir, car plus ils sont courts, plus ils disparaissent et plus on voit mes grands yeux. On me dit que j'ai de beaux yeux, faut le croire, parce que tout le monde le dit, moi, j'en sais rien, je me regarde et je me vois, mais je ne vois pas mes yeux vraiment, je veux dire que quand je me regarde je ne peux pas voir juste mes yeux ils bougent tout le temps. J'ai essayé plusieurs fois et jamais on n'arrive à se regarder dans les yeux, non, on se regarde dans un œil et si on veut voir les deux à la fois, ben, il faut les bouger ou alors regarder aussi le reste, sinon ça ne marche pas.

— Eva, tu m'entends ? Comment tu t'appelles ?

Ah, oui, non, cette histoire d'yeux…

— Je m'appelle Eva et je vais bientôt avoir six ans.

Je souris.

Là, je le dis aussi à cette femme assise de l'autre côté de la table. Ce n'est plus une répétition, c'est pour de vrai. Comment est-on arrivées à cette table ? Maman est à côté de moi, on dirait que c'est elle qui passe l'examen pour savoir si je peux entrer dans cette école, la grande école, pour apprendre à lire et à écrire.

« Foutaise. »

Ah, j'adore ce mot ! C'est Olga qui me l'a appris. Je ne peux le dire que dans ma tête, maman dit qu'il n'est pas poli ; comme elle ne voit pas dans ma tête... Enfin, parfois si, elle voit aussi dans ma tête, comme maintenant. Elle sait avant que je le fasse ce que je veux raconter à la dame.

Je sais déjà lire, j'ai appris toute seule, et pour écrire, je peux le faire si je veux. C'est simple, il faut suivre la ligne. Je veux bien changer d'école – de toute façon on ne veut plus de moi à la maternelle parce que je sais tout, et je ne veux pas dormir après le repas de midi, et j'ai lu tous les livres qui sont à la bibliothèque et même certains plusieurs fois, mais là, ça devient franchement ridicule. Me demander comment je m'appelle ! Tout le monde sait comment il s'appelle.

J'ignore si je veux aller dans cette école ou dans une autre école que ma maternelle, j'y suis bien avec ma maîtresse. Cette dame de l'autre côté de la table, je ne la connais pas.

Alors, je ne le dis que dans ma tête.

« Foutaise, foutaise », et encore une fois, « foutaise ».

Là, on est dans la nouvelle école qu'on a construite au bout de la rue, en face du nouveau magasin, au bout de la cité. Si on passe entre les longs immeubles gris de la cité, c'est vraiment très court et rapide depuis chez nous, enfin, il ne faut pas s'arrêter au tourniquet ou au bac à sable qui sont dans la cour carrée au milieu des immeubles. Nous, on n'habite pas dans la cité, mais la rue juste après la dernière rue de la ville, dans un immeuble plus petit, qui n'a que quatre étages. C'est simple, les maisons n'y sont que d'un côté de la route, de l'autre côté il y a les champs. Cette année, le maïs pousse en face de notre immeuble ; l'année dernière, c'était le blé. Je me souviens bien du blé, parce que mamie Marie parlait de ce champ comme de la mer. Elle n'a jamais vu la mer, moi non plus, mais d'après les photos la mer est bleue, comme l'étang en bas de sa maison où l'on se baigne des fois en été, mais en plus grand. Entre nous, le champ, lui, était doré. Je lui ai dit ça, et elle m'a répondu que, si le soleil venait se baigner dans la mer, elle deviendrait aussi dorée que notre champ de blé. Les gens qui n'ont pas d'imagination ne le voient jamais, et c'est tant pis pour eux. Elle m'a dit qu'elle était sûre que j'avais de l'imagination et qu'elle n'avait pas peur pour moi, parce que je lui avais dit juste avant que l'on pourrait se baigner alors dans le champ de blé. Ça me plairait bien de plonger dans les vagues dorées que forment les épis sous le vent. J'aime les champs de blé, c'est beau. Justement, on avait peur pour celui en face de chez nous, papa craignait qu'on y construise de nouveaux bâtiments et il n'était pas content. Même si ce devait être une école pour moi et après pour ma petite sœur et mon petit frère. Finalement, il a expliqué qu'il avait fait des pieds et des mains, et qu'on avait construit cette école ailleurs. Là, il faut que je lui demande comment on fait des pieds et des mains, parce que parfois je voudrais aussi que certaines choses se passent autrement.

— Dessine-moi une maison, dit la dame de l'autre côté de la table, et elle pousse vers moi une grande feuille blanche et quelques crayons de couleur.

— Laquelle ?

— Une maison, peu importe.

— Ah non, la maison des mamies Marie et Magdina est très différente de celle où on habite ici en ville. Puis chez nous, c'est juste un appartement, ce n'est pas une vraie maison ; l'autre grand-mère, maman de papa, nous le dit très souvent. Sauf que papa a besoin de vivre en ville et ce n'est pas facile d'avoir une maison en ville que pour soi, parce qu'on est nombreux en ville et qu'il faut partager même les maisons qui au départ n'étaient que pour une famille et maintenant on y habite à plusieurs. C'est comme ça chez ma copine Ilona.

Maman s'agite sur sa chaise. Je parle trop ou alors c'est cette histoire de dessin qui ne lui plaît pas. C'est tout le temps pareil. Elle ronge son ongle de la main gauche pour une de ces deux raisons. Je le sais bien, je l'observe. C'est comme ça que j'ai appris que c'est la main gauche, parce qu'elle ronge toujours le même doigt de la même main. Quand je dessine elle s'énerve. Maintenant, elle a trouvé le truc, elle quitte la pièce et voilà. Je suis tranquille, on est tranquilles. Ici, elle ne peut pas partir, son pouce va encore saigner.

La dame continue :

— D'accord, tu choisis la maison que tu veux, celle que tu aimes, où tu te sens bien.

— Oui, mais c'est que… euh… une maison où je suis complètement bien, je n'en connais aucune. J'aime bien l'extérieur de la maison de ma copine Ilona, mais je ne sais pas comment c'est dedans. On ne peut jamais rentrer chez ma copine Ilona, son papa ne veut pas. Chez les mamies c'est bien, mais il y a aussi le grand-père boiteux, et il me fait peur. La dernière fois il a brûlé mes jouets en bois, il disait qu'il avait froid, mais ce n'était pas possible parce qu'il faisait très chaud et puis les jouets je les ai retrouvés, comme chaque fois, dans le grand panier où mamie Magdina les a cachés pour qu'il ne les brûle pas en vrai. Il veut faire rire avec ça, mais personne ne trouve ça rigolo. Il rit tout seul pour montrer que c'est rigolo ; il faut voir ma tête quand il me dit ça. Vous voyez, on ne peut pas être tout à fait bien dans une maison comme ça. Par contre dans le jardin, là, c'est autre chose ! Est-ce que je peux dessiner un jardin ?

— Ma fille parle trop, je suis désolée.

Maman est tellement désolée que ce n'est pas nécessaire qu'elle l'ajoute. Ça se voit, elle a les yeux tristes. Parce que ses yeux à elle, je peux les regarder facilement. Ils sont aussi bleus que les miens, c'est de famille ; chez nous, les filles ont toujours les yeux bleus, c'est mamie Marie qui le dit. Mais ce n'est même pas vrai, parce que ma petite sœur, elle a les yeux marron, comme papa. Mamie Marie a dit que ça ne compte pas, et mamie Magdina était d'accord. Et on riait.

La dame de l'autre côté de la table insiste.

— Ce n'est pas grave, laissez-la parler, pour le moment elle peut. Mais il me faut un dessin d'une maison, c'est ainsi.

Elle est jolie, surtout quand elle sourit, cette dame. Alors je l'aime bien, elle me plaît. Je préfère les dames qui sont jolies. Même quand elles sont un peu vieilles ou complètement vieilles, comme mes mamies. Ma maman Liba est jolie aussi, et triste. D'ailleurs, quand elle porte sa robe noire avec le petit bord blanc autour des manches et en bas et autour du décolleté, elle est vraiment très belle. Avec le chignon, bien sûr. Elle ne la porte pas assez souvent cette robe. Il paraît que c'est une robe pour les grandes occasions et pas pour tous les jours. C'est dommage que chaque jour ne puisse pas être une grande occasion, ce serait bien. Maman serait plus jolie et moins triste. Elle est aussi très belle très tôt le matin, dans sa robe de chambre mal nouée, on voit un peu ses seins, et ses cheveux sont tout défaits, si grands, longs, brillants, c'est si beau, et elle sent bon. Après, elle va dans la salle de bains et c'est fini. J'aime me lever tôt pour sentir maman le matin. Et ça, c'est formidable que tous les jours il y ait un matin.

Ma maman Liba, Libunka. Quand le nom ou le prénom est beau, ça ajoute du beau au beau, j'ai remarqué ça. J'appelle ma maman Libunka, c'est le plus joli de tous les prénoms, je trouve.

Maman Magdina l'appelle Libuše, toujours, ça fait vachement sérieux, comme si elles ne se connaissaient pas vraiment. Tata Rose, tonton Franta et cousine Olga disent Libka ou Libuna, c'est presque drôle. Maman Marie dit Líba, et le grand-père boiteux ne l'appelle pas. Il ne doit pas l'aimer beaucoup ; il dit juste « toi », c'est bien plouc, c'est tout lui. Ce que je n'arrive pas à savoir, c'est comment papa appelle maman, comme si pour lui elle n'avait pas de prénom mais des surnoms qu'ils se chuchotent entre eux, tout bas.

Pour mes mamies, je fais pareil. Maman Magdalena est Magdina ou Magdie, toute douce. Et mamie Marie ? On ne peut rien changer chez mamie Marie. Chez moi non plus, je ne suis pas Evicka, Evinka ou Evka, non. Moi, je suis Eva. C'est tout.

Par contre, je n'ai rien fait non plus avec le prénom de l'autre grand-mère, parce que je ne l'aime pas, mais c'est normal, elle ne m'aime pas non plus.

Elle ne m'invite jamais chez elle et chez l'autre grand-père. Ma petite sœur et mon petit frère y vont beaucoup et ça leur plaît. Pas moi. Dommage, leur maison, elle a un jardin devant et aussi, un autre plus grand, derrière. Elle se trouve dans un village pas très loin de notre ville et pas très loin du village des mamies. Il paraît qu'avant les parents de papa habitaient dans le même village que les mamies ; ils ont déménagé avant que je vienne au monde. Je ne sais pas pourquoi, on ne m'a rien dit. Je crois que je ne l'ai pas demandé, tiens, je vais poser la question à maman tout à l'heure. Tous les vendredis soir on me dépose chez les mamies et le grand-père boiteux, et mes parents, mon frère et ma sœur continuent jusque chez l'autre grand-mère. Tous les week-ends c'est pareil, sauf les rares exceptions où on est tous invités chez les parents de papa. Pour Noël, par exemple.

— Bon, d'accord, je vais vous dessiner une maison. Mais pourquoi je ne pourrai pas parler ?

Après un sourire, la jolie dame me répond :

— Si tu es prise dans la grande école, dans celle-ci, il va falloir te tenir assise, être attentive. C'est ainsi que l'on apprend les choses.

— Pas d'accord. Mamie Marie m'a dit que là où elle a appris le plus c'est sur le tas. Et elle sait beaucoup de choses !

— Je vois que tu aimes bien discuter...

La jolie dame note quelque chose sur son papier.

— Oui, ma fille parle trop. Désolée.

Encore. Je soupire aussi parce que je dois choisir une couleur pour dessiner la maison. Rouge, c'est une belle couleur. La maison de l'autre grand-mère n'est pas rouge du tout, même pas son toit qui est tout gris foncé, pourtant c'est cette couleur que je choisis. Rouge donc.

Maman ronge son pouce, moi, je ronge le bout du crayon que je tiens, pour l'instant, avec la bonne main. Pour dessiner, il va falloir changer. C'est pour ça que le silence est bizarre, à croire que maman ne respire pas. Je jette un coup d'œil ; si, si, elle respire mais tout doucement, avec les lèvres très pincées, comme quand elle est fâchée ou désolée. Là, elle regarde la jolie dame et pas du tout mon dessin. C'est normal, maman connaît mes dessins, et puis pour dessiner, je dois tenir le crayon dans la mauvaise main, donc c'est mieux si elle ne me regarde pas, sinon elle va le manger tout entier son pouce.

Je m'en fiche ; quand je dessine, la main ne compte pas, c'est la couleur qui compte et le rouge est une très belle couleur. J'ai vu le plus beau des rouges sur les mains de ma mamie Marie il n'y a pas très longtemps. C'était en janvier. Elle en avait jusqu'au coude, le gauche, à force de remuer le sang du cochon tout juste tué dans la cour arrière de sa petite maison. Il avait neigé la veille, le sol était glissant. Papa avec le grand-père boiteux et le boucher du village voisin et le frère de maman et un autre voisin, Pepa, ont mené le cochon au milieu de la cour où ils ont préparé une énorme auge en bois. À côté de l'auge, mamie a installé une grande casserole sur un petit poêle pour chauffer l'eau qu'on versera sur le cochon déposé dans l'auge une fois mort. Les bulles d'eau éclataient et soulevaient le couvercle, la fumée montait. Ils dérapaient tous sur la neige fraîche, le cochon aussi, même avec quatre pattes et tous les hommes, et puis le boucher a tiré deux coups avec un pistolet spécial pour tuer le cochon et ils sont tous tombés sur le cochon qui se secouait et se secouait. Je n'avais pas le droit de regarder mais j'ai tout vu. Déjà à la sortie de la porcherie, le cochon couinait tellement que ça m'avait réveillée. Je m'étais levée. La fenêtre de la pièce où je dors chez les mamies donne sur la cour arrière. Et personne ne m'a vue, tout le monde n'en avait que pour le cochon. Mamie Marie est venue avec une bassine et un couteau très fin et très pointu, elle l'a piqué dans le cou du cochon et a recueilli le sang qui coulait lentement. Elle a lâché le couteau et a remué le sang de sa main, les hommes la fixaient et appuyaient sur le cochon, comme on fait parfois en été avec le matelas gonflable pour le vider complètement. Le sang montait sur l'avant-bras de mamie Marie et coulait dans la bassine. Ensuite, mamie Marie, toujours en remuant le sang, est entrée dans la maison. J'ai couru dans la cuisine pour la voir, elle, et surtout cette couleur rouge. Son bras fumait et n'arrêtait pas de tourner. Le sang était épais et rouge, rouge, rouge. Nous sommes restées comme ça un bon moment, avec mamie Marie dans la cuisine, toutes les deux. Elle m'a regardée et elle m'a souri avec toutes ses rides.

Le rouge de mon crayon n'est pas le même que le sang du cochon mais c'est quand même le rouge le plus rouge de tous les crayons que la jolie dame m'a proposés, et j'écoute le crayon glisser sur le papier. Ça me plaît parce que comme ça c'est pas complètement le silence partout. C'est pas que je n'aime pas le silence, bien au contraire, je préfère le silence, la nuit, surtout quand ma petite sœur et mon petit frère dorment, mais dans la classe il est différent de celui de la maison. Ici le silence sonne fort. La classe est plus grande que celle de ma maternelle. Il n'y a pas de jouets ici, aucun. Il n'y a rien, sauf le grand tableau noir avec une rangée de craies blanches. Je voudrais bien faire un trait avec la craie sur le tableau noir, pour voir. Puis il y a ce grand bureau et plein de tables à deux places et des chaises. Aujourd'hui, c'est le bazar, tout a été bougé pour qu'on puisse faire nos dessins et répondre aux questions, pour voir si on peut venir dans cette école en septembre – c'est une autre dame qui l'a dit à maman à l'entrée. Le grand bureau n'a pas été bougé, il doit être trop lourd.

« Bon, on est en février, on a le temps pour la rentrée », disait mamie Marie. Dans cette classe, on est maintenant quatre à dessiner, personne ne parle, et le silence tremble.

Ma maison est très jolie, je le sais. Vraiment, je suis très contente de mon dessin, je dessine même de la fumée qui sort de la cheminée.

— Il y a des fleurs et aussi des feuilles sur les arbres. Et un grand soleil, avec des nuages bleus ici de l'autre côté du ciel. Et avec la cheminée, c'est prêt pour l'hiver. Si le nuage arrive à couvrir le soleil, il peut faire très froid. On ne sait jamais. Le grand-père boiteux dit qu'il faut surtout préparer le bois pour l'hiver, mais c'est derrière la maison, on ne le voit pas sur le dessin.

Même si ce n'est pas sa maison à lui, c'est pareil dans toutes les maisons, on met le bois derrière. C'est mieux rangé et plus difficile à voler.

Il faut tout expliquer aux adultes, parce que sinon ils vous posent des questions stupides ou ils vous corrigent et disent que « ce n'est pas comme ça ». Qu'est-ce qu'ils en savent ?

La jolie dame sourit. Je lui souris aussi. Elle me plaît de plus en plus.

— Ne vous inquiétez pas, pour la main on fera le nécessaire.

Maman a arrêté de ronger son pouce d'un coup. Elle parle tout bas, comme s'il s'agissait d'un secret :

— J'ai entendu dire, il semblerait que cette école soit très moderne.

On en avait même parlé dans le journal, de cette école moderne. L'autre dimanche, chez les mamies, maman a lu l'article à haute voix à mon père et a dit que ça tombait bien que ça soit dans notre quartier qu'on ait construit une nouvelle école qui serait très moderne et avec de nouvelles méthodes et une équipe jeune et plein d'autres choses, je ne me rappelle pas tout. Mon père a froncé les sourcils, il fait ça tout le temps quand il n'est pas d'accord, et il a noté que l'on pouvait écrire dans le journal ce qu'on voulait ; le fait est que c'est surtout pratique, parce qu'elle est tout près de la maison et que j'ai intérêt à être prise dans cette école, et voilà. Maman a dit qu'on peut espérer, et papa a répondu que les espoirs, les espoirs, ce sont des paillettes qu'on se jette dans les yeux pour ne pas voir, qu'il n'y a plus rien à espérer. Je trouve ça plutôt stupide de se jeter soi-même quelque chose dans les yeux. Je sais aussi que l'espoir est bon, parce que c'est mamie Magdina qui me l'a dit. Elle a dit que l'espoir c'était comme une petite poche d'air, comme celle qui est dans la carpe que l'on mange à Noël, qui fait flotter le poisson, et que si un jour on se sent noyé et on pense qu'on va mourir, cette petite poche est là, en réserve, pour le moment le plus difficile, et parce qu'on le sait, on peut faire bien plus et toujours mieux. Papa a dit que la carpe à Noël est bien morte et bien mangée malgré sa poche. Mamie Marie a répondu que dans certains cas, en effet, il n'y a plus d'espoir, et on ne parle même pas de la carpe... Puis la discussion s'est toute vrillée en grand débat pour savoir s'il était bon d'espérer ou pas, je n'ai pas tout compris et ça s'est terminé quand le grand-père boiteux a tapé sa canne par terre et a dit : « Ça suffit ! » Il ne parle pas beaucoup mais parfois tout le monde l'écoute.

Mon père a juste ajouté « j'espère qu'on ne va pas revenir là-dessus » et mamie Marie a dit : « Tu vois. » Et elle m'a souri puis m'a caressé la joue. Voilà tout.

La jolie dame a acquiescé :
— Oui, une école très moderne.
— On pourrait même envisager que sa main...
— Bonjour, camarades ! Alors, comment ça se passe pour cette petite fille ? En voilà une belle maison. C'est toi qui l'as dessinée ?

Le très grand monsieur habillé en costume gris avec une cravate très très bleue qui me frotte la tête se penche par-dessus moi pour voir le dessin. Il ne sent pas bon du tout.

— Salut, camarade, je dis.

— Comment t'appelles-tu ?

Il parle très fort.

— Je m'appelle Eva et je vais bientôt avoir six ans.

Ça commence à bien faire.

— Eva, très joli prénom, tu dessines très bien. Mais... avec la main gauche ? Ah, là, là.

Il tire le « à » à l'infini, comme Ilona sait le faire avec le chewing-gum que son papa lui donne parfois. J'ai essayé une fois de mâcher le sien quand elle n'en voulait plus. Il n'était pas bon, mais je lui ai juré qu'il était super pour lui faire plaisir.

— Ah, là, là. Il continue : Vous savez...

Maman ronge son pouce. La jolie dame dit :

— Vous savez que Leonardo da Vinci maîtrisait le dessin et l'écriture avec les deux mains ?

Je n'y crois pas.

— C'est vrai ça ? On peut faire ça, non ? Et c'est qui ce Devintchi ?

Je me demande bien comment il fait. On ne peut pas me raconter des blagues, je suis petite, mais grande quand même.

Et, avant que le grand monsieur n'ait repris son souffle, la jolie dame continue de m'expliquer, enfin elle m'explique à moi mais regarde le costume gris et de temps en temps maman.

— Oui, le camarade da Vinci était un très

grand peintre et un scientifique, à l'époque qu'on appelle la Renaissance, en Italie. Il y a très longtemps, plusieurs centaines d'années. Il était capable d'écrire des deux mains et, en plus, également à l'envers. On ne pouvait lire ce qu'il écrivait qu'en se servant d'un miroir. Mais je crois qu'il dessinait uniquement de la main gauche. Il est extrêmement connu pour ses tableaux et plusieurs inventions. Personne, vraiment personne, ne conteste son génie et la beauté de ses peintures.

Alors, en regardant franchement le costume gris dans les yeux, elle ajoute :

— Et puis, comme tout le monde le sait, nous sommes une école très moderne.

Il a remis en place sa cravate très bleue avec un soupir.

— Oui, très moderne, bien sûr, camarades.

Il est clair que ma main ne lui plaît pas. Il est comme tous les autres, enfin presque. En général, tout le monde s'exclame, en me voyant dessiner : « Ma petite, tu tiens le crayon dans la mauvaise main ! Il faut changer. »

Et tous les gens font toujours une de ces têtes, comme si je devais en mourir un jour. J'ai demandé une fois à maman si j'étais gauchère parce qu'elle rongeait son pouce gauche et j'ai reçu une claque de papa. Il a dit que c'était idiot, et débile, et qu'il se demandait bien où j'avais pu attraper une idée pareille. Chez mes deux mamies ça ne gêne personne. Je brode avec la main gauche, et personne n'y trouve à redire ; au contraire, les deux mamies affirment que je suis très douée pour la broderie. Je pense que c'est pour me faire plaisir, pour que je poursuive. Comme il n'y a pas de télé chez elles, et que je dois y passer tous les week-ends, il faut que je m'occupe le soir, quand j'arrête de jouer avec ma cousine Olga. C'est Olga qui m'a soufflé cette idée, elle ne brode pas aussi bien que moi. Ça, c'est sûr, je m'en rends compte toute seule.

À la maison, à table, papa râle contre moi à cause de cette histoire de main gauche. Quand ma petite sœur brandit fièrement la cuillère de sa main droite, et même si elle éclabousse partout avec sa soupe ou sa purée, papa la félicite. Des fois, je préfère ne pas manger, ou alors avec les doigts. Sauf que le soir papa exige de la soupe, je suis sûre qu'il fait ça exprès pour m'embêter.

L'autre grand-mère fait peur à toute la famille avec ma main gauche. Elle pense qu'on est puni avec ça, mais je ne sais pas pourquoi. Personne n'a rien fait. C'est surtout elle qui m'a punie. Une fois, elle m'a attaché la main gauche derrière le dos pour que je n'utilise que la bonne main pour manger la soupe. J'ai hurlé, je me suis roulée par terre. Elle m'a lâchée à cause de mes cris. Ça lui a donné mal à la tête, je le sais, elle a souvent mal à la tête. En défaisant la ficelle, j'ai tellement gigoté, j'ai tellement eu peur, que dans mon bras quelque chose a craqué. Je me suis évanouie, c'est ce qu'on m'a dit après, ça me faisait horriblement mal. À l'hôpital, on m'a mis le bras dans le plâtre pour presque un mois. Tout le monde espérait que j'allais changer de main pendant le temps que je devais porter ce plâtre, mais non. Je n'ai pas touché un crayon. Et depuis, je ne veux pas voir l'autre grand-mère parce qu'elle a prétendu que je me suis cassé le bras toute seule en tombant, mais moi, je sais très bien quand j'ai entendu ce bruit dedans. On m'a installée pour presque un mois chez les mamies, c'était bien, comme ça je passais beaucoup de temps avec ma cousine Olga. On rigole tellement ensemble. On est allées voir l'ancienne maison où habitait papa avant. On ne s'en est pas trop rapprochées, une femme qui ne parle à personne y habite. On l'a aperçue de loin, donc on est vite parties, en courant. Cette maison est grande mais pas très jolie, je ne veux pas la dessiner aujourd'hui.

Mais bon, si ce Devintchi pouvait écrire avec ses deux mains, et en plus à l'envers, il n'y a pas de raison que je ne puisse pas le faire moi aussi et peut-être encore mieux que lui ! Dès qu'on rentre, j'essaie.

Le costume gris observe ma maison et un peu ma main gauche. Il me demande :

— Tu aimes la couleur rouge ?

Je voudrais bien savoir pourquoi les adultes posent des questions auxquelles ils connaissent les réponses. Vraiment. Je fais quand même « oui » de la tête.

Il me pose une autre question stupide.

— Tu sais dessiner une étoile ?

Je refais « oui », deux fois. Je dessine même très

bien les étoiles, mais on ne peut pas les dessiner en même temps que le soleil. C'est trop doré et après on ne voit rien. Bon, exceptionnellement, je vais quand même le faire aujourd'hui. Je soupire. Je prends la couleur jaune, c'est la meilleure pour les étoiles ; la couleur dorée et brillante n'existe pas en crayon.

— Pourquoi tu ne prends pas la couleur rouge, pour ton étoile ?

Parce que les étoiles sont dorées, je voudrais lui préciser. Il commence à me fatiguer celui-là. Mais avant, quand je lève les yeux au ciel, comme fait mamie Magdina quand elle n'est pas d'accord avec quelqu'un ou quelque chose, je croise les yeux de maman. Elle est désolée. Encore. Alors je pose le crayon jaune, je le change contre le rouge. Le costume gris pose son doigt dodu en haut de mon papier, tout au milieu, entre le nuage et le soleil.

— Ici !

D'accord, j'ai compris, il veut la même étoile que celle à l'entrée de l'école, la grande – il paraît qu'elle s'allume le soir, c'est Ilona qui m'a dit ça, son papa l'a vue, alors ça doit être vrai. Mon étoile sera différente, comme une fleur, je lui fais plein de branches, plus longues, plus courtes, elle est bien bien rouge. Je m'applique pour ne pas dépasser les contours des branches, ça sera plus propre.

On contemple mon étoile. Je vois bien que quelque chose ne va pas. Comme chaque fois, il faut raconter mon dessin.

— En fait, ça fait les deux étoiles rouges, l'une sur l'autre, comme si elles s'aimaient bien, ça va faire plein de petites étoiles rouges.

Et je prends cet air, que papa déteste, qui veut dire « tu n'as rien pigé ? ».

Les sourires sont sur tous les visages.

Mais comment les adultes peuvent-ils avaler ce genre de bêtise ? Tout le monde sait que les étoiles ne peuvent pas faire des petites étoiles comme ça, comme des bêtes. Non, elles tournent dans l'espace, surtout la nuit ; enfin, c'est évident qu'elles tournent aussi le jour, sauf que ça, on le voit pas, parce que les étoiles sont invisibles dans la lumière du jour, bien sûr, et elles tournent si vite que nous, sur la Terre, on ne s'en rend même pas compte, ça fait des milliers de petits éclats qui deviendront des étoiles à leur tour. C'est comme ça. J'aimerais voir ça un jour. En vérité, je ne vois pas les étoiles assez souvent parce que je dois aller dormir. Quand je serai grande, je passerai mes nuits à regarder tourner les étoiles.

— Tu vas t'inscrire chez les Étincelles ? continue à m'interroger le costume gris.

— Oui.

Et, avant que je puisse ajouter des choses, je vois encore maman.

Elle est pâle à cause de la dernière discussion. C'était hier. On le sait tous que, quand on rentre à l'école, il faut s'inscrire aux Étincelles. On porte le foulard rouge autour du cou, la chemise bleu clair et la jupe bleu foncé pour les filles et on se prépare à défendre son pays. Je ne sais pas contre qui ni pourquoi, normalement il n'y a pas de guerre. Après les Étincelles, quand on est plus grands, il y a les Pionniers, puis après la Jeunesse communiste, et on a toujours le foulard rouge noué au cou et la chemise bleu clair et la jupe bleu foncé pour les filles et on défend son pays. On nettoie aussi le ruisseau au printemps, on va camper dans la forêt, on chante des chansons, les plus grands font le ramassage du vieux papier journal, des bouteilles en verre et du fer rouillé, et aussi des pommes de terre et des carottes et des oignons dans les champs en automne – et tout ça sans être payé disait le grand-père boiteux et il rigolait parce qu'il disait que toute cette jeunesse se faisait bien avoir.

Après la Jeunesse communiste il y a le Parti communiste. Et sauf les mamies et maman, tout le monde que je connais est au Parti communiste. Je crois. Sauf encore le grand-père boiteux. Comme il est vieux et boiteux, il ne peut pas défendre son pays, et puis de toute façon personne ne veut de lui nulle part.

Je ne sais pourquoi le costume gris pose cette question à propos de l'inscription. On doit rentrer chez les Étincelles automatiquement, c'est l'autre grand-mère qui a dit ça. Peut-être qu'elle l'a dit juste pour moi ? Moi, je dois rentrer automatiquement, et pas parler trop. Parce que, hier, j'ai dit que je veux bien aller chez les Étincelles, à cause du foulard rouge, pour la chemise et la jupe bleues, je suis moins d'accord. Ça n'a pas plu à mes mamies, je l'ai bien vu. Après j'ai dit que j'aurais préféré devenir pas Pionnier mais étoile, pour aller dans le ciel. Mes mamies ont souri mais maman a pleuré. Donc maintenant je réponds juste « oui » et je me tais, pour maman.

— Camarade Eva ?

Et le costume gris tourne la fiche de la jolie dame pour voir mon nom entier.

La jolie dame pointe le mien dans la liste des noms des enfants qui doivent dessiner la maison aujourd'hui. Il penche la tête pour mieux le lire.

— Hum, vous savez bien, camarade, dit-il en regardant maman, il y a beaucoup d'enfants cette année qui se présentent à l'admission, on arrive dans les années fortes. Comme si les gens à cette époque-là n'avaient rien d'autre à faire que de fabriquer les gosses.

C'est vrai ça ; il paraît qu'on est nombreux à être nés, en 1969 et 1970, et aussi en 1971. Mamie Marie le sait bien, elle s'intéresse beaucoup aux enfants. Elle pense que c'est très bien que le pays se défende de cette façon, en faisant des enfants. C'est comme s'il avait fait un grand froid, ou quelque chose de ce genre : les gens sont rentrés chez eux et ils ont fait des enfants. Mais comment les enfants peuvent-ils défendre un pays ? Personne n'a peur des enfants !

Mais maintenant, il faut arrêter de faire peur à maman, il faut me prendre dans cette école, je me dis dans ma tête à ce monsieur.

Et voilà que maman rougit, et ronge à nouveau son ongle. Ça y est, il va encore y avoir un problème à cause de mon nom.

— En fait, c'est la fille des camarades...
Et la jolie dame dit le nom de papa et maman.
— Ah, là, là.
— Je suis née trop tôt.
Je dis ça vite, pour couper court à d'autres questions stupides qu'on nous pose tout le temps sur ce sujet.

Maman explique :
— Oui, Eva est née avant le mariage, mon mari était au service militaire, ensuite il a fini ses études, il n'a pas pu être libéré pour le mariage avant la naissance. Il occupait un poste très important, vous savez, pendant toutes ces années troublées. Eva est née en mai 69. Et nous n'avons pas régularisé, enfin, voilà, la situation est restée ainsi.
— Je vois.

Soudain, le costume gris a le visage très grave et regarde maman différemment. Ça marche à tous les coups le nom de papa. Maman ne sait pas bien mentir. D'ailleurs, elle dit que le mensonge est la pire chose dans la vie, un vrai poison. Mais cette histoire-là, elle la raconte très bien. À propos du nom de papa, il paraît que c'est l'autre grand-mère, sa mère à lui, qui d'abord n'avait pas voulu que papa et maman se marient, et qui a arrangé cette histoire comme ça pour la raconter. En revanche, mamie Marie et mamie Magdina affirment que je suis née exactement comme il faut, avec le nom qui me va bien, alors tout va bien. Il n'y a pas si longtemps, à Noël dernier, on était tous ensemble dans leur grande maison, les mamies et le grand-père boiteux, tonton Jozifek et tonton Karlik étaient là aussi. Je ne me rappelle plus comment c'est venu, je crois à cause de cette école, parce que tout le monde parlait du nouveau bâtiment construit là où papa l'avait suggéré au comité du quartier et au comité national à la mairie, et non devant notre immeuble dans le champ de blé. Presque à la fin du chantier, il fallait que tous les parents des enfants qui voulaient aller dans cette école viennent donner un coup de main pour la finir. Il y avait de sacrés retards dans le chantier et on avait peur que le bâtiment ne soit pas prêt. Évidemment, c'était un travail entièrement gratuit et volontaire, mais tout le monde était présent. Papa disait que personne n'aurait osé ne pas venir terminer l'école pour les enfants. Tout le monde le félicitait et l'autre grand-mère a dit que papa était la seule fierté de la famille. Après, elle nous a lancé, à nous les enfants, qu'il fallait poursuivre ainsi et hisser le nom de la famille vers la gloire. Puis elle m'a regardée et elle a dit que moi, je n'étais pas si concernée que ça, mais que j'étais priée tout de même de faire des efforts. Et elle a répété à maman qu'il fallait bien présenter les choses. Mamie Magdina a fait remarquer que l'autre grand-mère ne faisait que récolter ce qu'elle avait semé, c'est-à-dire le résultat de son orgueil démesuré, pour ne pas dire de sa bêtise, et de sa vue trop courte ou de sa courte vue, je ne sais plus, puis tout le monde s'est énervé et a crié. J'aurais voulu les écouter plus longtemps parce qu'on apprend vachement de choses quand les adultes crient et oublient que vous êtes là. Mais mamie Marie m'a prise sur ses genoux, m'a embrassée et chuchoté à l'oreille « Tu n'appartiens à personne. Tu es libre. Il n'y a que ça qui compte. Ne l'oublie jamais ». Elle m'a serrée très fort, puis elle s'est levée pour rentrer chez elle. Elle est partie dans la nuit, à pied, toute seule. Il neigeait. Il faut marcher plus d'une heure en été entre les deux villages, encore plus longtemps la nuit dans le noir et en hiver. Ils ont essayé de la retenir. Pas mamie Magdina. Elle sait que mamie Marie est très têtue et s'en fiche de partir avant les cadeaux, elle ne veut jamais rien. Elle dit qu'elle a tout. J'aurais voulu partir avec elle. Mamie Marie ne crie jamais. J'aurais aimé voir s'il y avait des étoiles dans le ciel, mais la neige tombait fort. Je suis restée aussi parce que j'espérais quelques cadeaux. J'en ai reçu deux, un petit et un grand. Dans le petit, j'ai découvert une trousse à broder, une série d'aiguilles et de bobines de fil, puis un carré de tissu blanc. C'est un cadeau bien, mais sans plus. Dans l'autre paquet, bien plus grand et plus lourd, j'ai deviné que c'étaient des livres. En déballant, j'ai bien vu que j'avais raison, il y en avait deux. J'en ai brandi un au-dessus de ma tête. Sur la couverture, on voyait l'image d'une magnifique princesse. J'ai chantonné :

— Je suis une princesse, je suis une princesse, je suis une princesse !

J'étais heureuse. Tout à coup, le grand-père boiteux s'est levé de son fauteuil qu'il ne quittait jamais sans que mamie Magdina ne le prenne sous le bras et l'aide à tenir debout. Il a fait un grand saut vers la table où on était tous assis, m'a arraché le livre des mains et il l'a fichu dans le feu de la cuisinière. La porte en fonte a claqué très fort. Puis il est retourné dans son fauteuil. Ce jour-là, j'ai appris plusieurs choses.

Je crois le Boiteux, quand il me dit à mon arrivée le vendredi soir qu'il a brûlé tous mes jouets, jusqu'à ce que mamie Magdina ou mamie Marie me disent que ce n'est pas vrai.

Je crois aussi qu'il se moque de mamie Magdina quand il réclame son aide pour le moindre déplacement, mais mamie Magdina doit aussi le savoir. Dans la cuisine, elle l'a vu sauter autour de la table. Elle continue quand même à l'aider. Je ne comprends pas.

Ce dernier Noël a été un peu triste, parce que tonton Karlik, que tout le monde doit maintenant appeler Karel, puisqu'il est adulte, est tenu de partir au service militaire, mais bon, comme il a dix-huit ans, c'est normal. Le Boiteux dit qu'au moins il deviendra un homme, un vrai. Il dit aussi que comme ça il aura un vrai fils. Ça, je ne sais pas ce que ça veut dire. Je trouve que tonton Karlik est très bien comme il est, doux et souriant. Peut-être que c'est à cause de la santé que tonton Jozifek n'est pas parti au service militaire, on n'a pas voulu de lui, il siffle quand il marche vite et ne peut pas courir.

Depuis cette histoire du livre jeté dans le feu, je lis encore plus, parce que mamie Marie a dit que les mots ont beaucoup de pouvoir. La preuve, si un petit livre et une chansonnette ont réussi à faire se lever le vieux boiteux de son fauteuil, il doit suffire de trouver les bons mots pour changer le monde.

Brusquement, je dis :
— Ah, ben voilà, je sais maintenant pourquoi je veux aller dans cette école.
Maman est impatiente, les autres aussi.
— Dis-nous donc !
— Ben, pour apprendre à écrire et à dessiner avec l'autre main, la bonne si vous voulez, parce que, avec la gauche, je sais déjà. Et pour apprendre les bons mots, c'est important, mamie Marie le dit.

Entre-temps, j'ai fini de colorier l'étoile rouge dédoublée au-dessus de la maison, et je montre le dessin au costume gris.
Je souris.
Le visage très grave, le costume gris écrit sur mon dessin de la maison aux étoiles rouges avec son stylo à l'encre bleue, presque violette : « Acceptée, le 17 février 1975. » Il a ajouté un gros gribouillis comme signature, puis il est parti vers une autre table, où une autre jolie dame demandait un dessin de maison à une autre petite fille.

La jolie dame constate tout bas, comme pour elle-même :
— Votre fille a un instinct de survie très développé.
Ma mère confirme.
— Oui, c'est de famille.

9

— *Je m'appelle Eva et je viens bientôt d'avoir quinze ans.*

Je suis fière de cette phrase en français!

— Tu dois choisir, dit ma prof: *Je m'appelle Eva et je viens d'avoir quinze ans*, ou bien, *je vais bientôt avoir quinze ans.*

Bien.

— *Je m'appelle Eva et je viens d'avoir quinze ans.* Au mois de mai.

— Bravo, Eva.

Pffff... Je suis désespérée.

Un quart d'heure, une éternité, pour construire une phrase et encore, tout ça pour ça! Elle est vraiment optimiste et gentille.

Cela dit, moi aussi, je sais être optimiste. Par exemple, en avril dernier, il y a quelques mois, j'allais justement avoir quinze ans en mai 1984. Le monde à mes pieds. Ou alors, ma ville à mes pieds, ou la rue où on habite, ou bien au moins le village de mes mamies à mes pieds. Bref, donnez-moi un bout du monde à mes pieds, un tout petit bout qui serait le mien.

Quinze ans, c'est dur. Je ne pensais pas que c'était si dur, entre ce que l'on espère et ce que l'on vit. Il y a tout un monde dans l'abîme, plutôt noir et démesuré, entre les rêves et la réalité. Et tout le monde semble être indifférent à ça. Ils n'ont jamais eu quinze ans tous ces adultes ?

Qui dit quinze ans, dit livret d'identité, l'institution, le gage de notre existence publique. Un passage vers les responsabilités, nous a-t-on appris à l'école. On devient détenteur d'un livret rouge à la couverture étoilée, on le présente au camarade policier lorsqu'il nous demande qui nous sommes.

Qui nous sommes ? À la question posée, tu ne réponds pas, tu te tais : pour savoir qui nous sommes, il y a les papiers.

J'étais assez contente à l'idée d'obtenir bientôt mon livret d'identité, j'allais être moi, officiellement. L'école se chargeait de tout. Elle organisait la remise officielle des papiers à la salle communale ou à la mairie, en automne et au printemps. Pour moi, la séance du printemps tombait à pic.

Je pensais que le plus difficile serait de réussir les photos d'identité. Il en fallait quatre, en noir et blanc, avec des dimensions précises. Elles nous ont pris un temps fou, chez le photographe en ville, et coûté horriblement cher parce qu'il fallait les faire et refaire plusieurs fois. Il y avait toujours une mèche ou une ombre qui n'allait pas. Olga me coiffait et me recoiffait, sans résultat, mais ça valait largement tous ces fous rires. Il fallait fournir aussi des justificatifs de domicile et plein d'autres papiers, et une somme modique pour la fabrication du livret.

C'est avec l'acte de naissance que cette histoire de livret rouge ne m'a plus plu du tout. Mais pas moyen de l'éviter, c'est obligatoire.

La ligne intitulée *nom du père* est vide. Chez moi, elle est vide, la ligne est blanche.

Piqûre de rappel, je ne suis pas comme les autres.

Je m'en fous, de porter le nom de jeune fille de ma mère, de ma grand-mère et de mon arrière-grand-mère. J'en suis même fière. Mais dehors, avoir un vide sur un acte de naissance ça pèse. Mon vide n'est pas passé inaperçu. La camarade prof principale, une vieille fille, à cheval sur je ne sais quel principe, ne s'est pas gênée devant toute la classe.

— Eva, notre Eva... bien sûr, il y a toujours quelque chose de spécial avec toi, n'est-ce pas ?

— Mais, camarade, je ne demande qu'à être comme tout le monde.

Elle continuait :

— Il faut remédier à ça, Eva.

— Je n'y suis pour rien, camarade professeur, ça s'est passé avant moi vous savez, avant ma naissance, ai-je répondu toute doucereuse.

— Impertinente ! Ton carnet !

— Avec plaisir.

Je bouillonnais à l'intérieur et elle le savait.

Ma mère allait une fois de plus être obligée de

venir à l'école s'expliquer, elle serait encore désolée et rongerait son pouce le soir.

Au fond de moi, je ne sais pas si j'aurais tellement aimé rentrer dans le cadre de la normalité. La normalité, c'est ce qu'on nous assène dès notre plus tendre enfance. Pas d'écart, pas de fantaisie, pas de différence, ni plus haut, ni plus bas, ne pas sortir du rang, ne pas être remarquable, ni remarqué, être effacé. D'ailleurs, on en a fait une idéologie, de la normalisation. Ça présuppose que l'on sait ce qui est normal et que l'on tend vers cela. En gros, c'est penser, vouloir, dire et vivre tous la même chose. Du moins en apparence. Oui, s'effacer, et là, paradoxalement, on peut commencer à exister soi-même, secrètement, en catimini ; avoir une vie clandestine.

Moi, je ne rentre pas dans le moule, j'ai une tache de naissance, une ligne blanche depuis des générations. C'est ça être moi, être de la lignée blanche, ne pas être normale. Je crois que ça me convient, en dépit de la prof et du reste du monde.

Finalement, j'ai reçu mon livret d'identité.

Nous étions tous rassemblés dans la sinistre salle municipale. Le son se perdait sous les hauteurs du plafond, les sièges étaient si inconfortables qu'on n'avait qu'un seul souhait, rester debout. Ou s'enfuir vite, et loin.

L'unique point lumineux, cet après-midi-là, était les drapeaux. Derrière l'estrade, pour habiller le mur du fond sans enduit, on avait tendu un grand tissu gris, sur lequel, suivant les occasions et le thème du programme, on attachait des banderoles célébrant la gloire du pays et du peuple. Ce jour-là, nous avons eu droit aux deux drapeaux, le national et l'autre, rouge avec le marteau et la faucille. Mal attachés, ils s'étaient affaissés et entremêlés dans une forme assez voluptueuse. C'était bon de voir que même les choses les plus connotées pouvaient échapper à leur signification et inventer une beauté imprévisible.

L'un des camarades profs nous appelait sur le podium un par un en braillant « Camarade citoyen x... ». Cet appel systématique et froid ne correspondait en rien à ce conciliabule de drapeaux en liberté malgré eux. J'étais si absorbée à les observer qu'il a dû crier mon nom deux fois.

Comme un troupeau de moutons en pleine séance de marquage au fer rouge, on montait un par un sur le podium, puis le camarade maire nous remettait le livret en nous secouant la main à nous l'arracher. Une tape sur l'épaule et au suivant.

— Encore à se faire remarquer, n'est-ce pas ? a sifflé la prof principale dans mon oreille en me serrant la main bien fort.

Son regard noir m'accompagnait toujours quand je descendis du podium alors que je venais d'être solennellement promue camarade citoyenne et que j'étais devenue l'heureuse propriétaire de mes très officiels papiers d'identité.

Machinalement, j'ai feuilleté le livret. La photo

d'identité se trouvait en deuxième page, j'avais un sourire béat, des cheveux blonds et fins, les plus courts de ma classe, en brosse même. On ne voyait que mes yeux.

J'ai vomi avant d'arriver à ma place.

« Idiote, boudeuse, sauvage, et même irresponsable » : mon père n'a pas été content le soir à la maison. Il m'a balancé sa colère si fort que j'ai pensé qu'il aurait voulu que ses mots soient des cailloux.

Il m'en veut d'attirer l'attention sur moi, comme s'il ne voulait rien avoir à faire avec ma lignée blanche. Je ne sais toujours pas pourquoi, mais il a tout de même épousé maman.

J'ai refusé le passeport. Je préfère ne pas voyager à l'étranger plutôt que subir encore une fois la procédure d'obtention des papiers auprès des fonctionnaires de la mairie et de la police, qu'être une nouvelle fois l'objet de remarques et de questionnements. De toute façon, ce serait pour aller où ? À Moscou ? Pour le peu que je sache, là où on peut voyager, je ne veux pas y aller, et le reste du monde nous est proscrit. Alors sans passeport, c'est plus franc, pas de voyage du tout.

En plus, mon père n'est pas prêt à mettre son nom sur la ligne vide, il n'explique rien, ne s'excuse pas. Ma mère, la bouche pleine de son pouce, à part répéter qu'elle est désolée, ne dit rien. Je ne leur parle pas non plus.

On se croise, on se regarde et on ne se voit

pas, on ne se connaît pas. Parfois, j'ai l'impression qu'ils sont surpris de me voir là, qu'ils se demandent d'où je viens. Je me dis que je leur fais peur.

Comme le jour où j'ai refusé d'entrer chez les Pionniers. J'ai été tellement déçue par les Étincelles que je ne voyais pas pourquoi je devrais continuer dans cette organisation. Je ne voulais pas chanter les chants révolutionnaires ni réciter les poésies révolutionnaires dans les camps d'été révolutionnaires, où on apprenait à survivre dans la nature. Je ne voulais pas lire et faire un exposé devant les autres des livres imposés, parce qu'ils n'avaient rien de magique comme les romans à la maison. Le foulard rouge m'étranglait et le bleu de la chemise et de la jupe me déplaisait. Sans le vouloir, dans notre école, j'ai été la première à refuser la carte de Pionnier. On cherchait dans le règlement si j'avais le droit de ne pas en faire partie. L'autre grand-mère, côté papa, était dans tous ses états, se lamentait, disait que je me coupais de toute possibilité d'une belle carrière, questionnait tout le monde et personne à la fois sur ce que j'allais devenir et ce que la famille allait devenir avec toutes mes extravagances. Après ça, refuser le passeport était presque de la rigolade. De l'extérieur, ça pouvait passer pour une punition infligée par ma famille pour mon refus d'entrer chez les Pionniers, ce qui consolait l'autre grand-mère.

Sans passeport, pas de vacances avec mes

parents, mon frère et ma sœur en Allemagne, au bord de la Baltique.

Voir la mer Baltique ? Aucun regret, même au mois d'août.

Voir la mer, est-ce que j'aurais aimé voir la mer ? Je ne la verrai probablement jamais – je veux dire pour de vrai. Quelle idée de naître dans un pays sans mer.

La carte routière de l'Europe est entièrement dépliée par terre dans la cuisine des mamies. Mon doigt suit le contour du continent, plonge dans le bleu, une frontière lointaine, inconnue. C'est étrange d'envisager la mer en tant que frontière.

On marche, on marche sur la terre ferme, et soudain l'eau monte jusqu'aux chevilles, les mollets sont mouillés, les genoux, les cuisses, puis là, au niveau du sexe, qu'est-ce que ça fait froid. On se met sur la pointe des pieds pour retarder le moment où l'eau couvre tout le bas du ventre, et voilà, le nombril est sous l'eau, on soulève les bras et avec des mouvements plutôt ridicules on essaie de garder l'équilibre ; les pieds avancent, tâtent le fond qui va en s'enfonçant et nous mène vers les profondeurs. Voilà que nous sommes obligés de mettre les coudes dans l'eau, les seins, le cou, le menton, l'eau a un goût salé. Ah ! ça ne doit pas être très bon. L'eau salée doit piquer le nez et les yeux, non ? On ne respire plus, absorbé, avalé, englouti... La frontière avec la mer est gourmande, boulimique, sans fond, sans limites.

Une frontière peut-elle être sans limites tout en étant elle-même la limite ?

Le doigt refait un tour sur la carte, et encore une fois j'essaie d'imaginer l'eau au goût salé ; c'est difficile.

Dans la plus grande casserole des mamies, j'ai versé tout le paquet de sel que j'ai trouvé dans le placard. La grande cuillère en bois tourne, aide le sel à fondre lentement. Je lèche la cuillère, c'est bien salé. Trop salé ou pas assez ? Comment savoir ? Est-ce que toutes les mers et les océans ont le même goût ? Mamie Magdina m'a confié que dans ses souvenirs, selon le pré où elles broutaient, le lait des vaches n'avait pas le même goût. Depuis que les vaches sont parquées comme des voitures dans d'immenses étables mal entretenues, le lait ne ressemble plus à du lait, sauf la couleur, c'est toujours blanc. Alors il est tout à fait possible que les différentes mers soient plus ou moins salées, plus ou moins poivrées, épicées...

Ça me plaît bien, de penser qu'il y a des mers aux goûts variés.

Aspirer profondément, retenir un maximum d'air, un, deux, trois : je plonge la tête dans la casserole.

Je compte jusqu'à dix, pour en profiter : un, deux... je ne ferais pas ça tous les jours, il faudrait beaucoup de sel... et nous n'aurions pas assez d'argent... cinq, six, sept... l'eau, partout dans le nez, la bouche, les oreilles ; j'ouvre les yeux, ça pique, ah oui!... neuf, dix... je sors vite la tête, je crache de l'eau, à tâtons je cherche la serviette que j'ai posée à côté de moi pour m'essuyer le visage.

Mamie Marie est entrée dans la pièce.

— Tu fais quoi ?

— Je fais la mer, pour voir, pour goûter.

Je bafouille dans la serviette, l'eau dégouline de mes cheveux courts, coule sur ma nuque, mon dos, imprègne le tee-shirt aussi bien devant que derrière.

— Et ?

— C'est salé. Je ne suis pas sûre d'avoir mis assez de sel. Ou possible que j'en ai trop mis. C'est compliqué.

— Oui, on ne sait pas.

Mamie Marie s'agenouille à mes côtés et immerge sa tête dans la casserole elle aussi. Elle reste plongée bien au-delà de mon compte de dix.

J'essuie son visage avec la serviette, elle lèche ses lèvres et hoche la tête.

— C'est une mer parfaite, affirme-t-elle.

— Ah bon ? T'es sûre ? C'est que je voulais bien faire.

Elle esquisse un sourire malicieux.

— Absolument.

Elle le dit avec une telle assurance.

— Comment tu peux savoir ?

Elle plante son doigt sur une ville au bord du bleu.

Je lis « Istria ».

— Oui, Istria. J'y ai goûté la mer. Et qui a goûté une fois la mer ne l'oublie jamais, crois-moi.

Alors là, je suis sidérée.

— Mamie Marie, t'as vu la mer ? Pour de vrai ? Quand ? C'est comment ? Avec qui ? Tu y as été longtemps ? Raconte !

Je lui tiens la main, je la bois des yeux. Ses cheveux, d'habitude cachés sous le foulard, sont mouillés par l'eau salée ; ça lui donne une allure inconnue et neuve, jeune. Je lui dis ça et elle rigole d'un rire tout aussi jeune.

— Il y a très très longtemps, avant la naissance de Magdalena, j'ai passé un mois exquis au bord de la mer. D'ailleurs, je me demande si ce temps a vraiment existé, on croyait tout possible. On voyageait, on pensait le monde guéri de tous ses maux, c'était après la Grande Guerre. On ne pouvait pas envisager pire. On se trompait, on a juste eu droit à quelques années de répit.

Mon arrière-grand-mère me narre l'histoire d'une petite voix, juste pour mon oreille à moi.

Nous sommes sur la plage ; derrière nous, la terre, les montagnes, les plaines, les maisons, devant nous, la mer, l'infini. En fermant les yeux j'y suis, avec cette jeune femme blonde accompagnée par un docteur chez qui elle travaillait.

Elle me décrit les odeurs avec une grande précision, ainsi que les fleurs flamboyantes ; je savoure les mets raffinés, je bois les vins rares, je suis bercée par la respiration de la mer. C'est un vrai conte de fées et je crois qu'il est vrai ; je la crois, ma mamie Marie, elle ne me mentirait pas, pas aujourd'hui, pas avec ces yeux qu'elle a, des yeux de jeune femme immortelle.

Elle raconte et elle est tout autre. Elle qui ne s'assoit jamais autrement que sur la pointe des fesses, effleurant à peine le siège, elle est à présent assise par terre, à pleines fesses, dans la cuisine, à côté de moi, adossée contre le placard, détendue, jambes allongées. Elle incline la tête en arrière, comme si elle cherchait le soleil.

— Chaque enfant que j'ai aidé à naître est une des vagues de la mer. Les eaux que les femmes perdent à la naissance sont salées, tu sais, la mer et la mère sont si intimement liées. Oui, chaque naissance me rappelle la mer, la lumière du Sud, l'odeur de l'amour. Chacune de vous, mes filles, porte en elle un brin de soleil. Je me demande pourquoi je ne vous ai jamais dit ça avant. On pense que ce qui est évident pour soi l'est aussi pour les autres, que c'est inutile à dire. Tu vois, ma petite, on ne sait rien. On cesse d'être innocent et ignorant quand on s'aperçoit qu'on ne sait rien. Et c'est déjà trop tard.

La voix de mamie Marie est douce et calme, pleine de ce soleil que je ne verrai pas mais qui embrasse ma peau, la réchauffe. Elle me caresse, si je me laisse distraire elle va m'endormir, et c'est ce qu'elle veut, cette nouvelle voix de mamie Marie, m'amener dans le pays des songes légers, m'égarer. Je la suis, aveugle, sourde au reste du monde, envoûtée. Les mots se déposent quelque part dans un coin de ma mémoire, j'espère qu'ils s'y accrochent bien.

Avoir goûté la mer avec mamie Marie vaut tous les océans du monde. Je n'ai plus besoin d'aller nulle part pour les voir. Chercher à y aller, ce serait trahir cet après-midi précieux passé à la plage.

Nous nous mettons à étudier la carte dépliée par terre.

Cette frontière entre la terre ferme et le flou liquide, ce n'est pas simple. Le combat est omniprésent, lisible sur la carte. Parfois, la limite est sinueuse, par endroits presque parfaitement droite, impossible de dire qui gagne. Est-ce la terre qui résiste, est-ce l'eau qui recule et avance et recule et grignote, et reprend l'avantage? Quelques côtes sont si tarabiscotées qu'on pourrait croire en une conversation sans fin, une chamaillerie, cordiale ou violente, selon les formes des entailles du bleu dans la terre. Et nous, avec mamie Marie, nous sommes assises au milieu de cette carte, si loin de toutes limites; nous sommes sur une île, la tête dans une casserole d'eau salée, un mirage. La terre ferme n'existe plus, ne reste que la mer et nous deux…

Mes parents, mon petit frère et ma petite sœur sont revenus absolument enchantés de leurs deux semaines passées au bord de la Baltique, de leur séjour dans un camping aux milliers de tentes, aux milliers de familles semblables à la mienne. Là-bas, ils ont rencontré de vrais Allemands. Des étrangers de chez nous qui vivent là-bas, à l'étranger chez eux, dit ma petite sœur.

Elle a raison, ça doit être différent de quand on les rencontre ici. Ils sont étrangers chez nous, et quand on est chez eux ils sont toujours étrangers pour nous, mais autrement, puisqu'ils sont chez eux. Ces derniers temps, on voit de plus en plus de voitures allemandes ; sans doute se sont-elles perdues dans notre campagne, sinon, je ne vois pas ce qu'elles viendraient faire ici. Les Allemands traversent le village d'un bout à l'autre, et quand ils arrivent à la fin de la route, ils font demi-tour et repartent. Mamie Magdina dit que depuis 1968 tous les panneaux n'ont pas encore été remis en place en amont du village. Aux gens du coin, ça ne manque pas, aux Allemands sûrement.

Moi, j'ai passé les vacances chez mes grand-mères. Et chez elle. Chez *Madame*, ma prof de français. J'adore dire : « *Madame le professeur de français.* » C'est magique. Je voyage rien qu'à écouter cette langue. Pas besoin de passeport.

Et en plus, c'est un secret.

Aujourd'hui, j'ai Madame pour moi toute seule. Olga, en dernière année à l'école d'infirmière, est de service ce week-end à l'hôpital.

Nous avons fait connaissance avec Madame il y a peu.

À force de fouiner autour de l'ancienne maison de mon père, la mystérieuse voisine a fini non seulement par nous voir, mais aussi par nous parler. La première fois, Olga voulait fuir, pas moi.

Cette femme m'intriguait, elle habitait tout de même une maison peu commune, celle où avait grandi mon père. Mais, une fois plantée devant elle, je ne savais pas quoi dire. Heureusement, elle, elle savait.

— Entrez donc. Depuis le temps que vous tournez autour de chez moi. Vous êtes les seules à ne pas dissimuler votre curiosité.

— Merci, on a dit à l'unisson avec Olga, et on a franchi le seuil de la maison.

Dans le couloir très sombre, il n'y avait que deux portes. L'une à gauche, l'autre en face, à droite. Celle-là était sans poignée, grise de poussière ; derrière elle, l'ancienne vie de papa.

La lumière perçait timidement dans le couloir par la porte de gauche. La dame nous a invitées à entrer. On a pénétré dans un autre monde, fabuleux et ineffable, je ne me doutais pas qu'une telle chose pouvait exister.

Les deux pièces que la dame occupait débordaient de livres, si bien que pour nous asseoir il fallait libérer les deux chaises en construisant de nouvelles piles de livres sous la fenêtre, après avoir poussé de nombreuses autres pour faire de la place. Ça valait plusieurs bibliothèques municipales.

Olga a demandé :

— Vous les avez tous lus ?

— Certains même plusieurs fois.

Elle ne mentait pas. Tous ces livres étaient très

vivants, beaucoup portaient des traces de main. Les couvertures étaient fatiguées sur les bords, les coins des pages cornés, quelques-uns s'ouvraient tout seuls sur les passages lus et relus. Les rideaux tamisaient la lumière, une légère poussière flottait dedans. La poussière des livres était différente de toutes les autres poussières, plus douce, plus fine aussi ; oui, je trouvais que la poussière ici devait avoir une belle vie. Elle était partout, mais pas trop. Exactement ce qu'il fallait pour tenir compagnie aux héros de tous ces bouquins. Je me suis tout de suite sentie très bien chez cette dame, pourtant j'ai demandé :

— Pourquoi vous nous avez fait entrer, Madame ?

Elle a souri :

— Et pourquoi pas ? Je ne reçois jamais de visites.

— Vraiment jamais ?

Olga m'a filé un coup de coude dans les côtes ; je n'ai pas compris pourquoi, c'était une bonne question.

La dame gardait le sourire, elle n'a pas répondu. Pas directement.

— Vous pouvez raconter ce que vous voudrez sur moi ou sur mon intérieur, personne ne vous croira. Ce que vous verrez ici n'a pas d'importance puisque tout le monde s'est déjà fait une opinion et croit savoir ce qui se passe ici.

Encouragée, j'ai continué :

— Vous vivez toute seule ? Ce n'est pas triste ? Vous ne vous ennuyez pas ?

— Comment être seule en cette excellente compagnie ?

Elle a fait un très beau geste qui a embrassé tous les livres à la fois.

— À part eux, il est vrai que depuis la disparition de Petrik, je ne vois personne d'ici. Il me manque beaucoup. Il aimait la poésie.

— La poésie ?

Que quelqu'un au village puisse s'intéresser à la poésie semblait difficile à croire.

— Oui, on a perdu avec lui un vrai poète. Mais il souffrait profondément.

— Il était malade ?

L'infirmière Olga est très intéressée par les maladies.

— Pas exactement. Son âme était sensible, il était lucide, et malheureux. La poésie l'aidait à vivre.

Moi, je restais dubitative.

— La poésie ?

— La poésie c'est souffrir avec élégance, ce qui rend notre propre souffrance non seulement supportable mais belle, a dit la dame avec chaleur et émotion.

— Il est mort ?

— Oui. La vie lui était devenue trop lourde. Il n'avait plus la force de garder son âme cristalline tournée vers les étoiles, elle a éclaté en tombant dans la réalité. 1968 a été une année particulièrement dure pour les poètes.

C'était à mon tour de poser une question :

— C'était qui ce Petrik ?

— Ton oncle, Eva, le petit frère de ton papa.

Olga a éclaté de rire comme une idiote, c'était nerveux. Moi, je suis restée bouche bée. Papa avait un frère ? Un poète en plus, absurde !

En fermant les yeux, j'ai essayé de me représenter le petit frère de papa, un autre Antonin. Jeune ? Beau ? Fragile ? Poète ? À quoi ressemble un poète ? Surtout pas à mon père ! J'étais désarçonnée. Jamais un garçon comme ça n'avait figuré sur une photo de famille. Jamais on n'avait fait allusion à lui dans une conversation. Rien, rien, rien. C'est pour cela que les parents de papa ont déménagé ? On pouvait éliminer quelqu'un si facilement que ça de sa vie ? De la vie des autres aussi ? Si la dame ne nous avait pas parlé de lui, il serait totalement mort, et il serait mort le jour de sa mort à elle, définitivement, irrémédiablement. Pour la première fois, j'ai ressenti physiquement le poids de la mémoire. De gros frissons m'ont parcourue de la tête aux pieds.

La dame a ensuite déclaré qu'elle ne savait pas grand-chose sur nous et notre famille. Ce « pas grand-chose » était bien plus que ce que je savais moi. J'avais soif, je voulais tout apprendre.

— Il ressemblait à papa ? Vous avez une photo ? Il était comment ?

— Ils étaient très différents. Ce qu'ils avaient en commun, c'était leur amour pour Liba. Petrik l'aimait tel un chevalier du temps des grands troubadours français, c'était un amour sans concession, infini. Et il a aimé le français. Il venait chez moi pour l'apprendre.

J'allais de l'étonnement à la colère, puis à l'incompréhension.

L'heure avançait, il fallait partir.

La dame était professeur de français, mais elle avait dû renoncer à son poste à l'université de Prague pour venir exercer le métier d'institutrice dans la ville voisine, nous avait-elle confessé. Alors j'ai saisi l'occasion.

— On viendra aussi apprendre le français, j'aime le français, c'est ça, j'aime le français ! On peut ? Dites oui, s'il vous plaît.

Je parlais à toute vitesse.

— Tu n'as jamais entendu parler français ? a lancé Olga surprise.

— Si, si, bien sûr que si. Chez une copine, il y avait un film en français, tu n'y étais pas, t'es pas au courant de tout.

Cette fois-ci, c'est moi qui ai donné un coup de coude dans les côtes d'Olga. De trois ans mon aînée, elle ne percevait pas que c'était vital pour moi de revoir la voisine de mon père. Et très très vite.

Avec Olga, nous venons maintenant en cachette de notre famille prendre des cours de français chez Madame Gabriela.

10

— On reprend, Eva ? Eva ?
La voix de Madame Gabriela me ramène à la réalité. En dépit des grosses chaleurs estivales, nous continuons nos leçons à l'intérieur pour ne pas être découvertes. Ça fait deux ans que nous apprenons le français.
— Oui, oui, bien sûr...
Mes pensées papillonnent. Entourée de tous ces livres, je me sens, je ne sais pas comment dire... En tout cas, c'est une vraie bouffée d'air, ces leçons secrètes. Avec Olga, grâce à ces cours nous nous sommes rapprochées, même si, ayant terminé ses études d'infirmière, elle travaille maintenant à temps plein à l'hôpital. Du coup, certains samedis et dimanches, je prends les cours toute seule. Je ne peux pas m'absenter trop longtemps, les mamies se demandent où je traîne, je leur manque, je n'aide pas à la maison, au jardin, je ne brode pas, je ne fais pas mes devoirs. Je ne travaille pas.
Voilà toute l'affaire, je ne travaille pas. Que ça

soit chez les mamies ou à la maison, à l'école, partout, on n'entend que ça : travailler, il faut travailler, pour soi, pour les autres, pour que la vie avance. Je suis sûre que la vie avancerait très bien sans mon travail. Elle n'en a que faire de mon travail la vie, et puis c'est quoi, la vie ?

J'espère que la vie ne se résume pas au travail.

La vie peut être aussi un après-midi à la plage, un lointain souvenir, nous ne sommes jamais retournées au bord de la mer autour de la casserole avec mamie Marie. Dommage.

Parfois, en l'épiant, je cherche cette jeune femme mystérieuse, belle, se baladant sur la plage avec un monsieur, bras dessus, bras dessous, un chapeau de paille sur la tête, le soleil est fort, on est dans le Sud, la mer chaude clapote gentiment, au large on devine les îles, dispersées telles les perles d'un collier oublié par une déesse frivole.

Les îles, comment est-ce de vivre sur une île ?

Là-dessus, j'ai une idée. Mon île à moi, un îlot très particulier, un espace sans travail, le seul au monde que je pratique, une île où rien n'est obligatoire, tout à fait à part, c'est les deux pièces de Madame Gabriela.

Je ne sais pas comment elle se débrouille pour ne jamais prononcer le mot « travail ».

L'après-midi, elle nous sert le thé dans un service en porcelaine, la théière est assortie aux tasses et aux soucoupes décorées. Sur la table, elle dispose les assiettes avec les petites cuillères et les lourds couteaux. Ils sont en argent il me semble. On ne voit des couverts aussi beaux qu'au musée ou dans les films historiques. À les toucher, je me sens quelqu'un d'extraordinaire. La main a un autre port qu'avec les couverts en alu de la cantine du lycée, ou même avec ceux de la maison. Je ne m'affale pas à table chez Madame Gabriela. Ici, je me tiens droite et personne n'est obligé de me répéter mille fois de me redresser. Et ici, je prends la cuillère avec la main que je veux. Je regarde Madame Gabriela dans les yeux quand je lui parle et elle fait de même quand elle me parle, parce que nous nous parlons vraiment, nous conversons.

Madame Gabriela ne donne jamais d'ordre, ne crie pas, attend patiemment que je prépare mes phrases, corrige mes fautes sans me tourner en ridicule. Je répète, elle recorrige, me répond, me donne un texte à lire, à relire, puis c'est elle qui le lit, je relis, on le traduit, dans un sens ou dans l'autre, en se regardant dans les yeux.

Non, je ne travaille pas chez Madame Gabriela, même si je suis épuisée à la fin du cours. Impossible de partager ça avec qui que ce soit, on ne me croirait pas. Des fois, nous pensons avec Olga que nous volons quelque chose à quelqu'un. C'est un curieux sentiment de culpabilité que de prendre le thé, d'apprendre le français. De temps en temps, ma gorge se serre, je ne sais pas pourquoi. Difficile de savoir si ça tient à son regard, au français, à la présence de tous ces livres, au service à thé, aux confitures.

Les confitures ne sont pas servies directement dans des pots posés sur la table, mais dans de jolies coupelles au bord desquelles Madame Gabriela a disposé ces petites cuillères fines. Tout cela fait de chaque leçon une fête. Ses confitures sont presque aussi bonnes que celles des mamies. Le pain aussi. Elle le grille, et le beurre. Le beurre fond sur le pain chaud, le rend craquant et moelleux à la fois.

Mes doigts se promènent mécaniquement sur le dos d'un livre et dessinent des formes énigmatiques dans la poussière qui s'est logée dans les pores de la couverture, veloutée comme la peau.

— Eva, tu n'es pas là aujourd'hui. Eva ?
— Désolée, je suis distraite.
— *En français, tu peux le dire en français ?*

Je fais «non» de la tête, pas de français aujourd'hui. C'est un après-midi lent, et même pire, paresseux. Je suis paresseuse, vidée.

— Je voudrais juste prendre du thé, des tartines avec de la confiture, et c'est tout. Est-ce possible ?
— *Bien sûr*, dit-elle en français.

Sa délicatesse me touche, son silence est déjà de la conversation.

Le thé est bu, les tartines mangées, les cuillères dans les coupelles de confiture sont mises n'importe comment, c'est la fin du goûter.

— Si tu veux, Eva, on va regarder ton sac de voyage.
— D'accord. Je soupire, sans conviction.

Mes parents sont partis de nouveau il y a deux semaines en Allemagne, au bord de la mer. C'est devenu une tradition. D'après mamie Marie, cette mer est froide et de couleur marron. Je n'ai donc pas tellement de regrets, et eux, ils sont bien contents d'être sans moi. En définitive, mon père trouve que pour une fois mon obstination à refuser le passeport a du bon.

Pour nous faire bouger également, au moins en théorie, Madame Gabriela nous a proposé d'étudier le vocabulaire du voyage. Chacune de nous a apporté la semaine dernière un sac à dos plein de choses dont on aurait besoin pour une expédition vers une destination inconnue. C'est juste pour l'exercice, on ne va nulle part.

J'ai mis dans le sac plusieurs pulls, quelques sous-vêtements et deux paires de chaussettes, une nouvelle brosse à dents, un tube de dentifrice, un peigne. Celui-là, il est pour Olga, elle en a besoin pour ses cheveux bruns, épais, drus. Les miens sont toujours courts. En préparant les sacs en douce chez les mamies, Olga avait ajouté dans le mien une boîte à pharmacie, une vraie professionnelle de santé.

Je peine à ouvrir le sac, je le laisse par terre, sous la table.

— Qu'est-ce qu'il t'arrive, Eva ? Je vois bien que tu n'as pas ton énergie habituelle.

— Mes parents reviennent cet après-midi du bord de mer, ça ne m'enchante pas.

— Ce n'est pas tout n'est-ce pas ?

Madame Gabriela n'est pas dupe, j'hésite à poursuivre, il s'agit d'Olga.

— Vous avez raison. Je ne sais pas quoi penser

d'Olga. Elle est bizarre ces derniers temps, elle ne me raconte plus rien. J'ai peur d'avoir fait quelque chose de mal.

Madame Gabriela sourit gentiment.

— Tu as dix-sept ans, Eva. Tu ne passeras pas toute ta vie avec Olga.

Ah, ben merci, ça, je le sais. Je ne suis pas idiote à ce point-là. Je suis un peu offusquée.

— Je crois qu'Olga est amoureuse, continue-t-elle.

— Et alors? Elle peut me le dire, non? Je ne vais pas être jalouse de son petit ami.

— Toutes les amours ne se racontent pas. C'est à elle de choisir ce qu'elle te dira et ce qu'elle taira.

— Quand même, elle n'est plus la même.

Je sais que j'ai raison.

Olga est distante, irritée, travaille trop, rigole moins, a les traits tirés. Elle a maigri. Il n'est pas beau son amour, s'il s'agit bien d'un amour.

— Ce n'est pas comme ça que je voyais Olga amoureuse.

— Et comment donc la voyais-tu?

— Joyeuse, avec les joues roses, à se trémousser, avec l'œil qui pétille, exubérante.

Je me trémousse. Avec Madame Gabriela nous éclatons de rire.

— C'est sûr, un tel amour aurait été magnifique. Il y a des romans pour ça, dans la vie, ça se passe autrement.

— Ah non, pas vous. Vous n'allez pas me faire de discours sur la vie. Je n'entends que ça à l'école, à la maison, que cette vie est dure, comment je dois faire ceci ou cela, et courber le dos, et m'adapter, me taire, et pour qui je me prends !

Elle sourit encore.

— Tu voudrais vivre ta vie sans compromis ? Je ne sais même pas si je te le souhaite, il n'y a pas plus difficile que ça.

Elle rit franchement.

Je ne sais pas encore quelle vie je veux. Je me sens à côté de ma vie, comme si ce n'était pas la mienne, mais une qu'on aurait choisie pour moi. Tous les adultes m'agacent, sauf mes mamies, évidemment elles sont à part. Et aussi Madame Gabriela, elle est à part, même si pour la première fois je sens chez elle comme un léger accent de moquerie.

Le livre sur lequel je dessine avec mon doigt est un roman sur la vie du poète François Villon. On en avait parlé à l'école.

— Et lui ? Il a vécu sa vie sans compromis ?

— Je ne saurais pas te dire, pas sans embûches en tout cas. Son art l'a sauvé de l'oubli ; sans son génie il aurait été probablement un simple brigand parmi d'autres.

— Il faut être génial pour pouvoir vivre sans compromis ?

— Non, pas forcément. Mais le génie oblige à une vie sans compromis.

C'est peut-être enfin le bon moment de parler du sujet qui m'intéresse véritablement et que

Madame Gabriela évite avec ce fameux génie depuis deux ans : parler de ma famille.

— Et Petrik? C'était aussi un poète? Il vivait sans compromis?

— Il est mort sans compromis.

Silence. Je recommence.

— Et en quoi il ressemblait à papa?

— Petrik, mis à part l'amour pour ta mère, en rien du tout. Tu ne sais pas?

— Quoi?

— Ils ne pouvaient pas se ressembler, ils n'étaient pas de vrais frères, ils avaient été adoptés tous les deux.

— Adoptés? Comment ça «adoptés»? Mon père, adopté?

J'ai besoin de quelques secondes pour digérer la nouvelle. Puis :

— L'autre grand-mère n'est pas ma grand-mère ; ah, c'est génial.

Je pique un fou rire. Madame Gabriela rit également.

— Aucun risque qu'elle soit de ta famille. Cette femme n'est pourtant pas si mauvaise. Elle a adopté Antonin pour qu'il puisse faire des études. Avec le nom qu'il portait, et vu son origine familiale, jamais on ne l'aurait admis dans une université.

Mon rire s'interrompt. Ce qu'elle me dit est trop énorme.

— Pourquoi? Pourquoi ça?

Madame Gabriela s'est assise plus près de moi.

— Il y a des noms qui ferment bien des portes, il fallait trouver une parade. Beaucoup de familles, d'industriels, de bourgeois, d'intellectuels, ont choisi de quitter le pays ou ont été obligés de le fuir, en 48, puis en 68 ou 69, avant la fermeture des frontières. Mais beaucoup de ces familles ont tout de même choisi de rester, par amour de ce pays, par impossibilité de vivre ailleurs, enfin pour un tas de raisons différentes. Toutefois leur avenir et celui de leurs enfants, même de ceux qui n'étaient pas encore nés, étaient scellés, bouchés si tu veux. C'était une sorte de malédiction jusqu'à la septième génération, comme dans l'histoire des rois maudits. Mais on ne peut pas ficher en l'air l'avenir d'un enfant à cause du nom de ses parents, n'est-ce pas ? La famille adoptive d'Antonin a déménagé ici à la fin des années cinquante, ils venaient de Prague. Lui, il a été adopté tout bébé, il ne se souvient pas de ses parents. De rien, je crois, j'en suis sûre.

On pourrait entendre voler une mouche, tomber une aiguille, passer une pensée dans ma tête, s'il y en avait une. Qu'est-ce qu'elle veut me dire, Madame Gabriela ?

— Tu veux vivre sans compromis, je te montre que ce n'est pas simple. Antonin ne devait rien savoir sur sa famille, il fallait le protéger, il faut le protéger, encore aujourd'hui.

Elle prend ma main dans la sienne. C'est la première fois qu'elle me touche. Elle est brûlante.

Oui, qu'est-ce qu'elle veut me dire ? La lenteur de l'après-midi a vite disparu. J'attends la suite.

Mais elle ne veut pas continuer.

— Tu es intelligente, tu comprends vite, pour aujourd'hui, ça ira.

— Non, non ! Comment ça, « ça ira » ? S'il vous plaît, vous savez d'autres choses ?

Je ne l'ai pas lâchée. Je l'ai cuisinée, j'ai insisté, je l'ai harcelée, je l'ai suppliée et elle a fini par prononcer le prénom de ma mère.

Qu'est-ce qu'elle a, ma mère ?

Madame Gabriela ne dormait pas cette nuit-là, comme les nuits précédentes et les nuits suivantes, son sommeil avait été emporté par les chars russes qui envahissaient le pays en 68. Toujours dans l'ombre, elle était témoin sans le vouloir d'une nuit particulière.

Elle murmure des bribes d'une nuit de mois d'août, la nuit de toutes les peurs, une nuit de pleurs, une nuit de mensonges, une nuit d'espoirs perdus, la nuit de toutes les rumeurs possibles aussi, des rumeurs sur des viols et sur des cris d'amour, de soldats russes égarés et sacrifiés par leur propre armée, la nuit de la mort de Petrik et de ma conception. Mais par qui ?

Je cours à la maison. Vite. Je suis une cocotte-minute qui va exploser d'un moment à l'autre. Il faut choisir, quelle question poser en premier, la plus importante, celle qui dénouera le reste de la pelote.

Est-ce que je veux vraiment tout savoir ? Oui, oui, mille fois oui !

Je cours, je cours, le souffle me manque, je

cours quand même. Et voilà qu'il y a deux voitures devant la maison. La voiture de mes parents, de retour de leurs vacances au bord de la mer, l'autre appartient aux parents d'Antonin. Mais peut-on encore dire que ce sont ses parents ? Tout est flou. Olga est arrivée de la ville aussi, j'ai entendu le bus passer il y a peu. Tout le monde est là, dans la petite maison des mamies.

Je reprends mon souffle devant la maison, deux secondes, puis je la traverse. Autant de monde n'aurait jamais tenu dans la pièce à vivre, ils sont tous derrière dans le jardin. Ce sont les grandes embrassades, des cris de joie, on déballe les cadeaux, ils montrent leur bronzage, rigolent, papotent, c'est si gai, si heureux, une famille bucolique.

Ils sont comme un groupe d'étrangers, c'est comme si je voyais tous ces gens-là pour la première fois de ma vie. Qui sont-ils ?

Ils ne m'ont pas vue sur le seuil de la porte.

Je hurle :

— Alors c'est qui ? Qui porte des confitures à Madame Gabriela ?

Ils se sont tous tus.

— Qui porte des confitures à la mère d'Antonin ?

C'était la bonne question.

À la fin du goûter, les jolies coupelles ne contenaient plus qu'un fond de confitures, presque aussi bonnes que celles des mamies. Abasourdie par la confession de Madame Gabriela, je cherchais à sortir la tête de l'eau, à penser à autre chose, au moins quelques secondes, avant que je n'implose ou n'explose... ah, ce qu'elles étaient jolies ces coupelles, je m'accrochais à leur finesse. Quel goût auraient les confitures des mamies, conservées dans leurs bocaux sommaires et rustiques à la cave, si elles étaient servies ainsi, sur une table nappée de dentelles encore plus délicates que nos broderies ? Soudain, je réalisais que l'emballage comptait pour beaucoup.

Madame Gabriela ne pouvait pas servir les confitures dans des bocaux, dans nos bocaux, bien sûr que non. Mais plus que par souci esthétique, c'était pour garder l'anonymat de celle qui les lui offrait.

Qui ?

Une fois la question des confitures posée dans le jardin chez les mamies, la bulle à secrets explose, les bouchons sautent, les verrous se brisent. La dispute est magistrale. Tout le monde gueule plus fort que son voisin, seul le Boiteux ricane.

Petite, j'adorais écouter les chamailleries pour pêcher des informations. Là, à cause d'une question, le monde s'écroule et c'en est trop, je n'aime pas. Les voix s'entrechoquent, le ton dit tout des reproches que chacun fait à l'autre. La haine éclabousse, les pleurs des gamins n'attendrissent plus personne, l'atmosphère est saturée par des dizaines d'années de silence imposé, délétère, suffocant.

Respirer – partir.

Les deux mots avaient subitement le même sens.

Olga m'a attrapée derrière la maison quand je suis sortie, effarée par ce que cette question avait déclenché.
— C'était quoi, ça ? Tu fous la merde et tu te casses ? Qu'est-ce qui t'a pris ?
— C'est trop, je ne voulais pas ça ; pas ça.
Est-ce que je suis sincère ? Je voulais la vérité, non ? Moi qui tenais des discours sur les bienfaits du compromis, je ne résiste même pas à une dispute ?

Je raconte à Olga le goûter chez notre professeur de français. En même temps, je cherche à comprendre pourquoi tout d'un coup Madame Gabriela s'est mise à parler ?

Parce que j'ai insisté ? Pas tant que ça. Et puis, elle a su esquiver mes questions pendant deux ans.

Est-ce à cause de ce mince filet d'air qui se faufile à travers le Mur ?

On entend des rumeurs sur les Allemands de l'Est qui quittent leur pays, l'Allemagne socialiste, par la Tchécoslovaquie, pour rejoindre l'Allemagne de l'Ouest via l'Autriche. Compliqué, mais faisable. Possible. De plus en plus fréquent. Le courant de liberté de l'Ouest passe-t-il dans mon pays grâce au vent d'est ? Depuis que l'homme chauve avec sa tache sur le crâne est arrivé au pouvoir en Union soviétique, on sentait ces courants d'air là où les murs semblaient être à jamais infranchissables.

On ne sait pas si ce Gorbatchev, inhabituellement jeune et souriant pour un dirigeant soviétique, est un sauveur héroïque ou le fossoyeur, un de plus, de nos espoirs. En ce qui concerne les frontières, pour nous, elles sont restées étanches, enfin ouvertes seulement vers les pays communistes. On connaît les histoires autour des voyages en Yougoslavie. Il faut des permissions spéciales pour voir le Sud qui s'approche de l'Ouest.

Je me rappelle que le père d'Ilona devait demander plusieurs années de suite cette autorisation avant de l'obtenir. Ils ne sont jamais revenus de leur voyage, morts ou émigrés, les deux états étaient tout aussi définitifs.

Oui, deux ans de leçons de français passionnantes ; calmes, si lisses, et soudain Madame Gabriela avait ouvert les vannes, pour tout déballer. Pourquoi ?

Je ne saurai pas non plus qui lui offrait des confitures. Moi qui faisais tout pour garder le secret de nos leçons... Et pendant ce temps-là, l'une ou l'autre des mamies apportait en douce nos confitures à Madame Gabriela. À moins que ça ne soit ma mère. Ou toutes les trois, à tour de rôle ?

Non mais qu'est-ce que je suis bête, quelle bécasse !

Comment avais-je pu seulement envisager que, dans un village, les allées et venues de deux filles comme Olga et moi ne se remarqueraient pas ?

Tout le monde a joué le jeu, personne n'a rien dit. On nous a laissées nous baigner gentiment dans notre aveuglement.

C'est donc si simple ?

Que de vies basées sur le mensonge et les non-dits. Et tout ça drapé dans les beaux discours des adultes et des politiques, sur la vérité. Et ma mère, avec sa désolation. Elle est désolée de quoi ? Désolée de m'avoir menti ?

Quel crime paie-t-elle ? Un crime qu'elle a inventé ou commis ? Non, sérieusement, elle cherche à se faire pardonner ses mensonges tout en expliquant que ce n'était pas bien de mentir ? N'empêche, elle avait l'air très sincère quand elle disait être désolée et désarmée lorsqu'elle rongeait son pouce.

Et si elle cessait de le ronger, maintenant que l'abcès est crevé ?

La colère me reprend, sauf que là, je crie juste sur Olga. Impossible, elle semble ailleurs, je n'y fais pas attention.

Je reprends le cours de mes pensées confuses. Antonin ? Qui est cet homme ? Trompé ou protégé ? Les deux. Abîmé aussi. Déboussolé. Comme moi. On se ressemble, on ne l'a pas compris. Je découvre tout à coup qu'Antonin n'avait pas eu une vie facile.

Il savait qu'il était adopté mais ne connaissait pas l'identité de sa mère. Et elle était là, chaque jour à ses côtés, Madame Gabriela.

Il ne peut pas en vouloir à ses deux mères, deux femmes qui se sont, chacune à sa manière, sacrifiées dans l'espoir qu'il puisse vivre la vie qu'il souhaitait. Mais quelle vie après tout ça ? Était-ce celle-là qu'il souhaitait ? Madame Gabriela affirmait qu'il voulait partir en 68. Il ne l'a pas fait.

Petrik mort, Antonin s'était éteint. Il était rentré au Parti. Se cachait-il dedans ? Cassé, caché.

Est-ce que Libuše avouerait à Antonin tout ce qui s'est déroulé pendant la soirée et la nuit de ma conception ?

Lui se dit peut-être qu'il aurait dû être avec Petrik et pas avec Libuše. Et moi, je dois lui rappeler la mort de son frère. Est-ce pour cette raison que ma ligne « *nom du père* » reste vide ?

J'aurais aimé connaître cet autre Antonin, celui d'avant, de l'époque où les panneaux n'étaient pas tombés, les cartes géographiques redessinées, les frontières fermées et les destins brouillés. Et cette Libuše.

Madame Gabriela l'avait vue, Libuše, méconnaissable, déchirée, battue. Elle avait deviné qu'une chose terrible avait dû se produire ; Libuše devant la fenêtre d'Antonin était une femme violée qui venait se purifier, qui venait défendre son droit à vivre, et la seule issue qu'elle avait trouvée pour survivre, c'était l'innocence d'Antonin.

Madame Gabriela dans l'ombre de la maison a vu, mais elle s'est tue. La femme en elle a fait taire la mère, tout à la fois contrainte et motivée par le secret de l'adoption d'Antonin. Petrik l'a rejointe dans cette ombre, pansement sur la main. Il a murmuré que cette blessure n'était rien, que de la peau coupée, juste quelques gouttes de sang versé. Une autre blessure lui déchirait le cœur. Après avoir été soigné par la caissière, il a voulu rejoindre Liba, ses nouveaux poèmes dans sa poche... Il était arrivé trop tard. Il a vu deux batailles de corps sous le noyer, la première amoureuse, la seconde pleine de haine. Alors il a regardé avec Madame Gabriela par la fenêtre d'Antonin.

Elle a gardé le silence jusqu'à ce jour où elle s'est confiée à moi.

Troublée, je me retourne vers Olga, un peu absente.

— Tu sais, je lui ai demandé si elle en voulait à Liba, à ma mère.

— Et elle t'a dit quoi ? réagit tout de même Olga.

— Madame Gabriela m'a dit : « Quand je te regarde, je ne sais pas. Tout ça nous dépasse tellement. » Que tout ça nous dépasse, tu réalises ?

Le pire est qu'à ce moment-là j'ai apprécié sa franchise, elle m'a libérée. Tout cela n'était pas ma faute. Plus tard, à la maison, et maintenant, je me sens coupable de quelque chose. Mais de quoi ?

Olga hausse les épaules.

— Et alors ?

— Comment ça « et alors » ? T'es même pas surprise ? Tu savais ou quoi ?

Une autre trahison ?

— Je n'en savais rien, mais je m'en fous. Est-ce que j'ai le temps de penser à toi ?

Elle est étrangement triste.

— Pourquoi, Olga ? Parce que t'es amoureuse ? C'est ça tes amours ? Pour un type, tu te fous de moi ?

— Amoureuse ? Foutaise, oui ! Qu'est-ce que t'en sais de l'amour toi ? de ma vie ?

Rien. Elle a raison. Mais à qui la faute ?

— Raconte alors !

— Rien à dire. Tout est fini. C'est fini.

Elle est vraiment éteinte. Avec l'air d'une tragédienne, elle m'évite du regard.

— Arrête tes conneries, c'est quoi tout ça ?

Elle dit doucement :

— J'étais enceinte.

— Pardon ? T'étais quoi ?

— Je ne pourrai plus avoir d'enfants, ça s'est mal passé.

— Qu'est-ce que tu racontes ?

— L'avortement, je te parle de mon avortement, voilà, t'es grande, non ? Tu sais ce que ça veut dire ?

— Quoi ? Pourquoi, pourquoi ?

Cette fois-ci, c'est elle qui crie :

— Comment ça « pourquoi » ? Comment tu peux me demander « pourquoi » ? Toi !

— Je...

— Eva, tu ne vois pas ? Ça suffit, les bâtards dans cette famille.

Voilà, c'est dit. Elle l'a dit.

— Ne te fâche pas, Eva, ne te fâche pas. Ce n'est pas toi, c'est pas pour toi, vraiment, vraiment, crois-moi. C'est à cause de lui. Il est lâche, il ne divorcera jamais de sa bonne femme, il est lâche, ce grand monsieur, ce docteur respecté. Il a foiré même mon avortement ce con, débite Olga à toute vitesse.

Je l'arrête.

— C'est toi, la lâche. T'aurais dû le garder. On se serait occupées de lui. On n'a pas peur ni honte, on s'aime quoi qu'il arrive.

J'étouffe. C'est moi qu'Olga vient de tuer en avortant, moi, ma mère, ma grand-mère. Elle-même. Elle vient de se tuer.

— Regarde ça, que c'est beau la famille, un vrai feu d'artifice ! Avec une seule question, t'as tout pulvérisé. Avec une question de confitures. Ça tient à quoi la famille, hein ?

— Et moi, t'en fais quoi ?

Il faut qu'elle m'accorde le droit de vivre, merde !

— Prétentieuse. Tu crois que j'avais le temps de penser à toi ? Ou à qui que ce soit de cette famille de bâtards ? C'est à moi que je pensais, rien qu'à moi, tu m'entends ?

Sorti de sa bouche, ça fait encore plus mal. Je vois bien la détresse d'Olga, et j'essaie d'imaginer quelle épreuve elle a dû traverser. L'avortement n'est pas réellement interdit, mais, pour obtenir l'autorisation, il faut passer devant une commission, s'expliquer devant une espèce de jury composé de camarades qui n'ont rien de médecins mais tout d'inquisiteurs et de voyeurs, tout-puissants. En plus, vous devez leur raconter votre vie, les supplier, vous repentir. De quoi ? D'être femme ?

Pour éviter ça, Olga a avorté en secret, à l'hôpital. Elle est bien placée pour cela, et son amant médecin aussi. Le comble, c'est que maintenant elle lui est redevable, alors qu'il a bousillé sa vie à tous les niveaux.

Je lui en veux terriblement de s'être laissé piéger comme ça. Ça me serre la gorge, du venin y monte, il faut que je morde.

— T'es qu'une pute, comme ta mère Rose. Coucher avec un homme marié !

— Laisse-moi rire. Voilà que tu fais ton oie blanche. D'où ça te vient ta morale bourgeoise ? Et, question mère, la tienne c'est bien pire. Moi, je connais mon père au moins.

Face à face, prêtes à s'arracher les yeux, on se lance à la figure des horreurs qui ressemblent à s'y méprendre à la réalité.

— Je m'en fous de ton père, je lui crie, jalouse.

Olga ricane méchamment.

— Moi aussi, figure-toi, je m'en fous. Lui aussi est un lâche, mon petit papa Franta. Tu sais depuis combien de temps il couche avec Magdalena ? Depuis ma naissance, au nom de l'amour ; mais fais-moi rire, l'amour !

Je ne l'écoute pas, trop obnubilée par moi-même.

— Et puis d'abord, qu'est-ce que ça peut te faire de savoir qui est mon père ? C'est Antonin, Antonin il m'a élevée, tout appris.

En plus, avec Antonin, je «gagne» Madame Gabriela.

— Arrête tes conneries.

Je bondis sur elle, elle ne s'y attendait pas, elle trébuche, on tombe par terre, on dévale le talus jusqu'à l'étang, je la frappe, elle fait de même, nos douleurs se confondent, on y va de toute notre hargne. Elle s'épuise vite. Nous finissons par nous tenir mutuellement dans les bras, tout essoufflées. Olga me caresse la nuque. Petit à petit, le calme revient. En moi, en nous, partout...

Elle me marmonne dans l'oreille :

— Tu ressembles à qui ?

— J'en sais rien, à personne. Si, à ma mère, à ma grand-mère, à mon arrière-grand-mère, en moins bien.

Je gratte le fond de mon âme pour dire quelque chose.

— T'es bête. T'as qu'à être toi-même. Ce sera bien.

— Oui, mais comment on fait ?

Je la regarde, j'entends les mots de mamie Marie susurrés à mon oreille : «Il n'y a que la liberté qui compte.» Quelque chose s'est produit en moi, un truc qui claque, j'arrête de sangloter.

— C'est moi, la bâtarde, pas toi. Peu importe si un jour je suis mariée ou pas, je donnerai mon nom à moi. À nous. C'est tout.

Je sors d'une apnée qui a duré dix-sept ans.

Olga rit.

— Les portes sont fermées, les limites franchies, comme tu veux. Inventons notre propre histoire. Moi, en tout cas, je veux pouvoir choisir. Toi, je t'aime, grosse nigaude.

Elle m'embrasse, fort. Elle m'impressionne, je retrouve mon Olga de toujours.

— Eva, tu sais que Magdalena cause en allemand quand elle va aux vaches ?

Je me figure mamie Magdina discutant en allemand avec des vaches tchèques dans le pré, à quelques kilomètres de la frontière autrichienne. J'éclate de rire.

Et entre deux hoquets je dis :

— Comment ça se fait qu'elle parle allemand ?

Olga hausse les épaules.

— Je ne sais pas trop, il paraît qu'elle est née à Vienne.

Plus rien ne me surprend, nous repartons dans un fou rire.

Il faut soigner les griffures sur la joue d'Olga, je ne l'ai pas ratée. Même la commissure de ses lèvres est un peu éraflée. Nous allons chez Madame Gabriela, dans mon sac, il y a la boîte à pharmacie. Pourtant, c'était juste une blague que de le préparer, ce sac.

Madame Gabriela nous attend déjà à la porte.

— Vous criez à réveiller les morts.

— Vous avez peur ? Mais tout le monde sait, sauf nous. Alors, pour une fois, que les choses soient dites à voix haute.

Je passe vite derrière elle récupérer le sac.

Je fouille dedans, retrouver la boîte à pharmacie. Or ce que je tire du sac n'est pas du tout la boîte attendue, rien à voir avec la pharmacie.

Celle-là, je la connais bien. Elle appartient à ma mère. Petite, je suivais du doigt les motifs fleuris sur le couvercle. Jamais ma mère ne l'ouvrait. Pour preuve, autrefois j'avais placé un petit bout de papier dans une minuscule fente en bois sous le couvercle.

Quand je l'ouvre aujourd'hui, il tombe, un peu jauni. Le silence se fait, presque religieux. Olga et Madame Gabriela se retirent vers la table, elles s'occupent de la blessure, m'observent peut-être à la dérobée, en tout cas me laissent seule, tranquille.

Comment cette boîte s'est-elle retrouvée dans mon sac à dos ? Ma mère l'avait-elle apportée chez Madame Gabriela qui l'aurait échangée contre celle de la pharmacie ? Était-ce une manière détournée de me faire cadeau d'un objet auquel elle tenait tant ?

J'inspecte l'intérieur du coffret avec précaution, comme si un mauvais génie pouvait s'en échapper. Il est léger – aucun espoir de tomber sur un lingot d'or –, et dedans, il y a vraiment trois fois rien.

Un vieil étui en cuir cousu main avec des bobines de fil de soie et un jeu complet d'aiguilles. Il est joli, certes, mais à part ça... Il y a aussi un papier glacé froissé, plié en quatre, puis une enveloppe défraîchie, ornée d'une belle écriture d'un autre temps, et enfin une petite étoile rouge brillante qu'on accroche aux casquettes des soldats. Voilà le trésor de ma mère. Mais alors, c'est avec elle que j'aurais dû le découvrir. Là, la boîte ressemble plutôt à un petit cercueil en bois peint avec les choses et leurs histoires enterrées. Que m'aurait dit Libuše ?

Ce voyage dans les pensées et les souvenirs de ma mère, on aurait dû le faire ensemble, enfouies dans un canapé, collées l'une à l'autre, ou dans le jardin sur le banc. Elle m'aurait conté ces objets. Une légère ombre de mélancolie passe.

Je déplie en premier le papier gras, une odeur de salami pourri très éventé me monte au nez. Je peux à peine déchiffrer quelques mots : «*l'amour, sur le ciel profond les étoiles*». Je devine l'écriture gracile et fragile. Seule la signature, *Petrik*, est bien lisible en bas de la feuille, une voix d'outre-tombe.

Le papier gras de la boucherie n'est pas idéal pour une lettre d'amour.

Celui de l'enveloppe est de qualité nettement supérieure. Le parfum aussi. Rien à voir avec la boucherie, il est raffiné, très agréable. Une belle écriture comme on n'en fait plus, à l'ancienne. L'encre est encore lisible, d'un bleu-violet extraordinaire.

La lettre n'est pas adressée à Libuše mais à Magdalena. Tiens ?

Elle n'a jamais été ouverte.

Dedans, une carte avec quelques phrases énigmatiques :

Magdalena,
Je m'appelle Madeleine. Mon frère, Josef, t'appelait Mada. Il est mort d'un accident de voiture, il y a quelques années.

La dernière fois que je t'ai vue, toute ma famille quittait la Tchécoslovaquie sur des charrettes. Tu tenais une petite fille nouveau-née et je ne connais même pas son prénom.
Je voulais te dire que Josef t'aimait, Magdalena. Il aimait dire ton prénom, Mada. Ainsi, il ne pouvait pas se tromper entre toi et moi. J'ai mis des années à l'admettre. J'étais jalouse. Tu aurais porté le même prénom que moi, toi Magdalena, moi Madeleine Feldmann. Je pensais que tu allais me le voler. L'amour des autres… il nous est inaccessible, interdit.
L'adresse sur l'enveloppe est la mienne, tu es la bienvenue. Ta fille aussi.

Qui est Josef?
Et l'expéditrice…
C'est qui cette expéditrice ? Cette Mlle Madeleine Feldmann ? Et cette adresse à Paris ?
Paris existe donc vraiment ?

*

Les cris de ma famille dans les oreilles, l'horizon dégagé devant moi, je ne suis sûre de rien, j'ai le ventre noué mais, à cet instant précis, je suis prête à laisser tout ce que je connais derrière moi. Et devant ? Devant, je ne sais rien, j'ai peur et je me sens enivrée.

Alors je pars.

Pour seul bagage, un sac à dos préparé pour un voyage imaginaire, le trésor de ma mère et quelques mots de français, je dois aller voir si Paris existe vraiment.

★

L'Europe, enceinte d'une envie de liberté, a fini par en accoucher dans un craquement de mur le 9 novembre 1989.

FIN

AUTOPORTRAIT

Très jeune, j'ai été bouleversée par l'opéra de Janáček, *Jenůfa*, une histoire de la campagne morave, écrite par une femme, Gabriela Preissová.

Je voulais écrire sur mon pays, sur son histoire, je voulais donner la parole aux femmes, porteuses d'espoirs, porteuses d'histoires.

Tchèque de naissance et pour toujours, je suis née dans une ville de la province de Moravie.

Française d'adoption et pour la vie, j'ai découvert la France en 1991 et je m'y suis installée définitivement quelques années plus tard au terme d'un va-et-vient incessant entre Paris et Prague.

En mai 2013, avec une amie française, nous traversions en train la République tchèque d'est en ouest. Lorsque celle-ci m'a demandé de lui parler de mon pays, des gens, de son histoire... M'offrant, en somme, l'occasion de préciser le roman qui doucement mûrissait en moi.

Cette histoire a pris corps tandis que je la contais dans la langue de mon pays d'adoption. La langue française – Everest certes, mais quelle nouvelle liberté !

Je lui ai parlé d'une lignée de femmes inscrite dans

l'histoire de la Tchécoslovaquie de sa création jusqu'aux années 1980. Chacune d'elles doit assumer son destin, toutes espèrent vivre loin de la politique et du tumulte de l'Histoire. Mais le monde les attrape, les rattrape, et leurs vies en sont ébranlées. Pourtant, si tragique que cela ait pu être, rien n'est irrémédiable, même dans les moments les plus sombres.

C'est une histoire de mères, de grand-mères, de filles et de petites-filles, d'amour et de non-dits qu'elles voudraient protecteurs; une histoire de racines et d'identité, de famille et de bâtardise fatalement transmises de génération en génération. De cette différence, ces femmes feront une distinction.

Je ne pouvais exprimer qu'en français ce qui reste indicible dans ma langue maternelle. Ce roman n'est pas une autobiographie, mais bien évidemment, il parle aussi de moi.

Lenka Horňáková-Civade

DU MÊME AUTEUR

Chez Alma Éditions

GIBOULÉES DE SOLEIL, 2016 (Folio n° 6452), prix Renaudot des lycéens et prix La ruche des mots.
UNE VERRIÈRE SOUS LE CIEL, 2018.

COLLECTION FOLIO

Dernières parutions

6027. Italo Calvino — *Marcovaldo* (à paraître)
6028. Erri De Luca — *Le tort du soldat*
6029. Slobodan Despot — *Le miel*
6030. Arthur Dreyfus — *Histoire de ma sexualité*
6031. Claude Gutman — *La loi du retour*
6032. Milan Kundera — *La fête de l'insignifiance*
6033. J.M.G. Le Clezio — *Tempête* (à paraître)
6034. Philippe Labro — *« On a tiré sur le Président »*
6035. Jean-Noël Pancrazi — *Indétectable*
6036. Frédéric Roux — *La classe et les vertus*
6037. Jean-Jacques Schuhl — *Obsessions*
6038. Didier Daeninckx – Tignous — *Corvée de bois*
6039. Reza Aslan — *Le Zélote*
6040. Jane Austen — *Emma*
6041. Diderot — *Articles de l'Encyclopédie*
6042. Collectif — *Joyeux Noël*
6043. Tignous — *Tas de riches*
6044. Tignous — *Tas de pauvres*
6045. Posy Simmonds — *Literary Life*
6046. William Burroughs — *Le festin nu*
6047. Jacques Prévert — *Cinéma* (à paraître)
6048. Michèle Audin — *Une vie brève*
6049. Aurélien Bellanger — *L'aménagement du territoire*
6050. Ingrid Betancourt — *La ligne bleue*
6051. Paule Constant — *C'est fort la France !*
6052. Elena Ferrante — *L'amie prodigieuse*
6053. Éric Fottorino — *Chevrotine*
6054. Christine Jordis — *Une vie pour l'impossible*
6055. Karl Ove Knausgaard — *Un homme amoureux, Mon combat II*

6056.	Mathias Menegoz	*Karpathia*
6057.	Maria Pourchet	*Rome en un jour*
6058.	Pascal Quignard	*Mourir de penser*
6059.	Éric Reinhardt	*L'amour et les forêts*
6060.	Jean-Marie Rouart	*Ne pars pas avant moi*
6061.	Boualem Sansal	*Gouverner au nom d'Allah* (à paraître)
6062.	Leïla Slimani	*Dans le jardin de l'ogre*
6063.	Henry James	*Carnets*
6064.	Voltaire	*L'Affaire Sirven*
6065.	Voltaire	*La Princesse de Babylone*
6066.	William Shakespeare	*Roméo et Juliette*
6067.	William Shakespeare	*Macbeth*
6068.	William Shakespeare	*Hamlet*
6069.	William Shakespeare	*Le Roi Lear*
6070.	Alain Borer	*De quel amour blessée* (à paraître)
6071.	Daniel Cordier	*Les feux de Saint-Elme*
6072.	Catherine Cusset	*Une éducation catholique*
6073.	Eugène Ébodé	*La Rose dans le bus jaune*
6074.	Fabienne Jacob	*Mon âge*
6075.	Hedwige Jeanmart	*Blanès*
6076.	Marie-Hélène Lafon	*Joseph*
6077.	Patrick Modiano	*Pour que tu ne te perdes pas dans le quartier*
6078.	Olivia Rosenthal	*Mécanismes de survie en milieu hostile*
6079.	Robert Seethaler	*Le tabac Tresniek*
6080.	Taiye Selasi	*Le ravissement des innocents*
6081.	Joy Sorman	*La peau de l'ours*
6082.	Claude Gutman	*Un aller-retour*
6083.	Anonyme	*Saga de Hávardr de l'Ísafjördr*
6084.	René Barjavel	*Les enfants de l'ombre*
6085.	Tonino Benacquista	*L'aboyeur*
6086.	Karen Blixen	*Histoire du petit mousse*
6087.	Truman Capote	*La guitare de diamants*
6088.	Collectif	*L'art d'aimer*
6089.	Jean-Philippe Jaworski	*Comment Blandin fut perdu*

6090.	D.A.F. de Sade	*L'Heureuse Feinte*
6091.	Voltaire	*Le taureau blanc*
6092.	Charles Baudelaire	*Fusées – Mon cœur mis à nu*
6093.	Régis Debray – Didier Lescri	*La laïcité au quotidien. Guide pratique*
6094.	Salim Bachi	*Le consul* (à paraître)
6095.	Julian Barnes	*Par la fenêtre*
6096.	Sophie Chauveau	*Manet, le secret*
6097.	Frédéric Ciriez	*Mélo*
6098.	Philippe Djian	*Chéri-Chéri*
6099.	Marc Dugain	*Quinquennat*
6100.	Cédric Gras	*L'hiver aux trousses. Voyage en Russie d'Extrême-Orient*
6101.	Célia Houdart	*Gil*
6102.	Paulo Lins	*Depuis que la samba est samba*
6103.	Francesca Melandri	*Plus haut que la mer*
6104.	Claire Messud	*La Femme d'En Haut*
6105.	Sylvain Tesson	*Berezina*
6106.	Walter Scott	*Ivanhoé*
6107.	Épictète	*De l'attitude à prendre envers les tyrans*
6108.	Jean de La Bruyère	*De l'homme*
6109.	Lie-tseu	*Sur le destin*
6110.	Sénèque	*De la constance du sage*
6111.	Mary Wollstonecraft	*Défense des droits des femmes*
6112.	Chimamanda Ngozi Adichie	*Americanah*
6113.	Chimamanda Ngozi Adichie	*L'hibiscus pourpre*
6114.	Alessandro Baricco	*Trois fois dès l'aube*
6115.	Jérôme Garcin	*Le voyant*
6116.	Charles Haquet – Bernard Lalanne	*Procès du grille-pain et autres objets qui nous tapent sur les nerfs*

6117. Marie-Laure Hubert Nasser	*La carapace de la tortue*
6118. Kazuo Ishiguro	*Le géant enfoui*
6119. Jacques Lusseyran	*Et la lumière fut*
6120. Jacques Lusseyran	*Le monde commence aujourd'hui*
6121. Gilles Martin-Chauffier	*La femme qui dit non*
6122. Charles Pépin	*La joie*
6123. Jean Rolin	*Les événements*
6124. Patti Smith	*Glaneurs de rêves*
6125. Jules Michelet	*La Sorcière*
6126. Thérèse d'Avila	*Le Château intérieur*
6127. Nathalie Azoulai	*Les manifestations*
6128. Rick Bass	*Toute la terre qui nous possède*
6129. William Fiennes	*Les oies des neiges*
6130. Dan O'Brien	*Wild Idea*
6131. François Suchel	*Sous les ailes de l'hippocampe. Canton-Paris à vélo*
6132. Christelle Dabos	*Les fiancés de l'hiver. La Passe-miroir, Livre 1*
6133. Annie Ernaux	*Regarde les lumières mon amour*
6134. Isabelle Autissier – Erik Orsenna	*Passer par le Nord. La nouvelle route maritime*
6135. David Foenkinos	*Charlotte*
6136. Yasmina Reza	*Une désolation*
6137. Yasmina Reza	*Le dieu du carnage*
6138. Yasmina Reza	*Nulle part*
6139. Larry Tremblay	*L'orangeraie*
6140. Honoré de Balzac	*Eugénie Grandet*
6141. Dôgen	*La Voie du zen. Corps et esprit*
6142. Confucius	*Les Entretiens*
6143. Omar Khayyâm	*Vivre te soit bonheur ! Cent un quatrains de libre pensée*

6144.	Marc Aurèle	*Pensées. Livres VII-XII*
6145.	Blaise Pascal	*L'homme est un roseau pensant.* *Pensées (liasses I-XV)*
6146.	Emmanuelle Bayamack-Tam	*Je viens*
6147.	Alma Brami	*J'aurais dû apporter des fleurs*
6148.	William Burroughs	*Junky* (à paraître)
6149.	Marcel Conche	*Épicure en Corrèze*
6150.	Hubert Haddad	*Théorie de la vilaine petite fille*
6151.	Paula Jacques	*Au moins il ne pleut pas*
6152.	László Krasznahorkai	*La mélancolie de la résistance*
6153.	Étienne de Montety	*La route du salut*
6154.	Christopher Moore	*Sacré Bleu*
6155.	Pierre Péju	*Enfance obscure*
6156.	Grégoire Polet	*Barcelona !*
6157.	Herman Raucher	*Un été 42*
6158.	Zeruya Shalev	*Ce qui reste de nos vies*
6159.	Collectif	*Les mots pour le dire.* *Jeux littéraires*
6160.	Théophile Gautier	*La Mille et Deuxième Nuit*
6161.	Roald Dahl	*À moi la vengeance S.A.R.L.*
6162.	Scholastique Mukasonga	*La vache du roi Musinga*
6163.	Mark Twain	*À quoi rêvent les garçons*
6164.	Anonyme	*Les Quinze Joies du mariage*
6165.	Elena Ferrante	*Les jours de mon abandon*
6166.	Nathacha Appanah	*En attendant demain*
6167.	Antoine Bello	*Les producteurs*
6168.	Szilárd Borbély	*La miséricorde des cœurs*
6169.	Emmanuel Carrère	*Le Royaume*
6170.	François-Henri Désérable	*Évariste*
6171.	Benoît Duteurtre	*L'ordinateur du paradis*
6172.	Hans Fallada	*Du bonheur d'être morphinomane*
6173.	Frederika Amalia Finkelstein	*L'oubli*

6174.	Fabrice Humbert	*Éden Utopie*
6175.	Ludmila Oulitskaïa	*Le chapiteau vert*
6176.	Alexandre Postel	*L'ascendant*
6177.	Sylvain Prudhomme	*Les grands*
6178.	Oscar Wilde	*Le Pêcheur et son Âme*
6179.	Nathacha Appanah	*Petit éloge des fantômes*
6180.	Arthur Conan Doyle	*La maison vide* précédé du *Dernier problème*
6181.	Sylvain Tesson	*Le téléphérique*
6182.	Léon Tolstoï	*Le cheval* suivi d'*Albert*
6183.	Voisenon	*Le sultan Misapouf et la princesse Grisemine*
6184.	Stefan Zweig	*Était-ce lui ?* précédé d'*Un homme qu'on n'oublie pas*
6185.	Bertrand Belin	*Requin*
6186.	Eleanor Catton	*Les Luminaires*
6187.	Alain Finkielkraut	*La seule exactitude*
6188.	Timothée de Fombelle	*Vango, I. Entre ciel et terre*
6189.	Iegor Gran	*La revanche de Kevin*
6190.	Angela Huth	*Mentir n'est pas trahir*
6191.	Gilles Leroy	*Le monde selon Billy Boy*
6192.	Kenzaburô Ôé	*Une affaire personnelle*
6193.	Kenzaburô Ôé	*M/T et l'histoire des merveilles de la forêt*
6194.	Arto Paasilinna	*Moi, Surunen, libérateur des peuples opprimés*
6195.	Jean-Christophe Rufin	*Check-point*
6196.	Jocelyne Saucier	*Les héritiers de la mine*
6197.	Jack London	*Martin Eden*
6198.	Alain	*Du bonheur et de l'ennui*
6199.	Anonyme	*Le chemin de la vie et de la mort*
6200.	Cioran	*Ébauches de vertige*
6201.	Épictète	*De la liberté*
6202.	Gandhi	*En guise d'autobiographie*
6203.	Ugo Bienvenu	*Sukkwan Island*
6204.	Moynot – Némirovski	*Suite française*
6205.	Honoré de Balzac	*La Femme de trente ans*

6206. Charles Dickens — *Histoires de fantômes*
6207. Erri De Luca — *La parole contraire*
6208. Hans Magnus Enzensberger — *Essai sur les hommes de la terreur*
6209. Alain Badiou – Marcel Gauchet — *Que faire ?*
6210. Collectif — *Paris sera toujours une fête*
6211. André Malraux — *Malraux face aux jeunes*
6212. Saul Bellow — *Les aventures d'Augie March*
6213. Régis Debray — *Un candide à sa fenêtre. Dégagements II*
6214. Jean-Michel Delacomptée — *La grandeur. Saint-Simon*
6215. Sébastien de Courtois — *Sur les fleuves de Babylone, nous pleurions. Le crépuscule des chrétiens d'Orient*
6216. Alexandre Duval-Stalla — *André Malraux - Charles de Gaulle : une histoire, deux légendes*
6217. David Foenkinos — *Charlotte*, avec des gouaches de Charlotte Salomon
6218. Yannick Haenel — *Je cherche l'Italie*
6219. André Malraux — *Lettres choisies 1920-1976*
6220. François Morel — *Meuh !*
6221. Anne Wiazemsky — *Un an après*
6222. Israël Joshua Singer — *De fer et d'acier*
6223. François Garde — *La baleine dans tous ses états*
6224. Tahar Ben Jelloun — *Giacometti, la rue d'un seul*
6225. Augusto Cruz — *Londres après minuit*
6226. Philippe Le Guillou — *Les années insulaires*
6227. Bilal Tanweer — *Le monde n'a pas de fin*
6228. Madame de Sévigné — *Lettres choisies*
6229. Anne Berest — *Recherche femme parfaite*
6230. Christophe Boltanski — *La cache*
6231. Teresa Cremisi — *La Triomphante*

6232.	Elena Ferrante	*Le nouveau nom.* *L'amie prodigieuse, II*
6233.	Carole Fives	*C'est dimanche et je n'y suis pour rien*
6234.	Shilpi Somaya Gowda	*Un fils en or*
6235.	Joseph Kessel	*Le coup de grâce*
6236.	Javier Marías	*Comme les amours*
6237.	Javier Marías	*Dans le dos noir du temps*
6238.	Hisham Matar	*Anatomie d'une disparition*
6239.	Yasmina Reza	*Hammerklavier*
6240.	Yasmina Reza	*« Art »*
6241.	Anton Tchékhov	*Les méfaits du tabac* et autres pièces en un acte
6242.	Marcel Proust	*Journées de lecture*
6243.	Franz Kafka	*Le Verdict – À la colonie pénitentiaire*
6244.	Virginia Woolf	*Nuit et jour*
6245.	Joseph Conrad	*L'associé*
6246.	Jules Barbey d'Aurevilly	*La Vengeance d'une femme* précédé du *Dessous de cartes d'une partie de whist*
6247.	Victor Hugo	*Le Dernier Jour d'un Condamné*
6248.	Victor Hugo	*Claude Gueux*
6249.	Victor Hugo	*Bug-Jargal*
6250.	Victor Hugo	*Mangeront-ils ?*
6251.	Victor Hugo	*Les Misérables. Une anthologie*
6252.	Victor Hugo	*Notre-Dame de Paris. Une anthologie*
6253.	Éric Metzger	*La nuit des trente*
6254.	Nathalie Azoulai	*Titus n'aimait pas Bérénice*
6255.	Pierre Bergounioux	*Catherine*
6256.	Pierre Bergounioux	*La bête faramineuse*
6257.	Italo Calvino	*Marcovaldo*
6258.	Arnaud Cathrine	*Pas exactement l'amour*
6259.	Thomas Clerc	*Intérieur*
6260.	Didier Daeninckx	*Caché dans la maison des fous*
6261.	Stefan Hertmans	*Guerre et Térébenthine*

6262.	Alain Jaubert	*Palettes*
6263.	Jean-Paul Kauffmann	*Outre-Terre*
6264.	Jérôme Leroy	*Jugan*
6265.	Michèle Lesbre	*Chemins*
6266.	Raduan Nassar	*Un verre de colère*
6267.	Jón Kalman Stefánsson	*D'ailleurs, les poissons n'ont pas de pieds*
6268.	Voltaire	*Lettres choisies*
6269.	Saint Augustin	*La Création du monde et le Temps*
6270.	Machiavel	*Ceux qui désirent acquérir la grâce d'un prince...*
6271.	Ovide	*Les remèdes à l'amour* suivi de *Les Produits de beauté pour le visage de la femme*
6272.	Bossuet	*Sur la brièveté de la vie et autres sermons*
6273.	Jessie Burton	*Miniaturiste*
6274.	Albert Camus – René Char	*Correspondance 1946-1959*
6275.	Erri De Luca	*Histoire d'Irène*
6276.	Marc Dugain	*Ultime partie. Trilogie de L'emprise, III*
6277.	Joël Egloff	*J'enquête*
6278.	Nicolas Fargues	*Au pays du p'tit*
6279.	László Krasznahorkai	*Tango de Satan*
6280.	Tidiane N'Diaye	*Le génocide voilé*
6281.	Boualem Sansal	*2084. La fin du monde*
6282.	Philippe Sollers	*L'École du Mystère*
6283.	Isabelle Sorente	*La faille*
6285.	Jules Michelet	*Jeanne d'Arc*
6286.	Collectif	*Les écrivains engagent le débat. De Mirabeau à Malraux, 12 discours d'hommes de lettres à l'Assemblée nationale*
6287.	Alexandre Dumas	*Le Capitaine Paul*
6288.	Khalil Gibran	*Le Prophète*

6289.	François Beaune	*La lune dans le puits*
6290.	Yves Bichet	*L'été contraire*
6291.	Milena Busquets	*Ça aussi, ça passera*
6292.	Pascale Dewambrechies	*L'effacement*
6293.	Philippe Djian	*Dispersez-vous, ralliez-vous !*
6294.	Louisiane C. Dor	*Les méduses ont-elles sommeil ?*
6295.	Pascale Gautier	*La clef sous la porte*
6296.	Laïa Jufresa	*Umami*
6297.	Héléna Marienské	*Les ennemis de la vie ordinaire*
6298.	Carole Martinez	*La Terre qui penche*
6299.	Ian McEwan	*L'intérêt de l'enfant*
6300.	Edith Wharton	*La France en automobile*
6301.	Élodie Bernard	*Le vol du paon mène à Lhassa*
6302.	Jules Michelet	*Journal*
6303.	Sénèque	*De la providence*
6304.	Jean-Jacques Rousseau	*Le chemin de la perfection vous est ouvert...*
6305.	Henry David Thoreau	*De la simplicité !*
6306.	Érasme	*Complainte de la paix*
6307.	Vincent Delecroix/ Philippe Forest	*Le deuil. Entre le chagrin et le néant*
6308.	Olivier Bourdeaut	*En attendant Bojangles*
6309.	Astrid Éliard	*Danser*
6310.	Romain Gary	*Le Vin des morts*
6311.	Ernest Hemingway	*Les aventures de Nick Adams*
6312.	Ernest Hemingway	*Un chat sous la pluie*
6313.	Vénus Khoury-Ghata	*La femme qui ne savait pas garder les hommes*
6314.	Camille Laurens	*Celle que vous croyez*
6315.	Agnès Mathieu-Daudé	*Un marin chilien*
6316.	Alice McDermott	*Somenone*
6317.	Marisha Pessl	*Intérieur nuit*
6318.	Mario Vargas Llosa	*Le héros discret*
6319.	Emmanuel Bove	*Bécon-les-Bruyères* suivi du *Retour de l'enfant*
6320.	Dashiell Hammett	*Tulip*
6321.	Stendhal	*L'abbesse de Castro*

6322. Marie-Catherine Hecquet — *Histoire d'une jeune fille sauvage trouvée dans les bois à l'âge de dix ans*
6323. Gustave Flaubert — *Le Dictionnaire des idées reçues*
6324. F. Scott Fitzgerald — *Le réconciliateur* suivi de *Gretchen au bois dormant*
6325. Madame de Staël — *Delphine*
6326. John Green — *Qui es-tu Alaska ?*
6327. Pierre Assouline — *Golem*
6328. Alessandro Baricco — *La Jeune Épouse*
6329. Amélie de Bourbon Parme — *Le secret de l'empereur*
6330. Dave Eggers — *Le Cercle*
6331. Tristan Garcia — *7. romans*
6332. Mambou Aimée Gnali — *L'or des femmes*
6333. Marie Nimier — *La plage*
6334. Pajtim Statovci — *Mon chat Yugoslavia*
6335. Antonio Tabucchi — *Nocturne indien*
6336. Antonio Tabucchi — *Pour Isabel*
6337. Iouri Tynianov — *La mort du Vazir-Moukhtar*
6338. Raphaël Confiant — *Madame St-Clair. Reine de Harlem*
6339. Fabrice Loi — *Pirates*
6340. Anthony Trollope — *Les Tours de Barchester*
6341. Christian Bobin — *L'homme-joie*
6342. Emmanuel Carrère — *Il est avantageux d'avoir où aller*
6343. Laurence Cossé — *La Grande Arche*
6344. Jean-Paul Didierlaurent — *Le reste de leur vie*
6345. Timothée de Fombelle — *Vango, II. Un prince sans royaume*
6346. Karl Ove Knausgaard — *Jeune homme, Mon combat III*
6347. Martin Winckler — *Abraham et fils*

Composition IGS-CP à L'Isle- d'Espagnac (16)
Impression Maury Imprimeur
45330 Malesherbes
le 02 février 2018.
Dépôt légal : février 2018.
Numéro d'imprimeur : 224797.

ISBN 978-2-07-270137-5. / Imprimé en France.

309868